「샤갈의 마을에 내리는 눈」에서 새로운 연대의 벽두에 주먹만 한 함박눈이 펑펑 쏟아지는 것을 보면서 '이런 날 페기 리의 노래를 들으면 좋을 텐데⋯⋯'라고 말하는 장면이 있는데, 실상 이는 실제 박상우의 모습이라고 보아도 별 무리가 없을 것이다. 「샤갈의 마을에 내리는 눈」에서 말한 바, '이제 내 가슴에 남겨진 건 극단적인 허무뿐이고 그 허무 속에서 끝끝내 되찾고 싶은 건 인간적인 낭만뿐이야'라는 말에는 박상우 자신의 세계 인식이 짙게 투영되어 있다고 생각된다.

권성우(문학평론가)

박상우는 이미지라는 알을 품고 있다가 소설이라는 새를 낳는 작가다. 「내 마음의 옥탑방」 또한 옥상방(屋上房)이 아니라 옥탑방(屋塔房)으로 불려질 때의 이미지가 글을 쓰게 한 소설이다. 옥상방은 옥상에 위치한 방이라는 물질적 공간에 머물지만, 옥탑방은 위압감·이방감·폐쇄감·유배감의 느낌을 통해 심리적 공간으로 변하게 된다. 이것은 김윤식이 지적한 바와 같이 이상(李箱)이 "조감도(鳥瞰圖)를 오감도(烏瞰圖)로, 동해(童孩)를 동해(童骸)로 바꿔 놓은 것만큼의 파격이라고 할 수 있다."

김미현(문학평론가)

작가 박상우는 천상을 향해 수직으로 세워진 꿈의 매혹을 통해 현실의 빈곤을 되비추기도 하고, 지상으로 끝없이 펼쳐진 수평적 삶의 환멸을 극단의 방식으로 해부하는 데 몰두하기도 했다. 그런데 이제 그는 낯익은 현실에서 은은한 감동을 주는 끌림을 본다. 이 '사랑보다 낯선' 끌림을 찾아 그는 '사람의 마을'에 당도한 것이다. 「사랑보다 낯선」에는 삶의 풍경을 천천히, 그러나 깊이 응시하는 만보와 그로부터 우러나오는 깊은 공명이 깃들어 있다.

김민수(문학평론가)

「매미는 이제 이곳에 살지 않는다」에는 수직 지향적 현실 공간에 거주하지 못하고 사라져버린 인물들이 가득하다. 삶의 방향성을 상실하고 정처 없이 떠도는 존재로서 '나'는 "지상에 없는 무엇, 인간이 만든 지도로는 갈 수 없는 곳", "서북쪽 어디, 지상의 지도에는 표기되지 않은 또 다른 차원의 세계"를 꿈꾸는데, 그것은 작품 안에서 두 가지 방향으로 전개된다. 하나는 형의 애인으로 생각하는 '마린'에 대한 일종의 근친상간적 사랑의 감정이며, 다른 하나는 짐바브웨로 사라져버린 형을 찾기 위한 과정이다. 「매미는 이제 이곳에 살지 않는다」에서는 이처럼 가혹한 수직적 현실에 머물지 않고 미지의 길을 찾아 나서는 '나'의 수평적 보행에서 어떤 희망의 가능성을 찾으려는 의지를 발견하게 된다.

김성수(문학평론가)

노란잠수함 클래식 우리 소설

샤갈의 마을에 내리는 눈

노란잠수함 클래식 우리 소설

샤갈의 마을에 내리는 눈

박상우 소설

노란잠수함

샤갈의 마을에 살던 여자는 "춥고 배고파. 그리고 남자와 자고 싶어······"라고 말했다. 옥탑방에 살던 여자는 "사마귀처럼 안아줘"라고 말했다. 사랑보다 낯선 감성을 중시하던 여자는 "미치겠어, 미치겠어"라고 절규했다. 그리고 매미가 사라진 여름을 살던 여자는 "내가 고수한 건 침묵이 아니라 입장이었다는 걸 알아주세요. 난 애초부터 할 말이 없는 여자였어요"라고 말했다.

모두 내가 살던 시대, 내가 보낸 청춘, 내가 유지한 감성 속에서 탄생한 여성들이다. 그녀들 앞에 서 있던 초상들, 그녀들의 투사에 의해 비로소 존재감을 얻던 남성들은 이제 지상에 존재하지 않는다. 아직 사랑에 대한 믿음과 희망, 그리고 그것에 대한 기다림이 가능하다고 믿던 시절에 탄생한 인물들이기 때문이다. 그녀들을 승화시키고 그녀들 앞에 서 있던 인물들을 소멸시킴으로써 소설의 가능성은 우주적으로 확장되었다. 21세기, 타자가 추방당하고 에로스가 종말을 고한 시대에 나는 또 어떤 인물을 창출할 수 있을까.

......

어느 봄날, 3호선 대화역에서 전철을 탔다. 깜빡 잠이 들었다 눈을 뜨자 누군가 내 앞에 서 있었다. 꿈속에서 걸어 나온 인물처럼 그가 나에게 책 한 권을 만들자고 했다. 이 책은 그렇게 만들어졌다. 그를 만나 책을 만들게 된 덕분에 표제작 「샤갈의 마을에 내리는 눈」을 수정할 수 있었다. 쉼표를 없애거나 조사를 없애거나 몇 개의 단어와 문장을 첨삭하는 일이 오래된 원한을 푸는 과정 같았다. 나에게 문학적 명성을 얻게 해 준 대가로 외려 나에게 외면당한 애증을 푸는 데 오랜 세월이 걸렸다. 2017년 6월 이후, 이 책에 수록된 「샤갈의 마을에 내리는 눈」이 정본임을 밝히는 것으로 이 작품의 본래 자리를 되찾게 해 주고 싶다.

차례

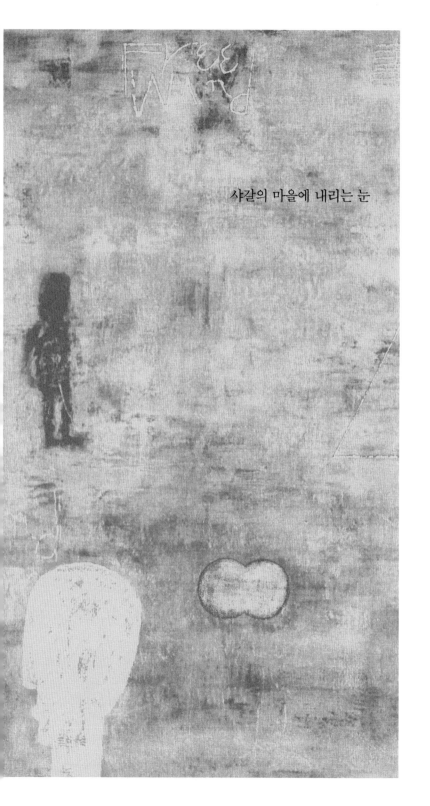

샤갈의 마을에 내리는 눈

이제 더이상 우리가 만나 무슨 얘기를 주고받을 수 있는가?
그날 술자리가 거의 끝나갈 무렵에
우리 중 하나가 아주 우울한 표정으로 이런 발언을 했다.
이제 내 가슴에 남겨진 건 극단적인 허무뿐이고
그 허무 속에서 끝끝내 되찾고 싶은 건 인간적인 낭만뿐이야.
나머진 아무것도 없어…….

밤 열 시가 가까워질 무렵부터 우리는 조금씩 지쳐가기 시작했다. 취한 게 아니고 그것은 분명 지쳐가는 거였다. 어느 누구도 우리가 비워낸 생맥주잔의 갯수를 헤아리지 못하고 있었고 어느 누구도 자신의 음주량을 기억하지 못하고 있었지만 그것은 분명 취기와는 종류가 다른 것이었다. 취할 수 없었기 때문에 정신적인 긴장감이 오히려 가중된 것인지도 혹은 모를 일이었다. 마시다 남겨둔 생맥주잔 언저리에 말라붙은 허연 거품과 재떨이에 수북하게 쌓인 담배꽁초가 쾌연하지 못한 좌중의 분위기를 그대로 반영해 주는 것 같았다. 새로운 연대의 벽두, 그리고 21년 만의 폭설을 빙자해서 만나자는 전화를 맨 처음 걸어온 사람이 우리 중 누구였던가.

돌아보고 후회할 때는 언제나 후회해도 소용이 없는 때였다. 이제 더이상은 아무것도 새로워질 게 없는 시간. 낮은 조도의 갓등 밑에서 우리 모두의 의식은 그 갓등의 조도만큼이나 희미하게 아주 희미하게 가물어져 가고 있을 뿐이었다. 피곤함과 안온함, 차가운 것과 따뜻한 것, 맑은 것과 탁한 것, 어두운 것과 밝은 것 따위의 묘한 감정적 기류들이 좌중에서 은밀하게 교차되고 있었다. 잠시 뒤에는 그 모든 것이 한데 뒤엉겨 대단히 묵중한 분위기를 만들어냈다. 그때부터 우리는 아무런 뜻도 없는 눈길로 서로의 얼굴만 쳐다보기 시작했다. 언어 뒤의 허무, 그리고 그것을 분명하게 확인케 해 주는 언어 이전의 공감대. 출입문 바깥쪽에서는 여전히 주먹만한 함박눈이 쏟아져내리고 있었다.

이런 날 페기 리의 노래를 들으면 좋을 텐데…… 출입문 바깥쪽의 탐스런 눈송이를 내다보던 우리 중의 하나가 혼잣말처럼 낮게 중얼거렸다. 굵고 탐스런 눈송이가 녹아 그의 눈빛을 빈틈없이 적시고 있는 것 같았다. 자니 기타? 부유스름한 허공을 올려다보며 담배연기를 피워올리던 다른 하나가 물었다. 퇴폐적이야. 페기 리를 생각하고 있던 친구가 고개를 끄덕이자 묵묵히 앉아 있던 다른 하나가 입을 열었다. 그러자 또다른 하나가 양미간을 잔뜩 찌푸리며 끼어들었다. 그럴 수도 있는 거지. 항상 그렇게 단정적이어야 할 필요가 어딨어? 그만 둬. 맨 구석저리에 앉아 있던 하나가 듣기 싫다는 듯 머리를 가로저으며 자세를 고쳐앉았다. 그는 신경질적인 동작으로 담배를 피워물었다. 그러자 맞은편에 앉아 있던 다른 하나가 안경을 밀어올리며 놀란 눈으로 그를 건너다보았다. 얘기가 간신히 맥락을 되찾는 듯하다가 또다시 미궁으로 빠져들었다. 우리가 자리를 함께 한 이후 이게 벌써 몇 번째인지 모를 일이었다. 좌중의 하나가 갑작스럽게 고개를 푹 떨구며 한숨을 길게 내쉬었다. 그 자신이 좌중의 답답한 분위기를 자진해서 시사하고 있는 것 같았다. 난감하군…… . 좌중의 하나가 낮게 중얼거렸지만 아무도 그 말의 주인을 확인하려 하지 않았다. 그런 중얼거림에 모두가 너무 익숙해져 있었기 때문이었다. 도대체 무엇을 난감해하고 있단 말인가. 우리는 아무것도 확인하려 하지 않았다.

눈이 밤새도록 이렇게 내리면 내일은 고립되는 곳이 많겠군. 밖을 내다보지도 않은 채 담배를 피우던 하나가 반쯤 비워진 술잔을 들여다보며 낮게 중얼거렸다. 그러자 다른 둘이 무심한 어조로 그 말의 뒤를 이었다. 21년 만의 폭설이래. 아까 퇴근할 무렵에 주의보가 경보로 바뀌었어. 구석자리에 앉아 있던 다른 하나가 근심스런 표정으로 손목을 들어 시계를 보았다. 그러고 나서 바짝 긴장된 눈빛으로 좌중을 둘러보았다. 그러나 좌중의 어느 누구도 이유를 묻지 않았다. 이러지도 저러지도 못하겠는지, 그는 문득 앞에 놓여 있는 맥주잔을 들어올려 기갈 들린 사람처럼 그것을 들이켜대기 시작했다. 그냥 집에나 일찍 들어가는 건데……. 이 나이에 눈이 온다고 굳이 만나야 하는 건가? 길이나 안 막혔는지 모르겠군. 모두 남의 얘기를 하고 있는 것 같았다. 거기서 말이 끊어지고 다시 한동안 시간이 흘렀다. 침묵의 그늘에서 가끔 술잔이 흔들리고 시간의 여백에서 모락모락 담배연기가 피어올랐다.

눈[目]을 바늘로 콕 찔러 앞을 못 보게 하면 뭐가 되는 줄 알아? 문득 좌중의 분위기를 바꿔보겠다는 표정으로 우리 중의 하나가 눈을 빛내며 물었다. 글자를 묻는 거야? 시큰둥하게 앉아 있던 맞은편의 하나가 되물었다. 그래 글자로 말해봐. 모르겠는 걸. 머리를 갸웃거리며 다른 하나가 중얼거렸다. 배워. 백성 민(民)자야. 제기랄, 난 또……. 얘기의 흐름을 말없이 지켜보고 앉아 있던 하나가 어처구니없다는 듯 손을 들어 이마를 짚었다. 넌덜머리가 난다는 표정이었다. 넌덜머리가 날 만도 하다는 표정으로 나머지도 모두 그와 유사한 표정을 지었다. 그런 사소한 농지거리를 통해 무엇을 더 되살려내려 한 것일까.

불행하게도 이제 우리는 정치적인 관심사를 드러내는 그 어느 누구에 대해서도 결코 호의적일 수 없는 사람들이 되어 있었다. 왜 그렇게 되었는지 설명할 필요도 없었다. 지난 연대 내내 우리가 정치적인 관심사로 만날 때마다 침 튀기고 핏대 올렸었다는 사실도 또한 반추할 필요가 없었다. 반추하지 않아도 되새겨지고, 되새겨질 때마다 견딜 수 없는 수치감을 느끼게 하는데 도대체 어떤 반편이 같은 인간이 그런 것을 또다시 입에 담으려 한단 말인가. 상대적인 모멸감 때문이 아니라 저마다 키워온 스스로의 환상에 기만당한 것 같다는 자괴감 때문에 우리는 괴로워하고 있었다. 현실과 환상은 도대체 어떤 의미에서 다를 수 있는 것일까.

지난 연대 내내 우리는 형언할 길 없는 환상에 뜨겁게 사로잡혀 있었다. 하지만 이제 우리에게 남겨진 것이라곤 허무와 환멸뿐이었다. 깨어진 환상 속에 우리의 현실, 우리의 새로운 연대라는 게 던져져 있을 뿐이었다. 그게 아니면 새로운 연대라는 또다른 환상 속에 우리 모두가 다시 한번 던져져 있는 건지도 모를 일이었다. 그러나 그런 건 아무래도 좋았다. 새로운 연대라는 게 도대체 무슨 의미가 있단 말인가. 이제 우리에게 정치란 혐오의 대상 이외 다른 아무것도 아닌 것으로 취급당하고 있었으니까. 혐오의 대상을 향해 우리가 표시할 수 있는 행위는 진저리를 치듯 머리를 흔들어대거나 미간을 찌푸리거나 그도저도 아니면 속 깊은 곳으로부터 가래를 끌어올려 칵, 하고 뱉어주는 일 정도가 고작이었다. 물론 하나마나한 일들이었다.

앞으로 내 앞에서 정치의 '정'자도 꺼내지 마. 그런 얘기를 꺼내는 새끼는…… 그런 새끼는 그냥 두지 않겠어. 지난 연대가 막을 내리기 서너 달쯤 전의 어느날 밤이었다. 그날도 우리는 오늘처럼 모여앉아 술을 마시고 있었다. 회사를 끝내고 늘 모이는 종로 뒷골목의 생맥주집에 모여앉아, 우리의 만남이 늘 그래왔다시피 그날도 역시 정치적인 관심사를 대화의 소재로 삼고 있었다. 그 무렵까지도 우리의 관심사는 여전히 정치 쪽으로 기울어져 있었고, 기울어져 있었으므로 달리 더는 어째볼 엄두를 내지 못하고 있었다. 그때 이미 우리는 깊은 무력감에 사로잡혀 있었는지도 모를 일이었다. 폭발적인 것은 확실히 순간적이고 그 끝이 이를 데 없이 허망한 것이었다. 장마철의 쓰레기더미처럼 걷잡을 수 없이 밀려나오던 그 천태만상의 논리와 주의(主義)에 어느 누가 혀를 내두르지 않을 수 있었겠는가. 혀 달린 인간이면 누구나 주의를 가지고 있는 것 같았고 입달린 인간치고 논리 없는 인간이 없는 것 같았다. 정치에 대한혐오감이 언제부터 왜 생겨났느냐고 누군가 묻는다면 대동단결을 앞세우던 무렵의 몸서리쳐지던 정황을 다시 한번 입에 담지 않을 수 없으리라. 그 시절에 횡행하던 그 수다한 주의를 하나로 뭉뚱그려 '똥통 속의 넝마주의'라고 마냥 비아냥거리며, 그러면서도 우리는 참담한 표정으로 때마다 자문하지 않을 수 없었다. 넝마주이에게도 넝마주의가 있는 시대는 행복한가?

그날밤 우리의 모임에서 생겨난 최초의 불상사도 결국 그런 심리적 정황이 반영된 결과일 터였다. 모든 것의 연장선상에서 그날 우리 중의 한쪽에서는 정치에 대해 '이제는'이라는 회의론을 펼쳤고 다른 한쪽에서는 '그래도'라는 명분론을 전개했다. 회의론을 펼치는 쪽에서는 회의적일 수밖에 없는 여러가지 명세를 조목조목 열거했다. 명분론을 펼치는 쪽에서는 도피적 경향과 방관적 태도를 경계해야 한다는 시대적 당위성을 강력하게 역설했다. 그러나 모든 종류의 정치적 논쟁이 그러하듯이 그 양분화된 주장 자체는 털끝만큼도 새로운 것이 아니었다. 회의론 쪽의 공격 목표가 전방위적(全方位的)이라는 것도 결코 새로운 것일 수 없었다. 악에 맞서겠다고 나선 인간들이 악에 물들어가고, 적과 대항하겠다고 나선 인간들이 적과 닮아가고, 무엇을 염두에 둔 무엇이 결국 그 무엇과 동질화되어 버리는 세상에 대해 철저하게 회의한다는 것이 어찌 새로운 것일 수 있겠는가.

세상이 어차피 그런 것 아니겠느냐.

체념적인 말 한 마디로 분란을 잠재울 수도 있었다. 하지만 세상이 어차피 그런 거니까, 그러니까, 그러면 그럴수록, 우리 모두가 더욱 더 정치적인 관심을 고양시켜야 하지 않겠느냐 하는 역설의 가능성은, 그리하여 있는 그대로 명분론 쪽의 공격 가능성으로 순식간에 돌변해 버렸다. 논쟁이 언쟁이 되고 언쟁이 감정적인 대립으로 바뀌는 데에는 그리 긴 시간이 필요치 않았다. 감정적인 대립이 육체적인 격돌로 태를 바꾸는 것도 역시 마찬가지였다. 논쟁을 대표하던 우리 중의 둘이 어느 순간부터인가 언쟁의 주체가 되고, 그들이 다시 감정 대립의 선봉이 되고, 그러다가 끝내는 멱살잡이까지 벌이게 된 것인데 놀랍게도 그 모든 진행 과정에 소요된 시간이 불과 삼십 분도 되질 않았다. 술잔이 떨어져 깨지고 탁자가 뒤엎어지고 나머지 모두가 놀란 얼굴로 자리에서 일어났을 때 우리 중의 둘은 어느새 서로의 멱살을 움켜쥐고 정신없이 돌아치고 있었다. 그리고 그 모든 것이 끝났을 때 가방을 들고 먼저 자리를 뜨면서 회의론 쪽의 대표격인 인물이 독 오른 목소리로 모두에게 선포했다. 앞으로 내 앞에서 정치의 '정'자도 꺼내지 마. 그런 얘기를 꺼내는 새끼는…… 그런 새끼는 그냥 두지 않겠어!

그날 그 말을 듣고 어째서 명분론 쪽에서 아무런 반응도 나타내질 않았는지 그 뒤로도 우리는 오랫동안 그 이유를 감지할 수 없었다. 명분론 쪽에 서 있던 당사자마저도 그 이유를 설명하지 못했으니 나머지는 말할 필요조차 없었다. 다만 시간이 흐르면서 우리는 거기에 일종의 심리적 동조의식, 다시 말해 논쟁을 위한 논쟁으로 어쩔 수 없이 상반되는 견해를 취했지만 명분론의 이면에도 역시 회의론적인 요소가 다분히 내재돼 있었으리라는 짐작만 어렴풋이 했을 뿐이었다. 그리고 그 짐작은 당사자들을 통해서가 아니라 현실을 통해 분명한 사실로 확인되었다.

이제 그만 일어나지? 여전히 함박눈이 퍼부어대는 밖을 내다보던 우리 중의 하나가 좌중을 둘러보며 어색한 표정으로 입을 열었다. 한쪽 구석자리에서 서로 머리를 맞대고 무슨 얘기인가를 은밀하게 주고받던 둘이 놀란 표정으로 머리를 들어올렸다. 나머지는 아무런 반응도 없이 그저 그럴까 어쩔까 하는 표정을 지으며 은근히 좌중의 분위기를 살폈다. 그러나 일어나자고 제안한 친구가 가방을 메고 먼저 일어나자 나머지도 하나 둘 어쩔 수 없다는 표정으로 천천히 자리에서 일어나기 시작했다.

우리가 밖으로 나섰을 때 시간은 어느덧 열한 시가 가까워지고 있었다. 그러나 어느 누구도 '시간이 늦었으니까' 라는 얘기는 입 밖으로 꺼내지 않았다. 생맥주집 출입구 부근에서 한 발짝도 더 내딛지 못한 채 우리는 한동안 넋나간 사람들처럼 바깥쪽을 내다보며 서 있었다. 아무도 어디로 갈까? 라고 묻지 않았고 어느 누구도 어디로 가자고 먼저 제의하지 않았다. 그렇다고 이제 그만 헤어져 집으로 가자는 얘기를 꺼내는 사람도 없었다. 그저 의식의 흐름이 순간적으로 멎어버린 사람들처럼 그렇게 몽롱한 표정으로 서 있기만 했다. 그리하여 그 의식의 공백으로 주먹만한 눈송이들이 퍽퍽 소리를 내지르며 무수하게 날아와 박히는 것 같았다.

어디 가서 한잔 더 할까? 얼마간의 시간이 흐른 뒤 앞쪽에 서 있던 우리 중 하나가 문득 뒤를 돌아보며 물었다. 그 제안에 선뜻 동의하고 나서는 사람은 없었다. 그때 뒤쪽에 서 있던 하나가 담배를 피워물며 이렇게 중얼거렸다. 이곳에 언제까지 이렇게 서 있겠다는 거야? 그러고 나서 그는 담배를 입에 문 채 퍼부어대는 눈발 속으로 자신이 먼저 발을 내디뎠다. 그리고는 그것이 독자적인 행동이라는 걸 분명히 하려는 듯 뒤도 돌아보지 않고 골목을 빠져나가기 시작했다. 그러자 나머지도 어쩔 수 없다는 표정으로 그를 따라 걸음을 옮겨놓기 시작했다. 국도로부터 한 블록 뒤, 네온사인이 즐비한 유흥가 골목은 예상 밖으로 썰렁했다. 초저녁에 물결을 이루며 넘실거리던 젊은 이들이 썰물처럼 빠져나가고 이제는 네온사인의 불빛들만 졸 듯 깜빡이고 있을 뿐이었다. 쏟아지는 눈발 속에서 그 불빛들 이 잘게 부서지고, 그 잘게 부서진 불빛들이 형형색색의 눈꽃 이 되어 곳곳으로 뒤덮이는 것 같았다.

우리는 국도를 향해 천천히 걸음을 옮겨놓았다. 서로의 보폭 을 전혀 의식하지 않은 채 하나는 앞서 가고 둘은 그 뒤를 따라 가고 나머지 셋은 앞선 자들이 가는 길을 그저 따라가는 형국 이었다. 서로 말을 주고받으며 걷는 사람도 없었다. 하나같이 묵묵히, 그러면서도 무거운 등짐을 짊어진 사람들 같았다. 얼핏 얼핏 내리는 눈발 속으로 어제의 우리가 다가오고, 다가오다가 순간적으로 등을 보이며 멀어져 가기도 했다. 어제까지 어깨를 겯고 걷던 길이 오늘 갑자기 낯설게 여겨지는 이유를 우리는 생각하지 않을 수 없었다. 아무런 거리감도 느끼지 못하던 사 람들에게서 어느날 갑자기 숨막히는 단절감을 느껴야 하는 이 유도 또한 생각하지 않을 수 없었다. 이미 잃어버린 것과 앞으 로 잃어버릴 것. 그리고 다가오는 것과 멀어져가는 것. 그런 것 들 속에 낯선 우리가 던져져 있었기 때문이었다.

어떻게 할까? 맨 앞에 서서 걷던 친구가 전철역 입구에서 걸 음을 멈추고 나머지 사람들을 기다리다가 물었다. 어쨌거나 이 제는 결정을 내려야 할 순간이라는 표정을 그는 짓고 있었다. 어쩔까? 어디 가서 한잔 더 할까? 우리 중의 하나가 나머지를 둘러보며 조심스럽게 입을 열었다. 그의 말이 아주 잘게 부서져 눈송이보다 가볍게 허공으로 폴폴 날아오르는 것 같았다. 그런 물음에 익숙한 사람은 우리 중에 아무도 없었다. 2차, 3차, 신명나는 대로 술을 마시러 몰려다니던 때가 언제였던가. 아무런 결정도 내리지 못한 채 우리는 허전한 모습으로 한동안 서로의 눈치만 살피며 서 있었다.

젠장, 어디 가서 한잔 더 하자구! 짜증스럽다는 듯 우리 중 하나가 갑작스럽게 언성을 높였다. 그의 제안에 나머지가 동의하고 자시고 할 겨를도 없이 그때 우리 중 하나가 결연한 목소리로 잘라 말했다. 난 안 돼. 안 돼? 다른 하나가 놀란 표정으로 물었다. 자신의 의사를 분명하게 밝히고 모임에서 과감하게 이탈하려 한다는 게 사뭇 충격적으로 받아들여진 모양이었다. 내일 이사해야 돼. 어디로 가는데? 우리 중의 또 다른 하나가 되물었다. 벽제. 이미 마음을 굳힌 듯 그는 표정 없는 얼굴로 지극히 담담하게 입을 열었다. 그럼 가봐야겠군. 어쩔 수 없다는 표정으로 다른 하나가 중얼거렸다. 미안해. 먼저 갈게. 손을 한번 들어보이고 나서 그는 곧바로 전철역 계단을 내려가기 시작했다.

순간적으로 깊은 충격을 받은 듯 나머지 모두가 예리한 눈빛으로 그의 뒷모습을 지켜보았다. 그의 뒷모습이 시야에서 사라져버린 뒤 우리는 갑작스럽게 망연자실한 표정이 되어 서로의 얼굴을 쳐다보았다. 지난 연대에 관한 우리의 기억 속에 언제 저런 독자적인 이탈이 있었던가. 겨울나무로 가자. 그때 망연함을 일깨우듯 우리 중 하나가 행선지를 제시했다. 그제서야 우리는 파란불이 켜진 횡단보도를 빠른 걸음으로 건너기 시작했다. 국도는 이미 그 노면이 빈틈없이 얼어붙어 있었다. 그것은 인도로 올라선 뒤에도 크게 다를 바가 없었다. 궁형으로 휘어진 인도를 따라 잠시 걸은 뒤 우리는 다시 한번 횡단보도를 건넜다. 우리가 종로통에서 만날 때마다 거의 예외없이 들르곤 하는 목조 카페가 바로 그 건너편의 이층 건물에 있었다.

우리가 옷에 들러붙은 눈을 털어내며 낡은 카페 안으로 들어섰을 때 그곳은 이미 파장머리에 이르러 있었다. 두어 테이블에 손님이 남아 있기는 했지만 그들과 아무런 상관도 없이 종업원들은 부산하게 움직이며 실내를 정리하고 있었다. 어쩌죠? 카운터에 앉아 계산을 하고 있던 청년이 멋쩍게 웃어보였다. 하지만 아주 잠깐 동안 차나 한 잔씩 마시고 가겠다는 우리의 요구를 그는 끝끝내 거절하지 못했다.

정말일까, 그게? 커피 다섯 잔이 빠르게 날라져왔을 때 우리 중 하나가 입을 열었다. 뭐가? 담배를 꺼내 물던 다른 하나가 되물었다. 이사한다는 거 말야. 글쎄 전에 듣긴 들었어. 하지만…… 뭔가가 미심쩍다는 표정으로 다른 하나가 말끝을 흐렸다. 그 이탈된 존재 하나가 모두의 마음을 여전히 불편하게 하고 있는 모양이었다. 그걸 반영하기라도 하듯 그 얘기는 모두의 입에서 끊이지 않고 한마디씩 흘러나왔다. 이렇게 눈이 오는데 어떻게 이사를 한다는 거야? 글쎄…… 개썰매로 하려는 모양이지 뭐. 아무래도 거짓말 같애. 그럼? 뭘 물어? 그럴 수도 있는 거지. 젠장, 이럴 걸 뭐하러 만나자고 해? 솔직히 말해 난 모든 것에 흥미를 잃었어. 누구는 흥미가 있어서 왔는 줄 알아? 우리의 만남에 특별한 의미를 부여할 필요는 없어. 그럼 이게 친목계인가? 빌어먹을, 구역질 나는 정치 얘기 안하면서도 얼마든지 만날 수 있잖아? 구속감을 느끼면서까지 만날 필요는 없어. 먼저 간 그 친구가 차라리 솔직한 건지도 모르지. 골치 아파. 제발 그만 둬……

지난 연대가 막을 내리기 서너 달쯤 전에 생겨난 그 뜻하지 않은 불상사로 인해 우리는 한동안 만나지 못했다. 만나지 못한 이면에 사실은 만나지 않으려는 묵계적인 공감대가 형성돼 있었는지도 모를 일이다. 하지만 그 기간 동안 우리는 우리가 몸 담고 사는 이 땅덩어리의 비애가 무엇인지를 다시 한번 절감하지 않을 수 없었다. 온 세계가 정치적 해빙의 물결로 떠들썩한데 어찌된 일인지 우리가 몸 담고 사는 이 땅덩어리만 그런 흐름과 아무런 상관도 없이 깊은 무력감 속으로 빠져드는 것 같았다. 정치적인 관심사로 한때 내남없이 침을 튀기고 핏대를 올리던 주변의 많은 사람들이 이제는 정치 대신 증권과 부동산, 고스톱과 포커, 그리고 방중술(房中術)과 포르노에 관한 얘기로 시간의 공백을 메워나가는 걸 목도할 수 있었다. 그런가 하면 그렇게 정신적으로 도태되어 가는 사람들까지 한동아리로 싸잡아 세상 전체를 냉소적으로 비난하는 사람들도 적잖이 눈에 띄었다. 간혹 정치를 입에 담는 사람들이 없는 건 아니었지만 얘기가 나오기 무섭게 곳곳에서 야유와 조소와 욕설이 퍼부어져 말한 사람만 면구스러워지기 일쑤였다. 그러면서 겨울은 깊어가고 있었고, 그러면서 한 연대는 허망하게 막을 내려가고 있었다.

지난 연대가 막을 내리던 마지막 날 우리는 다시 만났다. 예기치 못한 불상사가 있던 그날 밤 이후 근 서너 달 만의 만남이었으니 참으로 오랜만의 만남이 아닐 수 없었다. 망년이 아니라 망년대(忘年代)를 빙자한 만남이었지만 그날 우리가 확인한 것은 다만 한 가지, 우리가 대화의 소재를 상실하고 그 상실감 때문에 서로에 대해 깊은 단절감을 느끼고 있다는 것뿐이었다. 그날 우리는 의도적으로 정치 얘기를 회피했다. 그리하여 그날 우리의 만남은 처음부터 끝까지 밑도끝도 없는 잡담으로만 일관되었다.

무슨 얘기를 주고받았던가. 고스톱과 포커, 볼 만한 포르노와 폭력물, 그리고 구천일심(九淺一深)의 테크닉과 미아리 텍사스…… 우리 주변의 많은 사람들이 주고받던 바로 그런 얘기들이었다. 어느 순간 우리 중 하나가 이탈리아 국회의원 치치올리나를 입에 담았지만 그것도 역시 '정치인으로서가 아니라 포르노 여배우로서'라는 단서를 분명하게 제시하고 난 다음의 입길이었다. 그렇듯 모든 얘기를 의식하면서 해야 한다는 바로 그 사실을 우리는 철저하게 의식하고 있었다. 그런 것 말고 달리 더는 아무것도 통용되지 않을 것 같았다. 의미 없는 말만 통용되는 시간. 그리고 의미 있는 말이 철저하게 통제 당하는 공간. 그러나 그런 시공이 무엇을 의미하는지 우리는 알고 있었다. 우리의 대화를 통제하는 인위적인 힘의 정체도 알고 있었다. 말에 대한 자유로움을 통제하는 적이 우리 중에 있었다. 우리 모두의 가슴속에 끈질기게 또아리를 틀고 있는 내부의 적!

우리가 우리의 적이었다. 불행하게도 그날 우리가 확인한 것은 그것 한 가지뿐이었다. 그것이 혐오였건 증오였건 혹은 저주였건 그런 건 아무래도 좋았다. 우리가 우리를 의식하게 되었다는 그것만이 우리에게는 분명한 현실일 뿐이었다. 그리하여 막을 내리는 연대와 새롭게 막을 올리는 연대, 시대에 대한 열정과 변혁에 대한 설렘 따위들이 이제 더이상 관심의 대상이 아니라는 사실에 우리 모두는 묵시적으로 동의했다. 어제 말하던 것을 오늘 말하지 않는다는 게 깨달음의 결과라면 오늘 말하지 않은 것을 어제 말했다는 건 고스란히 무지망작의 소산인가? 우리는 어제를 기억하려 하지 않았고 오늘을 통해 내일을 보려고도 하지 않았다. 남겨진 게 있다면 그저 어제의 열정을 수치스러워 하는 우리, 그리고 내일에 대한 기대감을 부질없어 하는 우리가 남겨져 있을 뿐이었다. 그리고 그것이 우리에게 남겨진 마지막 공감대이기도 했다. 그러면 이제 더이상 우리가 만나 무슨 얘기를 주고받을 수 있는가? 그날 술자리가 거의 끝나갈 무렵에 우리 중 하나가 아주 우울한 표정으로 이런 발언을 했다. 이제 내 가슴에 남겨진 건 극단적인 허무뿐이고 그 허무 속에서 끝끝내 되찾고 싶은 건 인간적인 낭만뿐이야. 나머진 아무것도 없어…….

카페에서 서둘러 커피를 마시고 밖으로 나왔을 때 눈발은 훨씬 가늘어져 있었다. 그러나 그런 식으로 그칠 눈은 결코 아닌 것 같았다. 눈이 무슨 상관이란 말인가. 우리는 다른 아무것도 생각할 수 없었다. 오직 한 가지, 우리 중 하나가 결별하듯 손을 흔들고 떠났다는 것만이 우리에게는 폭설보다 더한 폭거로 받아들여지고 있을 뿐이었다. 관습이 낯설고 혼란스럽게 여겨질 때, 그때 사람들은 떠나는 모양이었다. 익숙해진 것에서 생겨나는 배반감을 견디지 못한 채, 낯선 것을 수용하려는 마음의 여지를 털끝만큼도 마련하질 못한 채, 그렇게 말없이 떠나는 것으로 모든 것을 대신하는 모양이었다.

우리가 횡단보도로 다가갔을 때 때맞추어 녹색 신호등이 깜빡거리기 시작했다. 때를 놓치지 않으려는 사람 몇몇이 연신 좌우를 살피며 빠르게 길을 가로질러갔다. 그러나 그들이 미처 건너편 인도에 당도하기도 전에 붉은 신호등이 들어왔다. 붉은 신호등이 들어온 뒤, 그때 비로소 우리는 앞서 걷던 우리 중 하나가 건너편 인도에 서서 우리에게 손을 흔드는 걸 볼 수 있었다. 빨리 건너오라는 시늉인 것 같았다. 그러나 그것은 이미 시간과 거리로 해결될 문제가 결코 아니었다. 아주 먼 곳, 영원히 건너갈 수도 건너올 수도 없는 그런 곳에 그가 서 있는 것 같았다.

나도 갈래. 그때 우리 중 하나가 다시 한 걸음 뒤로 물러나며 분명한 어조로 이탈을 선언했다. 아무도 그 이유를 묻지 않았고 그것이 부담스러웠는지 그는 다시 입을 열었다. 집에 가서 포르노를 보는 게 낫겠어. 그러면서 그는 길 위쪽으로 조금씩 뒷걸음질 치기 시작했다. 그 위쪽에 택시를 잡으려는 사람들 몇몇이 몰려 있었다. 그에게 향했던 시선을 돌려 다시 길 건너편을 향하자 그쪽에 서 있던 친구가 기다렸다는 듯 손을 흔들어 보였다. 가겠다는 신호였다.

개자식들…… 갈 테면 가라지. 남겨진 우리 중 하나가 불쾌하다는 표정으로 말을 짓씹어 뱉었다. 셋 중 하나였다. 여섯 가운데 정확하게 반이 떠나고 반이 남겨진 셈이었다. 다행히 이제 더이상 떠나려는 사람은 없는 것 같았다. 그것이 남겨진 사람들에게 묘한 결속감을 느끼게 했다. 그리고 그런 결속감으로부터 이미 떠난 자들과 분명하게 구분되려는 새로운 공감대가 은밀하게, 그러면서도 대단히 빠른 속도로 형성되기 시작했다. 셋도 '우리'가 아닌가.

신촌으로 가자. 우리 중 하나가 전혀 새로운 표정으로 제안했다. 거기? 나머지 둘이 합창을 하듯 거의 동시에 되물었다. 그래, 거기 가서 신나게 마시고 기분 좀 풀자구. 좋아! 진작에 이런 식으로 나갔어야지. 뒤늦게 신바람이 올라 우리는 걸음을 재촉했다. 그리고는 신촌 방향의 국도에 이르러 택시를 기다리기 시작했다. 그러나 기다리고 자시고 할 겨를도 없이 그때 검은 승용차 한 대가 우리 앞에서 멎었다. 어디로 가실 겁니까? 윈도우를 내리며 운전석에 앉은 젊은 친구가 물었다. 자가용 영업을 하는 족속인 모양이었다. 신촌! 타고 갈 생각이 있다는 듯 우리 중 하나가 한 걸음 앞으로 나서며 대꾸했다. 만 원 주세요. 길이 형편 없어요. 오천 원! 에이, 그렇게야……. 육천 원 주세요. 결국 그 정도 받을 요량으로 그는 처음부터 만 원을 부른 것 같았다.

타자! 흥정을 하던 친구가 먼저 차에 올랐다. 차로 달려봤자 십 분 거리도 안 될 곳을 육천 원씩이나 주고 가면서도 우리는 전혀 부담스러워하지 않았다. 부담스런 모든 것을 떨쳐 버리고 모든 것을 처음부터 새롭게 시작하려는 사람들처럼 우리는 조금씩 들떠가기 시작했다. 낯선 환상으로 접어드는 길목에서 느끼게 되는 이상야릇한 설렘이 우리 모두를 감싸고 있었다.

세번째 목적지로 정한 카페 입구에서 우리는 당황한 표정으로 걸음을 멈추었다. 잘못 왔구나……. 문을 밀치고 안으로 들어서자마자 우리는 대뜸 그런 느낌에 사로잡혔다. 후끈한 열기가 먼저 밀려나오고 그 다음에 싸늘한 시선들이 날아들었다. 너무나도 배타적인 눈빛들이 그 어둠침침한 실내로부터 우리가 서 있는 출입구 쪽으로 끊임없이 밀려나오고 있었다. 순간적으로 음악이 멎고 숨막히는 정적이 밀려들었다. 팽팽한 긴장감이 극을 향해 치닫는 순간이었다. 그 잠깐 동안의 정적이 우리에게는 영원인 것처럼 여겨져 숨도 제대로 쉬지 못할 지경이었다. 초대받지 못한 불청객들처럼, 어째서 우리가 그들에게 철저한 배타의 대상이 되어야 하는가. 그러나 입장은 그들도 또한 마찬가지인 것 같았다. 우리의 느닷없는 출현이 그들을 놀라게 한 것이 아니라 자신들의 배타적 행동으로 인해 그들은 스스로 놀라고 있는 것 같았다. 우리는 그들에게 그것을 자각할 수 있는 뜻하지 않은 계기를 마련해 준 셈이었다. 단지 그것일 뿐이었다.

이렇게 늦은 시각에 어쩐 일이에요? 모두들 한동안 안 나타나더니……. 이윽고 주인여자가 우리가 서 있는 출입구 쪽으로 나서며 어설픈 웃음을 지어보였다. 상당히 취한 얼굴이었다. 이상한 풍경이로군요. 실내를 휘둘러보며 우리 중 하나가 심드렁한 목소리로 중얼거렸다. 생일 파티를 하는 중이에요. 그래서 아홉 시부터 다른 손님은 하나도 안 받았어요. 어색하겠지만 저쪽 구석자리에서 한 잔 하실래요? 가장 구석진 자리를 그녀는 손가락으로 가리켰다. 저기가 초대받지 못한 손님들 자리로군만. 뜨악한 표정으로 우리 중 하나가 중얼거렸다. 그러고 나서 그는 나머지 둘을 돌아보았다. 그리로 가 앉자는 표정이었다.

오늘은 왜 세 분만 왔죠? 병마개를 따며 주인여자가 물었다. 셋이 오면 안 되나요? 우리 중 하나가 표정 없는 얼굴로 여자를 올려다보았다. 여자가 잠시 당황하는 기색을 보였다. 그러나 그것도 잠시일 뿐이었다. 안 될 건 없죠. 하지만 오늘은 오래 마실 수 없어요. 폭설이 내리는 밤이니까……. 우리의 의표를 찌르는 듯한 말을 남기고 그녀는 초대받은 사람들에게 다시 돌아갔다. 폭설이 내리니까, 이런 날 만나서 한잔 하자던 우리의 약속은 이미 어제의 일이 되어 있었다. 어느덧 자정이 지나 있었다.

오나가나 찬밥 신세로군……. 우리 중 하나가 피곤하다는 표정을 지으며 잔을 들었다. 그때 생일 파티에 초대받은 사람 중 하나가 자리에서 일어나 노래를 부르기 시작했다. 우리의 출현으로 그것이 잠시 중단돼 있었던 모양이었다. 그대 아름다운 생일날, 종소리 울리는 저녁……. 잔을 비우고 나서 우리는 일제히 그쪽으로 고개를 돌렸다. 케이크가 놓인 테이블을 중심으로 이십여 명 가까운 사람들이 둘러앉아 있었다. 남자보다 여자가 훨씬 많았다. 그 파티석상의 한쪽 구석자리에 팔짱을 끼고 앉아 있던 여자 하나가 우리 쪽을 건너다보며 고개를 까딱해 보였다. 자세히 보니 안면이 있는 여자였다. 우리가 여섯이었을 때 이곳에서 술을 마시며 안면을 익힌 여자였다. 어떤 종류의 기대감도 허용할 수 있었던 시절, 그리고 그 기대감을 위해 뜨거운 열정을 구사해도 전혀 과하게 여겨지지 않던 시절, 이 카페에서 몇 번인가 자리를 함께 한 여자였다. 그 여자를 보고 또한 그 여자와 함께 어울려 있는 사람들을 건너다보면서 엉뚱하게도 우리는 광기로 얼룩진 지난 연대를 반추하지 않을 수 없었다. 그 모든 것이 참담한 자괴감으로 되돌려진 오늘의 현실을 또한 비감스러워하지 않을 수 없었다. 여섯이었던 우리, 그리고 지금은 셋만 남겨진 우리. 응집된 환상이 역사를 만들고 그것이 깨어진 뒤에 인간들은 자아를 찾아 뿔뿔이 흩어져 간다고 말한 사람이 우리 중 누구였던가.

지난 연대의 마지막 날 만났다 헤어진 뒤로 우리는 또다시 소원한 시간을 보냈다. 지난 연대의 마지막 날 우리가 서로에게서 확인했던 그 허망한 단절감 때문에 의도적으로 만남을 회피하고 있었는지도 모를 일이었다. 그러나 만남을 의식적으로 기피한다 해도 그것은 어차피 정신적인 짐일 수밖에 없었다. 만나지 않으면서도 서로를 강렬하게 의식한다는 것. 우리는 이제 '우리'라는 그 무형의 집단의식 자체를 부담스러워하는 아주 이상스런 존재들이 되어 있었다. 지난 연대 내내 우리의 만남을 지탱시켜 온 버팀목이 정치적 관심사였다는 것이야 재론의 여지가 없는 것이지만 그것이 사라져버린 현실에서의 우리는 과연 어떤 형태로 잔존할 수 있을 것인가. 그것이 만나지 않는 동안에도 우리 모두에게 상당한 중압감으로 작용하고 있었다.

아무런 의미도 없이 그런 와중에서도 시간은 무시로 흘렀다. 수은주가 영하로 곤두박질치고 칼바람이 깊은 밤의 적요를 잔인하게 난자하는 아스스한 날들이 오랫동안 계속되었다. 그러면서도 날이 밝으면 어김없이 '새로운 연대에 거는 기대'라는 활자들이 곳곳에서 쏟아져나왔고 짧은 순간 뒤에 그것들은 도처의 길바닥에서 학살당한 시신들처럼 흉칙스럽게 나뒹굴곤 했다. 그런 나날이 새로운 연대를 더욱 남루하게 만들어나가던 어느 날 느닷없이 눈이 내리기 시작했다. 하룻밤 만에 대설

주의보가 대설경보로 바뀌고 그 말미에 21년 만의 폭설이라는 새로운 기록이 덧붙여졌다. 그 느닷없는 폭설이 우리 모두에게 그토록 상징적으로 받아들여졌던 이유가 무엇이었을까.

약속이라도 한 것처럼 우리는 서로에게 전화를 걸어 만나자는 제의를 했다. 눈이 내리니까, 눈이 너무나도 신나게 내리니까, 그러니까 이런 날 만나서 부담없이 한잔 하자는 제의였다. 그 제의는 스스럼없이 받아들여졌고 당연한 것처럼 우리는 약속을 했다. 새로운 연대가 시작되고도 어느덧 두 달이 지난 오늘 우리는 폭설을 빙자해서 만나자는 약속을 했던 것이다. 하지만 우리는 알고 있었다. 무엇인가를 빙자해야만 만날 수 있는 사람들, 무엇인가를 빙자하지 않고서는 결코 만날 수 없는 사람들. 우리가 이미 그런 사람들이 되어버렸다는 사실을 어느 누가 모른다고 부정할 수 있겠는가.

이제 파티는 끝났습니다. 참석해 주신 모든 분들께 감사 드리며…… 모든 참석자들에게 사회자가 아주 여러 번 감사를 건네며 오래지 않아 파티는 막을 내렸다. 그들이 웅성거리며 자리에서 일어나는 걸 보며 우리도 또한 자리를 뜰 준비를 했다. 그들이 그곳에 있었으므로 우리도 또한 그곳에 있을 수 있었다는 뒤늦은 깨달음보다 우리가 아무런 대화도 없이 오로지 그들에게만 정신을 팔고 있었다는 사실이 새삼스럽게 우리를 놀라게 했다. 그러나 우리는 그런 의식의 방기 상태를 다시 한번 방기하면서, 그러면서도 아무렇지 않은 표정으로 천천히 자리에서 일어났다. 내가 계산할게. 사람들이 일어나서 짐을 챙기고, 밖으로 나가고, 누군가를 부르고 하는 소란스런 와중에 우리 중의 하나가 카운터로 갔다. 그가 계산을 하는 동안 나머지 둘은 초대받은 사람들 틈에 뒤섞여 먼저 밖으로 나왔다.

한치 앞도 분간하기 힘들 정도로 그때까지도 눈은 계속해서 쏟아지고 있었다. 아, 미치겠어. 이 눈 좀 봐. 이 눈……. 좁은 골목길을 빠져나가며 여자들이 무시로 탄성을 내질렀다. 골목을 벗어나자 요란스런 엔진 소음과 함께 곳곳에서 뽀얀 수증기가 피어오르는 게 보였다. 초대받은 손님들 중 상당수가 자가용을 몰고온 모양이었다. 승용차를 장갑차로 착각하는 건가? 이런 날, 빌어먹을……. 밖에 나와서 기다리고 있던 둘 중 하나가 어깨를 움츠리며 중얼거렸다. 차가 힘이니까. 카페가 있는 골목을 들여다보며 나머지 하나가 짧게 말했다. 왜 이렇게 안 나오는 거야? 하나가 고개를 갸웃거리며 의아해 하자 나머지 하나가 전혀 다른 상황을 우려했다. 돈이 부족한지도 모르겠군. 그러면서 둘이 다시 골목으로 들어가려 할 때 때마침 그곳에서 누군가 걸어나오는 게 보였다. 아직 안 가셨어요? 카페 주인여자였다. 그녀가 놀라는 눈으로 둘을 쳐다보는 순간 어디선가 무더기진 눈이 땅바닥으로 떨어져내리는 소리가 털퍼덕, 느닷없이 어둠을 뒤흔들었다. 계산 끝내고 아까 나가셨어요. 아마 저쪽 블럭으로 나가신 모양이로군요. 하지만 이제는 어차피 헤어질 시간이잖아요?

주인여자가 사라진 한참 뒤까지도 둘은 그 자리에 얼어붙은 듯 서 있었다. 셋이었던 우리가 둘만의 우리로 변해가는 데 소요된 시간, 어쩌면 그것은 체념을 반영하는 최소한의 시간이었는지도 모를 일이었다. 이런 식으로 하나 하나, 결국 모두 다 사라져가는구만⋯⋯. 어디가 길이고 어디가 길이 아닌지도 모를 길을 간신히 빠져나가며 우리 중 하나가 길게 한숨을 내쉬었다. 그래도 우리는 아직 둘이잖아. 아니 둘이니까 아직 우리잖아. 안 그래? 다짐을 받듯 나머지 하나가 다른 하나를 돌아보았다. 우리? 하긴⋯⋯ 둘도 우리는 우리지. 하지만 내가 말하고 싶은 건⋯⋯.

빵! 빵! 빠—앙! 뒤통수를 후려치듯 그때 등 뒤에서 느닷없이 클랙슨 소리가 들려왔다. 놀란 표정으로 우리가 거의 동시에 뒤를 돌아보자 이번에는 눈도 제대로 뜨지 못할 만큼 엄청나게 밝은 빛살이 밀려들었다. 그 엄청난 광량을 피하기 위해 우리는 거의 반사적으로 고개를 돌렸다. 그리고는 손을 홰홰 내저으며어서 그 라이트를 끄라는 시늉을 했다. 그러나 라이트는 꺼지지 않았다. 할 수 없이 우리가 옆으로 비켜나 눈살을 한껏 찌푸리며 승용차가 있는 곳으로 다가갔다. 얼핏 보니 여자 혼자 운전석에 앉아 있는 것 같았다. 좀 더 자세히 확인하기 위해 다시 몇 걸음 앞으로 나아가자 기다렸다는 듯 여자가 윈도우를 내리며 밖으로 얼굴을 내밀었다. 바로 얼마 전에 카페에서 팔짱을 끼고 앉아 우리를 건너다보던 여자, 우리가 여섯이었을 때 카페에서 술을 마시며 안면을 익힌 바로 그녀였다. 우리가 다가가자 아주 짧게, 그녀는 이렇게 입을 열었다. 타요.

우리의 행선지를 묻지도 않고 자신의 행선지를 밝히지도 않은 채 그녀는 한동안 아무런 말도 없이 운전에만 신경을 썼다. 조심스럽게 서행을 하고 있었지만 아주 빈번하게 차체가 엉뚱한 방향으로 미끄러지고, 그러다가 가끔은 헛바퀴질로 심하게 몸부림을 쳐대곤 했다. 어디로 가는 거죠? 즐비한 수은등, 눈덮인 가로수, 인도와 차도가 구분되지 않는 낯선 풍경을 내다보며 우리 중 하나가 여자에게 물었다. 그러나 그녀는 대답 대신 질문을 우리에게 되돌려주었다. 술 한잔 더하고 싶지 않으세요? 난감한 표정으로 우리 중 하나가 되물었다. 이 시간에 술을 마실 만한 곳이 있습니까? 그녀가 곧바로 대답했다. 샤갈의 마을로 가면 돼요. 샤갈의 마을? 거의 동시에 우리는 서로의 얼굴을 마주보았다. 그러고 나서 다시 고개를 돌리자 한 여자가 백미러 속에서 묘한 표정으로 소리 없이 미소를 머금고 있었다.

차가 다시 국도로 접어든 뒤 우리 중의 하나가 느닷없이 다른 하나의 옆구리를 툭 쳤다. 저게 뭐지? 눈발이 춤을 추듯 너울거리는 희붐한 허공에 마치 매달려 있는 것처럼 거대한 굴뚝 하나가 솟아 있었다. 글쎄, 뭘까? 연기도 나오네……. 우리가 망연한 눈길로 그것을 올려다보는 사이 차는 좌회전했고 그와 동시에 그 굴뚝은 우리 시야에서 순식간에 사라져버렸다. 당인리 발전소예요. 좌회전을 하자마자 곧바로 차를 세우며 그녀가 말했다. 보이죠? 밖을 내다보니 주택가 골목 어귀에 그때까지도 문을 닫지 않은 슈퍼마켓 하나가 있었다. 내려서 술을 사세요. 왜 그곳에다 차를 세웠는지 그제서야 우리는 그녀의 의도를 알아차릴 수 있었다. 우리 중 하나가 차에서 내려 술을 사러가자 그녀도 곧바로 문을 열고 밖으로 나갔다. 그리고는 슈퍼마켓을 지나 어두운 골목 안쪽으로 이내 모습을 감춰 버렸다.

어디 갔어? 술을 사러 갔던 우리 중 하나가 돌아와 그녀의 부재를 의아해 했다. 글쎄……. 차안에서 기다리고 있던 다른 하나가 고개를 갸웃거렸다. 눈 녹이러 갔구만? 오줌? 그래. 서로의 얼굴을 쳐다보다가 풋, 우리는 거의 동시에 바람 빠지는 소리를 내며 웃었다. 도망가지 않을 거지? 그러다가 문득 표정을 바꾸며 우리 중 하나가 다시 입을 열었다. 카페에서 도망간 친구를 떠올리고 있는 모양이었다. 이젠 도망갈 길도 없어. 걱정하지 말라는 투로 다른 하나가 말했다. 내일은 교통두절 되는 곳이 많겠어. 눈밭이 되어버린 도로를 내다보며 우리 중 하나가 다시 입을 열었다. 모든 길이 다 막혀 버렸으면 좋겠어, 차라리……. 다른 하나가 등받이에다 머리를 기대며 중얼거렸다. 그때 골목 안쪽으로 들어갔던 여자가 모습을 드러냈다. 그러자 우리 중 하나가 다시 입을 열었다. 오래도 싸고 오네, 젠장…….

그로부터 거의 십 분 동안 우리는 한 여자가 자신의 승용차를 불도저처럼 몰아대며 주택가 골목길의 눈을 무지막지하게 밀고 들어가는 걸 생생하게 목격할 수 있었다. 밀려나가던 눈이 보닛 위로 올라오고 전면 유리까지 뒤덮어올 무렵이 되어서야 비로소 차는 정지했다. 람보가 봤으면 여보하자고 하겠구만……. 차에서 내려서자마자 우리 중 하나가 설레설레 머리를 뒤흔들었다. 차가 정차한 곳은 골목 끄트머리에 있는 어느 연립주택 옆이었다. 여기가 샤갈의 마을인가? 그 연립주택에 그녀의 거처가 있는 모양이라고 생각하며 우리는 그녀의 뒤를 따라갔다. 하지만 우리의 예상은 보기좋게 빗나가고 말았다. 어찌된 셈인지 그녀는 연립주택의 캄캄한 지하 계단을 내려가고 있었다. 지하의 어느 철제 출입문 앞에 이르러서야 그녀는 비로소 그곳이 자신의 집이 아니라는 걸 분명히 밝혔다. 제 작업실이에요.

문을 열고 먼저 들어가 바닥에 떨어져 있던 몇 가지의 허섭쓰레기들을 재빨리 주워내고 난 뒤에 그녀는 우리를 안으로 들였다. 냉기가 가득한 실내로 들어섰을 때 무엇보다도 먼저 우리 두 사람의 시선을 사로잡은 건 벽에 걸린 여러 개의 그림 액자들이었다. 어디선가 많이 본 듯한 것들……. 모두 샤갈의 그림들이었다. 그제야 우리는 그녀가 그림을 그리는 여자라는 얘기를 들었던 아주 희미한 기억을 되살려낼 수 있었다. 아주 잠시 어설픈 자세로 서서 우리는 그 실내를 둘러보았다. 그리다 만 몇 개의 풍경화가 한쪽 구석에 세워져 있었고 그 옆으로 침대와 작은 책상, 전축, 탁자, 소형 냉장고 따위들이 올망졸망하게 자리를 잡고 있었다. 그러나 우리 같은 문외한들의 눈으로 얼핏 보기에도 그곳은 작업에 몰두하는 화가의 전문적인 화실은 결코 아닌 것 같았다. 뭐랄까, 그저 그림을 '그린답시고' 만들어 둔, 일테면 그런 자기과시용 화실이지 싶었다. 자가용까지 있는 여자가 난방시설도 갖추어지지 않은 작업실에서 겨울 내내 호호 입으로 언 손을 녹여가며 그림을 그린다? 침대에는 시트 대신 두꺼운 솜이불이 덮여 있었고 그 밑으로는 전선이 연결돼 있었다. 아마도 이불 밑에 전기장판을 깔아 둔 모양이었다.

추우니까 술을 빨리 마시세요. 탁자를 사이에 두고 우리가 그녀와 마주앉았을 때 술을 따르면서 그녀가 말했다. 위스키 한 병과 맥주 다섯 병의 마개를 그녀는 모조리 따버렸다. 위스키는 우리가 산 것이고 다섯 병의 맥주는 그녀의 작업실에 있던 것이었다. 여기가 마지막 기착지인가? 여자가 잔에다 위스키를 따르는 동안 우리 중 하나가 다른 하나에게 물었다. 그냥 이쯤에서 파묻혀 버리고 싶군. 가볍게 고개를 끄덕이며 다른 하나가 대답했다. 다른 무엇보다도, 지금 이 순간 세상에 엄청난 폭설이 쏟아지고 있다는 사실이 남겨진 두 사람의 마음을 오히려 안온하게 해주는 것 같았다. 중요한 건 오로지 그것뿐이었다. 그런 정신적 안정감 이외 다른 모든 것은 잊거나 체념하고 싶었다. 설령은 그것이 한심스런 매몰욕구라 해도 어쩔 수 없는 노릇이었다. 우리 모두가 뿔뿔이 '흩어졌다'는 결과보다 우리 모두가 뿔뿔이 '흩어져가고 있다'는 과정이 우리를 끈질기게 괴롭혀댄 때문이었다. 둘이 남겨졌을망정 이제 더이상 그런 고통에 시달리지 않을 수 있다면 그것으로써 우리는 얼마든지 마음의 평정을 회복할 수 있을 것이다. 내일은 몰라도 적어도 오늘밤만은 그럴 수 있을 것이다. 여기는 다른 곳도 아니고 폭설이 쏟아지는 샤갈의 마을이 아닌가.

추우니까 빨리 마시라는 여자의 얘기 때문이 아니라 비로소 회복되기 시작한 정신적 안정감 때문에 우리는 술을 빨리 마셨다. 술이 아니라 정신적 안정감이 결국 추위를 잊게 해 준 셈이었다. 이른 저녁부터 마시기 시작한 상당량의 술이 한데 뒤섞여 그제야 후끈거리는 취기가 살아올랐다. 아주 가끔 여자가 지난 연대의 우리 모습을 되새기게 하는 얘기를 꺼냈다. 하지만 우리는 그저 들어주기만 했을 뿐 얘기의 전개를 허용할 만한 어떤 종류의 빌미도 만들어 주지 않았다. 당신들 여섯이 몰려와 노래를 부르던 그날밤, 지난 연대에 그 카페에서 만난 당신네들과 비슷했던 사람들, 혹은 당신네들이 정치 문제로 격론을 벌일 때…… 라는 식으로 여자는 가끔 입을 열었지만 대부분의 얘기가 우리 두 사람의 의도적인 비협조로 인해 막을 올리자마자 곧바로 다시 내려놓는 형국이 되기 일쑤였다.

분위기가 답답하게 느껴지는지 여자는 자주 담배를 피웠다. 또한 담배연기를 내뿜는 횟수만큼이나 빈번하게 술잔을 비워냈다. 주량이 상당한 모양이죠? 건네는 잔을 단 한 번도 마다하지 않는 그녀에게 어느 순간인가 우리 중 하나가 물었다. 첫 남자가 가르쳐 준 거예요. 그러니까 처음부터 그렇게 주량이 대단했군요? 우리 중 다른 하나가 흥미롭다는 표정으로 물었다. 아니 그때는 마시는 법만 배웠어요. 주량은 그 남자가 떠난 뒤부터 늘어나기 시작한 거니까…… 한숨을 내쉬듯 그녀는 말을 마치고 나서 아주 길게 담배연기를 허공에다 내뿜었다. 구체적인 사연에 대해서는 더이상 언급하지 않았지만 아주 커다란 공동처럼 보이는 그녀의 얼굴에서 우리는 상당한 것을 직감적으로 시사 받을 수 있었다. 취기가 오를수록 뭔가가 절실해지는지 그녀는 생각날 때마다 한번씩 오디오에다 테이프를 꽂았고 때로는 그것을 끄고 혼자 콧노래를 흥얼거리기도 했다. 그녀가 반복적으로 듣는 노래는 단 한 곡뿐이었다. 그게 무슨 노래냐고 우리 중 하나가 묻자 여자가 한손으로 이마를 받친 채 탁자를 내려다보며 대답했다. 스틸 러빙 유…… 고개를 숙인 채 술잔을 만지작거리며 그때부터 여자는 계속해서 그 말을 되풀이하기 시작했다. 스틸 러빙 유, 스틸 러빙 유……

그림을 그린다는 얘기는 전에 들었지만 진짜 하는 일은 뭔가요? 여자의 감정이 상승과 하강을 몇 번인가 반복하고 난 뒤 우리 중 하나가 물었다. 그러자 여자가 고개를 들고 아주 몽롱한 눈빛으로 우리를 건너다보며 피식 웃었다. 하는 일? 글쎄, 하는 일이야 많죠. 하지만 어떤 일을 해도 한다는 실감이 안 난다는 게 문제이지…… 우리와 마찬가지로 여자도 많이 취해 있었다. 그러니까, 그럭저럭 사는 거로군요? 우리 중 하나가 비아냥거리듯 되받아쳤다. 그럭저럭? 그럭저럭이지. 그럭저럭 아닌 게 어딨어? 아주 심드렁한 표정으로 여자는 중얼거렸다. 그러나 다음 순간 그녀는 갑작스럽게 표정을 바꾸며 자신의 얘기에 엉뚱한 단서조항을 달았다. 나이 사십이 될 때까지만 그렇게 살아볼 거예요.

그렇게 살아본 뒤에는? 상당히 취한 목소리로 우리 중 하나가 그녀의 말꼬리를 물고 늘어졌다. 치기어린 감상이나 저열한 의식의 사치쯤으로 그녀의 얘기를 받아들인 것 같았다. 그건 그때 가서 결정할 일이니까…… 지금은 대답할 필요가 없다는 듯 그녀는 다시 한 대의 담배를 피워물었다. 그때까지 이런 식으로…… 이렇게 혼자 살겠다 그겁니까? 그녀가 피우는 담배의 필터에 분홍빛 루즈가 묻어나는 걸 유심히 건너다보던 우리 중 하나가 다시 물었다. 혼자 살지만 사랑을 하죠. 대답을 하고 나서 그녀는 손을 들어 앞으로 흘러내린 머리칼을 재빨리 뒤쪽으로 쓸어넘겼다. 그 표정이 마치 사랑할 수 없기 때문에 사랑하고 있다고 말하는 사람의 그것 같았다.

혼자 살지 않아도 사랑은 할 수 있을 텐데요? 무슨 이유 때문인지 우리 중 하나는 계속해서 그녀의 말꼬리를 물고 늘어졌다. 그러자 그녀가 갑자기 두 눈을 치뜨면서 분노하는 표정을 지었다. 그리고 반말을 했다. 말장난 하지 마. 당신들이 지금 둘이라 그건가? 둘이라는 게 무슨 의미가 있는데? 셋이나 넷, 혹은 다섯이나 여섯은 또 무슨 의미가 있는데? 난 솔직히 말해 당신네들이 그 카페에 매번 떼를 지어 몰려와 떠들어대는 걸 들으면서 속으로 얼마나 혐오했었는지 몰라. 거기에 무슨 의미가 있는데? 아주 가증스럽다는 표정을 지으며 그녀는 계속해서 무슨 말인가를 더 하려는 기세를 보였다. 그때 우리 중 다른 하나가 재빨리 그것을 제지했다. 그런 쪽으로 얘기가 전개되는 걸 결코 원하지 않는다는 결연한 의사표시였다. 이젠 여섯이 아니에요. 보다시피 이젠 이렇게 둘만 남았어요. 그러나 그녀는 더욱 가증스럽다는 표정으로 눈을 가늘게 뜨고 우리를 노려보았다. 그러면서 아주 낮은 목소리로 이렇게 중얼거렸다. 결국은 둘도 안 남는다는 걸 알아야지. 결국…….

당신은 이성보다 감성이 강한 여자로군요……. 한동안 침묵이 흐른 뒤 꿈을 꾸듯 몽롱한 어조로 우리 중 하나가 중얼거렸다. 감성이 이성을 지배하는 사람의 생은 언제나 고달픈 법이에요……. 머리를 떨구고 있던 다른 하나도 따라 중얼거렸다. 여자는 아무런 반응도 나타내지 않았다. 무엇을 생각하고 있는지 허공으로 피어오르는 담배연기만 망연하게 올려다보고 있을 뿐이었다. 시간의 흐름에 무게가 더해지고 오래지 않아 실내의 모든 것들이 깊이를 알 수 없는 심연으로 빠져들기 시작했다. 먼 곳에서 휘몰려오거나 혹은 먼 곳으로 휘몰려가는 바람소리가 가끔 들리고 그 처연한 웅웅거림에 귀를 세우면 그때는 또다시 아무 소리도 들리지 않고 사방이 적막했다. 짓눌리고 비틀린 기억의 잔상들마저도 시간의 흐름과 함께 아득하게 밀려나가고 오래지 않아 남겨진 우리 둘의 의식에는 드넓은 여백이 생겨나기 시작했다. 그러나 우리는 아직 기억하고 있었다. 세상에는 여전히 폭설이 내리고 비록 둘이지만 우리는 아직도 '우리'로 잔존하고 있다는 것을…….

기억하기 위하여 의식이 지워져나가는 와중에도 우리는 마지막 안간힘을 기울이지 않을 수 없었다. 이따금 여자 혼자 술을 마시는 소리, 공허롭게 중얼거리는 소리가 아주 먼 데서 오는 여음처럼 귓전으로 밀려들었다. 그가 보고 싶어요. 누가 그에게 전화를 걸어 줄 수 없나요? 내가 그를 기다린다고…… 샤갈의 눈 내리는 마을에서 아직도 그를 기다리고 있다고……. 중얼거리는 소리가 잘게 부서져 남겨진 우리 둘의 등판 위로 눈가루처럼 쏟아져내렸다. 그리고 잠시 뒤 우리는 여자가 마지막 신음처럼 중얼거리는 소리를 들었다. 춥고 배고파. 그리고 남자와 자고 싶어…….

붉은 태양과 흰 염소, 한다발의 꽃과 두 여인, 올망졸망하게 눈덮인 마을과 헐벗은 겨울나무의 풍경들이 아득하게 떠오르기 시작했다. 아주 오래전부터 우리 모두의 기억 속에서 잠자고 있던 그런 풍경 같았다. 오래지 않아 여자가 어깨를 두드리는 소리, 머리를 떨군 채 의식을 잃어가는 둘 중 하나를 조심스럽게 깨우는 소리가 꿈속에서인 것처럼 아득하게 들려오기 시작했다. 몽중에 그러는 것처럼 그때 우리 중 하나가 탁자 밑으로 손을 뻗어 나머지 하나의 손을 필사적으로 거머쥐었다.

내 마음의 옥탑방

지상을 꿈꾸게 하는 옥탑방
몸이 떠나도 영혼이 이곳에 머물 수 있다면
사랑의 깊이가 높이로 깃들여 있는 곳
행복하라고, 부디
흐린 날빛 속에서 신기루를 바라보듯
오래오래 그대 이름 잊지 않으리

나의 기억 속에는 세월이 흘러도 불이 꺼지지 않는 자그마한 방 한 칸이 있다. 내 나이 스물여덟이었을 때, 나는 삼층 건물의 옥상에 위치한 그것을 처음 목격했다. 목격했다, 라고 말하는 건 당시 내가 받았던 기이한 충격감이 반영된 결과일 터이다. 삼층씩이나 되는 번듯한 양옥 건물 옥상에 그렇게 허름한 주거 공간이 얹혀 있을 수 있다는 사실을 나는 파격으로 받아들이지 않을 수 없었다. 세상이 아무리 각박해지고 사람들이 거처할 공간이 줄어든다고 해도 그렇지, 어떻게 옥상에까지 방을 만들고 세입자를 들일 생각을 할 수 있을까.

　내가 대학에 입학하던 무렵만 해도 건물 옥상에다 방을 들이는 건 흔한 일이 아니었다. 그래서 낮은 초가지붕이 조화를 이루는 농촌에서 자란 나로서는 그것을 서울에서 겪은 또 하나의 문화적 충격으로 받아들이지 않을 수 없었다. 서울로 올라와 대학생활을 시작한 직후, 같은 학과 친구들과 고향 애기를 나누던 자리에서 갑자기 어안이 벙벙해진 일이 있었다. 돌아가면서 각자의 고향을 밝히던 참에 누군가 내 고향은 용산이야, 하고 말한 때문이었다. 거창과 포항과 안동과 제주도로 이어지다가 갑자기 용산이라니!

용산이 누군가의 고향이 될 수 있다는 사실과 건물 옥상에도 방을 들일 수 있다는 사실—그것이 십 년 세월 저쪽의 시공에서 내가 겪은 크고 작은 문화적 충격 중에 가장 대표적인 것들이었다. '낮은 초가지붕에 환하게 피어난 박꽃이 내 성장의 배경이라면, 그것이 달빛과 이슬에 젖는 밤풍경은 내 감성의 고향이었다' 라고 고백할 수밖에 없는 촌놈이 바로 나였으니까.

아무튼 옥상에 얹힌 방을 처음 목격한 직후부터 나는 그것을 정서적으로 수용하기 위해 은근히 고심하지 않을 수 없었다. 나의 의식 속에서 일어나는 지속적인 마찰과 충돌이 사뭇 불편하게 느껴진 때문이었다. 그래서 어느 날, 나는 삼층 건물 옥상에 위치한 그 공간을 '공중에 떠 있는 방'으로 명명했다. 그곳을 정서적으로 편안하게 받아들이기 위해 내 나름대로는 꽤나 고심한 뒤에 얻은 표현이었다. 옥상 아래 누가 사는지에 대해 나는 전혀 관심이 없었고, 오직 내가 출입하게 된 방에 대해서만 집중적으로 생각한 결과였다. 하지만 그 방의 주인은 나의 표현을 '용산'으로 받아들였다. 다소 몽환적인 눈빛으로 물끄러미 나를 쳐다보는 그녀의 눈빛을 보고 나는 그걸 단박 알아차릴 수 있었다. 그럼 이런 곳에 위치한 방을 도대체 뭐라고 부르나, 나는 반문하지 않을 수 없었다. 그러자 삼빡한 분절음으로 또박또박 그녀는 이렇게 대답했다.

옥, 탑, 방.

그것은 내가 지상에 태어난 이후 단 한 번도 들어본 적 없는 해괴한 말이었다. 생게망게한 표정으로 옥, 탑, 방, 하고 나도 또한 그녀처럼 발음해보았지만 그것이 하나의 단어라는 느낌은 도무지 들지 않았다. 불협관계의 극치를 드러내는 듯한 그 세 글자를 어떻게 하나의 단어로 뭉뚱그릴 발상을 할 수 있었는지 정말 어이가 없다는 생각이 들 정도였다. 단언하건대 그 무렵 항간에서 그런 말을 쓰는 사람은 아무도 없었다. 그래서 누가 그렇게 황당한 명칭을 만들어냈을까, 나는 그녀에게 되묻지 않을 수 없었다.

나.

꿈을 꾸듯 몽롱한 표정으로 그녀는 대답했다. 푸르스름한 어둠에 젖은 창유리 위로 서너 개의 별이 떠올라 있을 때였다. 가늘게 한숨을 내쉬고 나서 그런 말이 어디 있느냐고, 차라리 옥상방이면 몰라도 그건 말도 되지 않는 조어(造語)라고 나는 그녀를 향해 쓴웃음을 지었다. 하지만 그녀는 옥탑방이라는 말이 지니고 있는 단호하고 완강한 어감처럼 끝끝내 자신의 견해를 굽히지 않았다. 옥탑방이라니까! 하고 말하고 나서 자신의 고집에 스스로 질려버린 사람처럼 두 무릎 사이에다 돌연 얼굴을 묻어버린 것이다.

탑(塔).

단 한 글자가 바뀐 것이지만, '상(上)'이 '탑(塔)'으로 바뀔 때 일어나는 느낌의 차이는 실로 대단한 것이었다. 옥상방, 하고 발음하면 옥상에 위치한 방으로 그것의 의미가 절로 설명된다는 걸 알 수 있으리라. 하지만 옥탑방, 하고 발음하면 완연히 다른 느낌, 일테면 요령부득의 위압감이나 이방감 같은 게 먼저 느껴진다. 게다가 발음까지 단호하고 완강한 감이 있어서 무엇인가, 그것의 이면에 언뜻 떠올리기 어려운 폐쇄감까지 깃들어 있는 것 같다. 인간들이 북적대는 지상으로부터 아득하게 유배된 공간, 요컨대 공간 자체에 이미 깊은 절망과 고뇌가 배어 있는 것처럼 되새겨지는 것이다.

세월이 지난 지금, 옥탑방이라는 조어는 항간에서 흔히 통용되는 말이 되어버렸다. 하지만 고통을 자각하기보다 그것에 길들여지며 한심스럽게 나이를 먹어가느라 그것이 그리 널리 쓰이는 말이 되었다는 걸 나는 까맣게 모르고 있었다. 어느 날, 회사의 구조조정으로 감원당한 직원들의 송별연을 마치고 늦은 귀가를 하던 길에 나는 도처에 굴러다니는 '옥탑방'을 발견하고 소스라치게 놀라지 않을 수 없었다. 좌석버스 옆자리에 앉았던 사십대의 사내가 읽다 놓고 내린 생활정보지를 무심히 펼쳐 들고 건성 넘겨나가다 컥, 나도 모르게 목이 막히게 하는 뼈저린 단어의 나열을 목도하게 된 것이었다.

옥탑방 13평 도시가 주방 보500─20 항시 입주가
단독 옥탑방 화장실 주방 기름보 전1500 월세가
옥탑방 전철 5분 거리 전700 절충가

생활정보지를 훑어본 건 그때가 처음이었다. 그곳에서 몇 개의 단어를 확인한 다음 순간 나의 시선은 나도 모르게 차창 밖의 밤하늘로 옮겨졌다. 그러자 탁하게 가라앉은 장마철의 밤하늘에 따뜻한 불빛이 밀려나오는 자그마한 방 하나가 떠올랐다. 그런 방들이 이제 지상의 도처에 널려 있다는 사실은 나를 조금도 슬프게 하지 않았다. 뿐만 아니라 옥탑방이라는 말이 신비감을 잃고 생활정보지의 일이 만원짜리 광고란에까지 흔하게 등장하는 말이 되어버렸다는 것도 전혀 유감스럽지 않았다. 다만 한 가지, 속물스런 지상으로 내려가기 위해 오히려 자신의 꿈을 공중에 비끄러맬 줄 알았던 한 여자의 절망과 체념이 아프게 되새겨질 뿐이었다. 옥탑방에서 지상의 속된 삶을 아프게 관망했지만 인간의 아름다운 숙명이 결국 지상으로 돌아가는 데 있는 거라는 걸 순순히 시인할 줄 알았던 여자. 자신의 옥탑방이 이 지상에 영원히 남아 있길 바란다던 그녀는 지금 어느 하늘 밑에서 그 시절을 그리워하고 있을까.

*

내가 그녀를 눈에 익히기 시작한 건 그해 여름이 끝나갈 무렵부터였다. 무심히 지나치던 풍경의 세계, 한없이 무료하고 무의미해 보이던 평면의 일부분이 슬그머니 돌출하는 느낌으로 그녀는 나의 시선을 사로잡기 시작했다. 그녀가 항상 똑같은 자리에 똑같은 자세로 앉아 있었다는 걸 감안한다면 그와 같은 변화가 나의 내부에서 비롯되었다는 걸 아주 쉬사리 눈치 챌 수 있으리라.

그 무렵, 나는 형의 소개로 입사하게 된 스포츠레저 용품 수입업체에서 근무하고 있었다. 이른바 레포츠leports 물품을 수입해서 백화점과 유통업체를 통해 판매하는 회사였는데, 그 회사의 사장이 형의 대학 동기라서 내 의사와 아무런 상관도 없는 일자리를 얻게 된 것이었다. 국문과를 졸업하고 그런 회사의 백화점 영업을 담당하는 사원으로 뛰고 있었으니 적성 같은 건 애초부터 따질 형편이 아니었다. 이 세상에 자기 적성에 맞는 직업을 가진 사람이 몇이나 되겠는가만, 대학을 졸업하고도 반년씩이나 빈둥거리던 나에게 형이 직접 나서서 얻어준 직장이었으니 가타부타 감정을 드러낼 만한 입장이 아니었다.

일곱 살 터울의 형에게 나는 대학 시절부터 혹 같은 존재가 되어 있었다. 뿐만 아니라 적잖은 나이 차이 때문에 형과 나 사이에는 살갑거나 끈끈한 혈육의 정 같은 것도 별로 형성돼 있지 않았다. 초등학교 오학년 때 학교 계단에서 굴러 뇌진탕으로 죽은 작은형에 대한 기억, 그것이 나에게는 살아 있는 큰형에 대한 현실적인 정보다 훨씬 우세하게 작용하고 있었다. 그래서 큰형에 대해 불편한 감정을 느낄 때마다 작은형이 살아 있었다면, 하는 가정을 얼마나 여러 번 되새기곤 했던가.

대학에 입학하던 해부터 나는 형네 집에 얹혀 살기 시작했다. 얹혀 살기만 한 게 아니라 대학을 졸업할 때까지의 내 학비도 전적으로 형이 조달했다. 별다른 내색은 하지 않았지만 형은 나로 인해 가정적인 불화까지 감내해야 했다. 가난한 농사꾼의 아들로 태어나 대학을 졸업하고 은행에 입사해서 경제적으로 형편이 괜찮은 집안의 딸과 결혼까지 했으니 더이상 무엇을 바라랴. 나라는 존재, 다시 말해 딸린 혹만 아니었다면 형은 부러울 것 없는 가정생활을 얼마든지 구가할 수 있을 터였다. 하지만 농사일에서 손을 뗀 아버지가 이제 이 집안의 가장 노릇은 네가 해야 한다며 형에게 나를 일임한 뒤부터 모든 것은 달라지기 시작했다. 불행하게도 나라는 혹으로 인해 형의 행복에 잠정적인 집행 유예가 선고된 것이었다. 과묵한 형은 그것을 거부할 수 없는 일로 수긍하려 했지만 형수는 그렇지 않았다. 자신의 행복에 대한 향유권이 나로 인해 침해당했다고 생각하고 그것에 대한 불만을 기회 있을 때마다 형에게 퍼부어대기 시작한 것이었다. 결혼할 때 친정에서 장만해준 이 아파트가 당신네 집안 기숙사인 줄 알아? 형수는 때마다 악을 썼다. 하지만 그것에 맞대응하는 형의 고함이나 언성을 나는 한 번도 들어본 적이 없었다.

그해 여름이 끝나갈 무렵부터 나는 수치(數値)에 대해 깊은 공포감을 느끼기 시작했다. 다니던 회사에서 수립한 그해의 판매 전략이 완전히 실패로 돌아가고, 그것이 마치 영업사원들의 잘못이라도 되는 양 사장이 미쳐 날뛰기 시작한 때문이었다. 고가 상품과 저가 상품의 시장 대립에서 사장이 그해의 전략으로 수립한 게 저가 상품의 대량 판매였는데, 어찌 된 셈인지 구매자들은 비슷한 품질의 물건을 싸게 공급하겠다는 사장의 깊은 배려를 보기 좋게 무시해버렸다. 내가 담당하는 시내 중심가의 백화점 매장에서도 연일 연패, 저가 상품은 고가 상품에 밀려 낯뜨거운 판매 실적을 기록하고 있었다. 텐트 1, 레저 테이블 2, 버너 0…… 하는 식으로 매장을 찾아갈 때마다 내 가슴을 뜨끔하게 만들곤 한 것이었다.

가마솥더위가 기승을 부리던 여름 내내 나는 수치에 대한 공포감과 싸웠다. 날마다 백화점 매장을 돌며 판매 실적을 체크하고, 그것을 회사로 돌아가 사장에게 보고하고 온갖 수모를 당하는 반복적인 일상. 저주스런 여름의 하루가 막을 내리는 저물녘마다 나는 혼자 포장마차에 앉아 소주병을 비우며 그날 하루치의 숫자를 술로 세척해내는 일을 되풀이하지 않을 수 없었다.

여름이 끝나갈 무렵, 수치에 대한 나의 공포감은 전혀 다른 양상으로 전이되어 엉뚱한 심리적 징후를 나타내기 시작했다. 판매 결과로 집계된 수치가 아니라 그것과 연관된 장소에 대해 깊은 불안감을 느끼기 시작한 것이었다. 굳이 표현하자면, 곤욕스런 현실이 만들어낸 일종의 고소공포증이었다.

내가 담당하는 백화점들의 레포츠 용품 매장은 대개 5층이나 6층에 있었다. 여름 내내 수치와의 전쟁을 치른 때문인가, 여름이 끝나갈 무렵부터 백화점 입구에 당도하면 나도 모르게 가슴이 두근거리기 시작했다. 5층이나 6층으로 올라가는 일, 아니 올라가야 한다는 현실적 당위성에서 한없이 깊은 두려움이 느껴졌다. 뿐만 아니라 백화점 매장을 일일이 둘러보고 회사로 돌아가 엘리베이터 앞에 섰을 때, 11층으로 올라가 사장에게 보고를 해야 함에도 불구하고 도무지 올라가기가 싫었다. 하루가 막을 내리고 저녁 대신 꼼장어나 닭똥집 같은 것을 안주삼아 소주를 마시고 형네 집이 있는 아파트 단지에 이르렀을 때에도 마찬가지, 선뜻 17층으로 올라가지 못하고 난감한 눈빛으로 형네 집에서 밀려나오는 아득한 불빛을 올려다보곤 했다.

무슨 망상인가.

나에게서 나타나는 심리적 이상 징후를 스스로 진단하기 위해 나는 과거의 기억까지 더듬었다. 작은형이 학교 계단에서 굴러 뇌진탕으로 죽었다는 것, 그것이 어린 시절의 나에게 높은 곳에 대한 공포감을 심어주었을지도 모른다는 생각이 들었다. 하지만 부질없는 짓, 현실적으로 달라지는 건 아무것도 없었다. 5층과 6층, 그리고 11층과 17층에서 도무지 벗어날 수 없는 딱한 처지에 나는 사로잡혀 있을 뿐이었다. 5층이나 6층을 포기하면 11층과 17층까지 덩달아 무너지는 현실.

높은 곳으로 올라갈 때 나는 극도로 긴장하고, 그곳에서 내려온 뒤에 나는 극도로 무기력해졌다. 그래서 위로 올라가기 전, 나도 모르게 서성거리는 시간이 많아졌다. 백화점 입구에 당도해서도 선뜻 매장으로 올라가지 못하고 사뭇 초조한 표정으로 주변을 서성거렸다. 날마다 지나쳤을지도 모를 그녀를 내가 눈에 익히기 시작한 것은 바로 그 즈음, 올라가고 내려오는 일에서 정신적 공황 상태를 경험할 무렵이었다.

그녀는 망토가 덧붙은 빨간 제복과 동일한 색상의 둥근 모자를 쓰고 언제나 같은 자리에 앉아 있었다. 하지만 세상의 불유쾌한 점액질 기류를 뒤집어쓰고 수치와의 전쟁에 골몰하던 여름 내내 나는 그녀를 단 한 번도 눈여겨본 적이 없었다. 길을 걸을 때나 일정한 장소에 머물러 있을 때, 특정한 사물을 눈여겨보지 않는 이상한 버릇에 나는 이미 오래 전부터 길들어 있었다. 전체를 동시에 보는 것 같지만 사실은 아무것도 보지 않는 상태. 세상에 대한 깊은 무관심이 나로 하여금 그런 관망법을 절로 터득하게 만든 것이었다.

아무튼 그녀를 눈에 익힌 뒤부터 나는 묘한 집중력을 느끼며 그녀를 훔쳐보기 시작했다. 수치에 대한 공포감에 시달리며 레포츠 매장으로 올라가기 직전, 심리적인 긴장감이 한껏 고조될 때라서 다른 건 아무것도 생각할 수 없었다. 5층의 매장과 어제의 판매 수치, 그리고 그녀에 대한 집중력이 나의 내면에서 격렬한 전면전을 치르는 것 같았을 뿐이었다. 하지만 며칠이 지난 뒤부터 그와 같은 혼돈은 씻긴 듯 사라져버렸다. 5층의 매장도 수치에 대한 공포감도 까맣게 잊은 채, 오직 그녀를 훔쳐보기 위해 백화점 입구를 서성거리는 나 자신을 발견한 때문이었다.

안내/INFORMATION

그녀는 백화점을 찾아온 고객들이 필요로 하는 정보를 제공해주는 안내 직원이었다. 하지만 내가 그녀를 훔쳐보는 동안 그녀에게 다가가 뭔가를 문의하는 사람을 나는 별로 본 적이 없었다. 그래서 화사한 제복과 모자를 착용하고 출입구 안쪽에 앉아 있는 그녀가 때로는 전시된 마네킹이나 인형처럼 보일 때도 있었다. 꿈을 꾸듯 몽롱한 표정과 눈빛, 그리고 주변의 모든 것으로부터 자신을 스스로 유폐시키고 있는 듯한 깊은 정지감. 예컨대 미감을 자극하는 인물화가 아니라 고적한 풍경화의 이미지에 사로잡혀 나는 서서히 감정의 균형을 잃어가고 있었다.

백화점에서 특정한 무엇인가에 대해 집중력을 발휘한다는 건 결코 쉬운 일이 아니다. 인간의 시선과 의식을 끊임없이 유혹하는 물질의 성채가 사방에서 빛을 발하는 공간—백화점은 인간의 꿈이 물질로 구현된 거대한 성전이다. 물질에 대한 숭배심 때문인가, 성전 안으로 들어선 사람들은 동경과 선망이 가득한 순례자의 눈빛으로 연신 사방을 두리번거린다. 요컨대 젖과 꿀이 흐르는 현대판 가나안, 무한대의 물질적 유혹이 정신을 혼미하게 만드는 공간에서 기적 같은 집중력을 경험하는 것이다. 꿈에 굶주린 사람들을 성전으로 인도하는 아름다운 안내자. 그녀가 물질이 아니라 사람이라는 사실이 나에게 얼마나 놀라운 은총으로 받아들여졌겠는가.

가을을 재촉하는 가랑비가 내리던 어느 날 오후, 나는 오랜 망설임을 떨쳐버리고 고적한 풍경화 속으로 걸어들어갔다. 사람들이 북적거리는 화사한 물질의 바다, 나의 귀에는 아무런 소음도 들려오지 않았다. 업무용 다이어리와 납품 내역서 따위가 들어 있는 검은 손가방을 나는 그녀에게 내밀었다. 그리고 다소 놀란 표정으로 고개를 든 그녀에게 잠깐만 보관해주세요, 하고 짧게 말했다. 단 몇 초 동안이었지만 그 순간 나는 처음으로 그녀의 눈빛을 아주 가까이서 확인할 수 있었다. 깊은 몽롱 상태에서 갑작스럽게 깨어났을 때처럼 그녀의 동공은 한껏 열려 있었다. 하지만 애초에 마음먹은 대로 나는 그녀의 반응을 기다리지 않고 그대로 5층으로 올라가버렸다.

무슨 작심을 했던 것일까.

5층의 매장으로 올라갔다 내려온 뒤에 나는 그녀에게서 손가방을 돌려받았다. 내가 고맙다고 말하자 비로소 안도하는 표정으로 아뇨, 하고 그녀는 고개를 가로저었다. 하지만 스물넷이나 다섯, 얼핏 그녀의 나이를 가늠해보다가 나는 황급히 등을 돌려 백화점을 빠져나왔다. 다시 몽환적인 눈빛으로 돌아간 그녀에게 울컥, 나의 진실은 가방에 있었던 게 아니라는 말을 고백하고 싶어진 때문이었다.

그 다음날부터 나는 더이상 그녀를 훔쳐보지 않았다. 훔쳐보는 대신 잠시 가방을 맡겼던 걸 빌미삼아 그녀에게 가벼운 인사를 하며 백화점을 들락거렸다. 내가 가볍게 고개를 숙이며 입구를 지나칠 때마다 깊은 침잠에서 퍼뜩퍼뜩 깨어나는 표정으로 그녀는 얼결에 나의 인사를 받아주곤 했다. 하지만 그때까지만 해도 그녀는 나에게 막연한 존재에 불과했다. 뿐만 아니라 그녀가 나에게 특별한 존재가 될 수 있을 거라는 생각도 해본 적이 없었다. 그런 의미에서 내가 그녀에게 돌발적으로 가방을 맡긴 것이나 인사를 하고 다닌 짓거리는 일종의 객기였는지도 모를 일이었다.

한심한 청춘.

어느 날 새벽, 술을 마시고 돌아와 곯아떨어진 나를 형이 흔들어 깨웠다. 잠에서 깨어나 보니 형은 불도 밝히지 않은 어둠 속에 우두커니 서서 나를 내려다보고 있었다. 지금 몇 시나 됐냐고, 손을 들어 지끈거리는 이마를 짚으며 나는 형에게 물었다. 하지만 시간 따위는 알 필요도 없다는 듯 형은 냉랭한 어조로 이렇게 입을 열었다.

"내 말, 오해하지 말고 들어라. 네 형수한테 시달려서 이런 말 하는 거라는 생각도 할 필요 없다. 아버지가 작년에 중풍으로 쓰러진 뒤에도 똑같은 말을 했었다만…… 다른 거 다 접어 두고 너도 이제 그만 가정을 꾸렸으면 좋겠구나. 너 결혼하는 거 보고 눈 감는 게 아버지의 마지막 소원이라는 건 너도 잘 알고 있지 않느냐. 그러니까 아버지를 위해서라도……."

형이 거기까지 말했을 때, 알았어요, 하고 나는 잘라 말했다. 하지만 형의 요구에 응하겠다는 뜻으로 내가 알았다는 대답을 한 건 아니었다. 형이 왜 그런 말을 하는지 나로서는 그 배경을 넉넉히 짐작할 수 있었다. 아버지의 마지막 소원이 나의 결혼을 보고 눈을 감는 거라는 건 나도 잘 알고 있었지만 형은 아버지의 마지막 소원을 들어드리기 위해 나에게 결혼을 권하는 게 아니었다. 잠시 사이를 두었다가 형은 쓸데없는 말까지 덧붙이며 내 기분을 더욱 참담하게 만들었다.

"혹시 여자가 없다면 내가 중매를 주선해보마. 데리고 살아보면 알겠지만, 이 세상에 특별한 여자 있는 거 아니다. 결혼하고 애 낳고 살다 보면 여자란 누구나……."

형이 거기까지 말했을 때, 알았어요, 하고 나는 다시 한 번 말했다. 그리고 내 인생 당신에게 헌납할 테니 당신 마음대로 처분하시고, 지금은 제발 잠 좀 자게 해달라는 발악적인 언사를 억누르기 위해 어금니를 다져 물었다. 잠시 말없이 서 있던 형, 길게 한숨을 내쉬고 나서 슬그머니 방을 빠져나갔다. 하지만 형이 방을 빠져나간 뒤부터 나는 더이상 잠을 이룰 수 없었다. 아버지의 마지막 소원 때문도 아니고, 형의 권유 때문도 아니고, 형수에 대한 야속함 때문도 아니었다. 기회 있을 때마다 내가 훔쳐보던 한 여자, 그녀가 어둠 속으로 떠올라 나에게 깊은 위로가 된 때문이었다.

다음날 밤, 나는 아주 우연히 백화점 앞의 버스 정류장에서 그녀를 만났다. 전날 밤 형이 내 방을 빠져나간 뒤부터 날이 훤하게 밝아올 때까지 온갖 상상력을 동원해 내가 창작한 연극 대본에 그녀와 나의 만남은 분명 '우연'이라고 지시돼 있었다. 하지만 극의 전개를 위해 어쩔 수 없이 동원한 것이었으니 엄밀한 의미에서 그것은 우연일 수 없었다. 그것을 눈치 채기라도 한 듯 그녀는 나의 연기를 무척이나 탐탁찮은 눈빛으로 지켜보았다.

"음, 무슨 특별한 뜻이 있어서 이러는 건 아니고……."

그냥, 지난번 가방을 보관해준 일에 대한 답례로 저녁을 대접하고 싶다고 나는 그녀에게 말했다. 그러자 그건 답례를 받을 만한 일이 아니라고 그녀는 분명한 어조로 말했다. 그 순간, 대본은 엉망이 되어버렸다. 즉흥 연기를 할 자신이 없어 대본을 만든 것인데 그것이 엉망이 되었으니 나로서는 눈앞이 캄캄할 수밖에 없었다. 젠장, 글러버렸구나, 하고 모든 걸 체념하며 나는 아무런 대사도 떠올리지 못한 채 난감한 눈빛으로 그녀를 바라보았다. 그러다 도무지 대책이 없겠단 생각이 들어 그럼, 다음에…… 하고 아주 조금 고개를 숙이며 무안한 표정을 감추기 위해 재빨리 등을 돌렸다. 그러자 저기요, 하고 아주 낮은 어조로 그녀가 나를 불렀다.

"……저녁 대신 커피를 마시면 안 될까요?"

*

그녀가 자신의 옥탑방을 나에게 공개한 건 구월 말경의 어느 날 밤이었다. 그녀에게 커피를 대접하던 날로부터 한 달쯤 지난 뒤였다. 그녀에게 커피를 대접한 뒤부터 가끔 만나 저녁을 먹거나 술을 마시기도 했지만 안타깝게도 그녀와 나 사이에는 별다른 감정적 진전이 없었다. 그녀와 나 사이의 감정적 거리를 좁히기 위해 내 나름대로는 최선을 다했지만 그녀는 매번 그것을 저지하기 위해 깊은 관망의 눈빛으로 나를 무안하게 만들곤 했다. 꿈을 꾸는 듯한 표정에서 도무지 깨어날 줄 몰랐던 것이다.

혹처럼 형네 집에 얹혀 사는 나의 처지, 도무지 적성에 맞지 않는 직업에 대한 불만, 수치와 층수에 대한 불안감, 그녀를 훔쳐보며 느낀 은밀한 감정, 내가 그녀를 만나기 위해 창작한 연극 대본 등등, 그녀에게 나는 아무것도 숨기지 않았다. 하지만 나의 적극적인 개방에도 불구하고 그녀는 집요하게 자신을 닫고 있었다. 그래서 그녀의 나이가 스물여섯이고 이름이 노희주라는 것 이외, 그녀에 대해 나는 거의 아는 것이 없었다. 그런 의미에서 그녀가 자신의 옥탑방을 나에게 공개한다는 건 실로 파격적인 일이 아닐 수 없었다.

"희주에게 난 뭐지?"

옥탑방으로 가기 전, 술을 마시던 포장마차에서 나는 그녀에게 물었다. 꿈을 꾸듯 몽롱한 표정, 그리고 자신에 대해 거의 아무것도 말하지 않으려는 그녀의 일방적 무관심에 지쳐 결별을 염두에 두고 건넨 질문이었다. 나는 그녀를 만났지만 그녀는 나를 만나지 않았다는 허망한 결론. 그래서 지난 한 달 동안 내가 겪었던 감정적 당혹감을 나는 그녀에게 솔직하게 털어놓고 또한 그것을 정리했다. 나, 이제 더이상 그대의 빗장 질러진 가슴 앞에서 상처받고 싶지 않노라.

그때로부터 삼십 분 정도, 그녀와 나는 아무런 대화도 주고받지 않았다. 포장마차에서 나와 버스 정류장으로 가는 동안에도 마찬가지, 결별을 목전에 둔 사람들처럼 그녀와 나는 깊은 침묵으로 일관했다. 그녀가 버스를 타고 떠나면 다시 포장마차로 돌아가 술을 더 마셔야겠다는 생각을 하고 있을 때, 등을 보이고 서 있던 그녀가 차도로 내려가 택시를 잡았다. 그리고 택시가 정차하자 돌연 등을 돌리고 내게 다가와 거칠게 손목을 낚아챘다.

"가요!"

삼십 분쯤 지난 뒤, 그녀는 도로와 인접한 주유소 앞에서 택시를 세워달라고 했다. 택시 안에서 입 한 번 열지 않고 내내 딴 생각에 사로잡혀 있었기 때문에 정차한 뒤에도 나는 그곳이 어디인지를 선뜻 알아차릴 수 없었다. 한강을 건넜다는 것, 강북과 강남의 경계지점인 것 같다는 생각을 막연하게 했을 뿐이었다. 하지만 그녀는 가타부타 말 한마디 없이 여전히 화가 난 듯한 기세로 곧게 뻗어나간 주유소 옆길로 접어들어 저만큼 앞서 걷기 시작했다.

이십여 미터쯤 걸어가자 좌측에 시장이 나타났다. 십여 미터쯤 더 걸어가자 지금껏 걸어온 길이 두 갈래의 좁은 골목으로 양분되는 지점에 커다란 교회 건물이 나타났다. 우측의 경사진 골목으로 접어들어 다시 십여 미터쯤 걸어간 뒤에 그녀는 다시 한 번 우측으로 방향을 꺾었다. 그러자 믿어지지 않을 정도로 가팔진 언덕길이 나타났다. 하지만 경사각이 사십 도를 상회할 것 같은 그 언덕길을 그녀는 아무런 망설임도 없이 내쳐 걸어오르기 시작했다. 고난스런 오르막이 절정을 이루는 지점, 놀랍게도 그녀의 거처는 그 언덕 꼭대기에 있었다. 오르막이 끝나는 지점의 평지에 지어진 삼층 양옥, 그것도 옥상 위.

지상의 방인가, 천상의 방인가.

그녀의 난폭한 초대로 난생 처음 방문하게 된 옥탑방은 이십오 평 정도의 옥상에 뿌리를 내리고 있었다. 옥탑방이 십오 평

정도의 공간을 점하고 있었으니 옥상 넓이에서 옥탑방의 넓이를 제한 십여 평 정도의 면적은 고스란히 콘크리트 마당이랄수 있었다. 하지만 가파른 언덕 위에 자리잡은 삼층 건물 옥상, 거기서 내려다보는 지상의 밤풍경은 결코 아름답지 않았다. 경사진 비탈을 따라 조성된 달동네와 실핏줄처럼 뒤엉킨 좁은 골목, 그리고 강 건너편으로 내다보이는 고층 건물과 즐비한 차량의 행렬…… 그것은 보면 볼수록 연민을 자아내는 가련한 고난의 세계가 아닐 수 없었다. 높은 곳에서 내려다보니 한없이 가소로운 미물의 세계처럼 보이기도 했다. 줄지어 이동하는 개미 행렬을 향해 오줌을 갈겨대던 어린 시절이 떠오를 정도였다. 인간의 미물스러움, 그것은 내가 공포감을 느끼던 5층이나 6층, 11층이나 17층 같은 곳에서는 전혀 느껴보지 못한 감정이었다.

옥탑방의 내부는 반으로 나뉘어 왼편에는 방, 오른편에는 주방과 화장실이 있었다. 엷은 화장품 냄새가 밴 방에는 작은 화장대와 상(床), 그리고 옷장이 놓여 있었다. 몇 가지의 취사도구가 눈에 띄는 주방을 먼저 보고 곧이어 주방을 통해 방으로 들어간 뒤에 나는 그녀가 가슴에 빗장을 지른 이유가 무엇인지를 이해할 수 있었다. 젖과 꿀이 흐르는 현대판 가나안, 풍요로운 물질의 바다와 같은 백화점에서 가장 화려한 제복을 입고 가장 눈에 띄는 자리에 앉아 근무하는 상징적인 존재가 이렇게 옹색한 옥탑방에다 둥지를 틀고 있으리라 어느 누가 상상할 수 있으랴.

할말을 잃은 표정으로 그녀는 벽에 등을 기대고 물끄러미 나를 바라보았다. 그녀와 마찬가지, 나도 할말이 없어 반쯤 고개를 들고 망연한 눈빛으로 맞은편 벽면을 바라보았다. 그것이 그녀와 내가 교감할 수 있는 유일한 방식일지도 모르겠다는 생각이 나에게는 오히려 위안이 되었다. 그녀를 만난 이후 처음으로 온전하게 교감하고 있다는 생각까지 들었다. 하지만 그때 나의 기분을 깨뜨려버리듯 냉랭한 어조로 그녀가 말했다.

"옷을 갈아입어야 하니까 나가줘요."

십 분쯤 지난 뒤, 그녀는 옷을 갈아입고 콘크리트 마당으로 나왔다. 그때 나는 옥상을 둘러싼 낮은 에움벽 앞에 서서 담배를 피우며 지상을 내려다보고 있었다. 내 옆으로 다가와 무슨 생각을 하느냐고 그녀가 물었다. 그래서 한없이 미물스런 인간의 세계, 가련하고 가소롭기 짝이 없는 인간들의 자만심을 되새김질하고 있다고 대답했다. 그러자 팔짱을 끼고 지상을 내려다보던 그녀, 나와는 견해가 다르다는 듯 천천히 머리를 가로저으며 이렇게 입을 열었다.

"지금 민수씨가 한 말은 신들에게나 어울리는 거예요. 여기서서 그런 시선으로 세상을 굽어보면…… 저 낮은 곳으로 두번 다시 내려가기가 싫어져요. 저 가파른 언덕길을 하루에 두번씩 힘겹게 오르내리며 내가 무엇을 꿈꾸는지 아세요? 지금 민수씨가 말한 저 가련한 고난의 세계, 저곳이 아무리 미물스럽고 속물스럽다고 해도…… 그래도 저곳으로 내려가 살고싶다는 생각을 나는 날마다 해요. 저곳의 주민이 되고, 저곳의 주민들처럼 미물스럽고 속물스럽게 사는 거…… 그게 나에게 남겨진 마지막 꿈이라구요."

"가난에서 벗어나는 꿈?"

"그런 건 아무래도 상관없어요. 지상의 주민이 되어 미물스럽고 속물스런 세계에 안주한다는 거…… 어쩌면 인간적인 타락을 뜻하는 것일 수도 있겠죠. 하지만 그렇게 살아야 하는 게 인간의 속성이라면 어떤 식으로도 난 그걸 부정하고 싶지 않아요. 세상을 착하고 올바르게 산다는 게 도대체 무슨 의미가 있죠?"

"무슨 의미가 있는지는 나도 잘 모르겠지만…… 어쨌거나 그건 신들이 노여워할 만한 꿈이로군."

"그래요. 신 같은 건 믿어본 적도 없으니까, 설령 내 꿈이 사악하다고 해도 상관없어요. 누가 뭐라든 그것이 나에게는 살아갈 힘이 되고, 그걸 실현하기 위해 난 꿈을 꾸듯 현실을 견디고 있어요. 아침마다 이곳을 내려가 세상에 머무는 동안, 내가 불완전한 지상의 주민이라는 사실이 얼마나 나를 슬프게 하는지 아세요? 그래서 하루 일을 끝내고 이곳으로 올라오면 여기가 마치 내 꿈이 자라는 온상처럼 느껴질 때가 많아요. 내 사악한 꿈이 자라는 비밀스런 온상…… 내가 이곳을 민수씨에게 보여준 이유가 뭐라고 생각하죠?"

"글쎄, 따뜻한 배려는 아닌 것 같군."

"민수씨가 나에게 커피를 사주던 날…… 백화점 5층 매장으로 올라가는 게 두려워서 나를 훔쳐보기 시작했다는 말을 듣고, 아주 잠시 나는 내 꿈을 잊고 있었어요. 회사가 있는 11층과 형네 집이 있는 17층으로 올라가는 일이 죽기보다 싫다는 얘기까지 듣고 나서…… 어쩌면 이 사람도 나처럼 지상의 주민이 되지 못해 고통스런 나날을 보내고 있나 보구나, 하는 생각을 했던 거예요. 하지만 내가 민수씨를 아무리 이해한다고 해도, 그래도 나는 내 꿈을 포기할 수 없어요. 나는 민수씨처럼 착하지도 않고 그렇게 착하게 살고 싶은 생각도 별로 없거든요. 나를 만나는 건 상관없지만 나의 꿈 때문에 민수씨가 상처받게 될까 봐…… 그래서 오늘 민수씨에게 내 꿈의 온상을 보여주는 거예요. 보세요, 민수씨가 훔쳐보던 그 여자가 아직도 나라고 생각되나요?"

묻고 나서 그녀는 천천히 내 쪽으로 돌아섰다. 상대를 올바르게 직시하라, 하는 말을 그녀는 몸으로 대신하고 있었다. 꿈에서 완전히 깨어난 듯한 표정, 그리고 세상을 가감 없이 직시하는 듯한 눈빛이었다. 언제나 꿈을 꾸듯 몽롱한 표정을 짓고 있던 그녀에게 이토록 뚜렷한 주관이 있었던가. 자신의 의사를 표현하는 냉철한 말솜씨까지 되새겨져 나로서는 어떤 방식으로도 선뜻 응대를 할 수 없었다. 낯선 이방이나 낯선 별에서 전혀 다른 삶의 방식을 접하게 된 것처럼 그때부터는 그녀가 아니라 내 표정이 사뭇 몽롱해지기 시작했다. 한동안 막막하게 서 있던 끝, 그녀가 아니라 나 자신을 이해시키기 위해 나는 이렇게 입을 열었다.

"희주가 날 이해할 필요도 없고, 내가 희주를 이해할 필요도 없어. 다만 한 가지, 내가 희주의 꿈을 이해하면 되는 거야. 간단하잖아."

*

그해 시월 한 달은 내 인생에서 가장 행복한 기간이었다. 그것은 물론 내가 그녀의 꿈을 이해하겠다고 말한 데서 생겨난 일종의 묵계가 반영된 결과였다. 그녀의 꿈을 이해하겠다는 말이 그녀와 나를 사뭇 이상스런 관계로 몰고 간 건 사실이지만 남녀의 모든 만남이 사랑을 전제로 지속되는 게 아니라는 점에서 나는 그녀의 꿈을 얼마든지 존중할 수 있다고 생각했다. 어떤 식으로도 규정할 수 없는 관계, 그것이 혹이 되는 것보다 훨씬 나은 선택이라고 생각한 때문이었다.

특별하지 않은 그녀와 나의 관계, 그것이 두 사람 사이를 의외로 편안하게 만들어주었다. 서로에게 특별한 사람이 될 수 없다는 것보다 서로가 원할 때 부담 없이 만날 수 있다는 걸 두 사람은 훨씬 소중하게 생각했다. 애인보다 못하지만 애인보다

낮고, 친구보다 못하지만 친구보다 나은 관계가 뭔 줄 아냐고 어느 날 그녀가 나에게 퀴즈를 낸 적이 있었다. 그래서 나는 정답 대신 그녀와 나를 손가락으로 가리켰다.

우리.

시월 초순경, 나는 그녀의 옥탑방 밖에다 아담한 별장을 만들어주었다. 회사 창고에 쌓여 있는 레저 용품 한 세트를 가져가 옥상의 콘크리트 마당을 근사한 공간으로 다시 태어나게 한 것이었다. 이삼인용 텐트를 치고, 텐트 옆에는 파라솔이 곁들여진 레저 테이블을 설치했다. 레저 테이블 옆에는 휴대용 바비큐 그릴을 놓고, 텐트 바닥에는 에어 매트까지 깔았다. 버너와 코펠, 도마와 식칼, 양념통과 바람막이까지 있었으니 달리 뭐가 더 필요하랴.

내가 만들어준 별장을 그녀는 진심으로 마음에 들어했다. 퇴근할 때마다 백화점 지하 식품부에 들러 먹거리를 사왔고, 그것을 조리해 레저 테이블에 앉아 먹으며 이를 데 없이 행복한 표정을 짓곤 했다. 날씨가 맑은 밤에는 알루미늄 판지를 바닥에 깔고 옥상에 누워 밤하늘의 별자리를 올려다보기도 하고, 비가 내리는 밤에는 텐트 안에 누워 음악을 감상하듯 빗소리를 듣기도 했다. 그리고 기온이 떨어지는 깊은 밤에는 바비큐 그릴에다 숯불을 피워놓고 마주 앉아 오징어나 햄을 구워 소주를 마시기도 했다.

내가 대학 때 즐겨 읽던 책 한 권을 그녀에게 선사한 것은 그 무렵의 어느 날이었다. 처음 옥탑방을 방문했을 때, 그리고 그녀의 꿈에 관한 얘기를 들었을 때부터 뇌리를 맴돌던 어떤 기억이 불현 듯 그 책의 내용과 맞물려 나도 모르게 탄성을 자아내게 한 때문이었다. 가련한 고난의 세계가 아무리 미물스럽고 속물스럽다고 해도 그것이 인간의 속성이라면 어떤 식으로도 그것을 부정하고 싶지 않다던 그녀의 말이 '인간적인 모든 것은 완전히 인간적인 근원을 가지고 있음'을 확신하는 신화 속의 한 인물을 불쑥 떠오르게 한 것이었다.

『시지프 신화』를 선사하던 날, 나는 텐트 안에 매달아둔 가스등 아래 누워 그녀에게 책을 읽어주었다. 끊임없이 굴러떨어지는 바위를 끊임없이 산꼭대기로 밀어올리는 끔찍스런 형벌에 처한 인간의 이야기. 내가 책을 덮자 반듯하게 누워 있던 그녀가 몸을 뒤집으며 다시 한번만 읽어달라고 했다. 그리고 다시 읽어나갈 때, 그녀는 내용을 음미하듯 부분적인 재독을 원하기까지 했다. 간신히 재독을 끝냈을 때, 그녀는 내 손에 들려 있던 책을 받아들고 여기가 가장 마음에 들어, 하고 말하며 특정한 부분을 손가락으로 짚어 보였다.

무력하고도 반항적인 시지프는 그의 비참한 조건의 전모를 알고 있다. 그가 산에서 내려올 때 생각하는 것은 바로 이 조건이다. 그의 고뇌를 이루었을 명찰이 동시에 그의 승리를 완성시킨다. 멸시로써 극복되지 않는 운명이란 존재하지 않는 것이다.

내가 그녀에게 책을 선사하던 그날 밤, 나는 처음으로 그녀의 옥탑방에서 잠을 잤다. 하지만 특별한 관계가 아니었으니 색다른 일이 생겨날 리 없었다. 한 번만 안아봤으면 좋겠다고 내가 어둠 속에서 말했을 때, 젖은 한숨을 길게 내쉬며 그녀는 내게 등을 보이고 돌아누웠다. 그리고 사마귀처럼 안아줘, 하고 속삭이듯 말했다. 사마귀처럼 안아달라는 말, 그게 무슨 뜻인지를 선뜻 알아차리지 못해 나는 잠시 어린 시절의 기억을 더듬었다. 그런 뒤에 비로소 그것의 중의적인 의미를 알아차리고 허전한 심정으로 그녀의 등을 껴안았다. 자신의 꿈을 포기하지 않기 위해 내 쪽으로 돌아눕지 못하는 그녀, 그리고 그녀의 꿈을 존중하기 위해 사마귀처럼 등을 껴안아야 하는 나. 그것도 '한 쌍'이라고 할 수 있는 생물의 행태였을까.

그날 이후 나는 이틀 걸러 한 번씩 그녀의 옥탑방에서 잠을 잤다. 사마귀처럼 등뒤에서 그녀를 껴안고 함께 잠들기도 하고 그녀의 요구로 『시지프 신화』를 읽어주다가 내가 먼저 곯아떨어지기도 했다. 하지만 나의 잦은 외박에 대해 형과 형수는 아무런 질책도 하지 않았다. 질책은커녕 은근한 기대감이 어른거리는 눈빛으로 그들 부부는 내가 먼저 무슨 말인가를 꺼내주기를 학수고대하는 눈치였다. 하지만 그들의 기대감과 나의 옥탑방 출입은 전혀 별개의 문제였기 때문에 나로서는 침묵으로 일관할 수밖에 없었다.

"도련님, 어디 숨겨놓은 애인이라도 있나 보죠? 이렇게 자주 외박을 할 정도면 보나마나 그렇고 그런 사이일 텐데…… 우선 동거부터 시작하고 나중에 식을 올려도 괜찮은 거 아닌가요? 내 친구 중에도 그런 애가 있었는데, 사 년 만에 식 올리고 이젠 아주 잘살고 있어요. 그러니까 우선 저질러놓고 나중에……."

시월 마지막 날 아침, 식사를 하던 자리에서 형수가 꺼낸 말이었다. 우선 저질러놓고 나중에 어쩌란 것인지 모르겠지만 거기까지 듣고 나서 나는 말없이 숟가락을 놓고 형네 집을 빠져나왔다. 하지만 회사로 가는 동안 나는 형수의 말을 까맣게 잊어버리고 말았다. 나의 외박을 자기 편할 대로 확대 해석하고 그것도 모자라 교사범 같은 표정으로 뭔가를 저지르라고 부추기던 형수의 저의를 훤히 꿰뚫고 있어서가 아니었다. 그날이 바로 월말 정산을 하는 날이라서 아침부터 지레 겁을 집어먹고 있었기 때문이었다. 수치로 환산되는 인간의 가치, 그것이 곧 월말 정산을 의미하는 것 아닌가.

"자넨 도대체 무슨 생각을 하면서 세상을 사나? 영업사원이 아니라 벌레가 꿈틀거리고 다녀도 이보다는 실적이 나을 거야. 한두 달도 아니고 벌써 석 달째 이 지경이니 자네 형이 내 친구가 아니라 내 할아버지라고 해도 분통이 터질 일 아닌가. 형은 또랑또랑한데 도대체 아우는 왜 이 모양이지? 남의 집안 문제를 놓고 내가 가타부타 떠들 입장은 못 되지만…… 대학 공부까지 시켜준 형한테 얹혀사니까 아직 등 시려운 줄 모르는 모양이지? 자네에게 말은 못 해도, 자네 형도 자네 때문에 꽤나

골머리를 썩고 있다는 것쯤은 알아두라구. 형이나 내가 자네에게 봉사하기 위해 태어난 자선사업가가 아닌데…… 기생충이 아니고 사람이라면 양심이 있어야 할 거 아냐, 양심!"

내가 작성한 정산서를 획, 사장은 허공에다 집어던졌다. 그리고 공중에서 두어 번 너울거리던 그것이 미처 바닥으로 떨어지기도 전에 사뭇 짜증스럽다는 표정으로 손을 훼훼 내저으며 그만 나가보라는 시늉을 했다. 하지만 아예 의자까지 돌려앉은 사장의 등뒤에서 나는 잠시 망설이지 않을 수 없었다. 지난달까지만 해도 무능한 인간으로 취급하던 나를 이제는 벌레와 기생충으로 취급하느냐, 그런 걸 따지기 위해서가 아니었다. 내가 알고 있는 옥탑방의 주인, 그녀도 또한 나를 벌레나 기생충으로 생각하고 있을까, 하는 의구심이 아뜩하게 뇌리를 스쳐간 때문이었다.

불완전한 지상의 주민.

행복한 시월이 막을 내리던 그날, 나는 세상의 어느 곳에도 실질적으로 편재되지 못한 나의 초상을 분명하게 확인할 수 있었다. 그래서 퇴근을 하고 회사를 빠져나온 직후부터 서편 하늘에 번진 석양빛을 이마로 맞받으며 무작정 걸음을 옮겨놓기 시작했다. 이 세상의 모든 길이 끝나는 마지막 지점, 지상의 온갖 미물스러움과 속물스러움이 영원히 소멸되는 극단적인 지점이 매순간 나의 발에 밟히는 것 같았다. 배회하며 지나치는 지상의 모든 풍경에 이미 죽음의 그림자가 깃들여 있는 것 같았다. 다만 한 가지, 신화 속의 시지프처럼 신들의 멸시를 오히려 멸시함으로써 자신의 운명을 스스로 극복할 수 있는 부단한 용기가 나에겐 없을 뿐이었다.

누구를 위한 멸시인가.

밤 열시 반경부터 나는 지친 몸을 이끌고 포장마차로 들어가 소주를 마시기 시작했다. 벌레와 기생충을 안주삼아 쓰디쓴 비관의 술을 들이켜는 멸시의 시간이 되어서야 비로소 나의 정신은 명징해지기 시작했다. 뿐만 아니라 나와 무관하게 느껴지는 세상, 아직 일말의 가능성이 남아 있을지도 모른다는 기대감으로 나는 서서히 가슴이 따뜻해지기 시작했다. 아, 친구도 아니고 애인도 아닌 존재에 대한 기대감…… 그것이 설령 멸시받아 마땅한 그리움이라 해도 나로서는 더이상 물러서고 싶지 않았다. 물러설 곳도 없었지만 시월 한 달 동안 내가 옥탑방에서 느꼈던 내밀한 행복감까지 벌레나 기생충의 몫으로 양보하고 싶지는 않았다.

소주를 마시고 밖으로 나와 허공을 올려다보았다. 지금 내가 올라가고자 하는 저 가파른 언덕 위, 그곳에 지상으로 내려오는 꿈을 고수하고 사는 여자가 있다는 사실이 참으로 다행스럽게 여겨졌다. 올라가고자 하는 나의 꿈과 내려오고자 하는 그녀의 꿈, 그것이 지극히 대조적인 아이러니라는 건 생각하고 싶지도 않았다. 다만 운명을 멸시하고 그것에 저항하고 싶은 격렬한 용기가 번개처럼 뇌리를 스쳐갔을 뿐이었다. 행복했던 시월 한 달, 나는 그녀에게 무엇이었던가.

가라!

옥탑방으로 들어섰을 때, 그녀는 깊은 어둠 속에 누워 있었다. 자는 걸 깨운 거냐고 나는 어둠 속에 서서 조심스럽게 물었다. 그러자 천천히 자리에서 일어나 앉으며, 그냥…… 하고 그녀는 차분하게 가라앉은 어조로 입을 열었다.

"잠이 오지 않아서 왜 잠이 오지 않는지를 생각하고 있었는데…… 생각해보니까 여기, 내 옥탑방에다 민수씨가 보이지 않는 흔적을 참 많이 남긴 것 같다는 생각이 들었어. 그래서 몸을 뒤치락거리기도 하고, 한숨을 내쉬기도 하고…… 그러면서 혹시나 오지 않을까…… 나도 모르게 기다리고 있었어, 민수씨."

자신을 스스로 원망하는 사람처럼 그녀는 말했다. 그녀의 말을 듣고 나는 길게 한숨을 내쉬며 무너지듯 벽에 등을 기댔다. 그리고 양 무릎을 세워 거기에 턱을 얹고 앉아 있는 그녀를 보며, 여기말고는 도무지 갈 데가 없었어, 하고 모든 걸 체념한 어조로 낮게 중얼거렸다. 그때로부터 몇 분, 그녀와 나 사이에는 숨막히는 침묵이 흘렀다. 하지만 그녀와 내가 공중에 떠 있는 것 같다는 막막한 체공감이 느껴질 무렵, 어둠 속에서 양팔을 벌리고 그녀가 나를 향해 이상한 동작을 취하기 시작했다.

"괜찮아, 민수씨…… 괜찮으니까 이리 와."

그것은 사마귀가 사마귀에게 나타내는 미물스런 구애의 동작이 아니었다. 하지만 사마귀처럼 등을 보인 게 아니라 사람

답게 가슴을 열고 나를 부르는 그녀의 동작을 확인하고 나서도 나는 선뜻 몸을 움직일 수 없었다. 그녀가 나에게 처음으로 가슴을 열어주었다는 것, 그리고 사람으로서의 포옹을 최초로 허락했다는 것에 감동해서가 아니었다. 오히려 그것이 너무 위태롭고 아슬아슬하게 느껴져 몸을 움직일 수 없었다. 나에게 가슴을 연 대가로 그녀의 목숨 같은 희망이 나락으로 떨어지면 어쩌나.

*

그녀가 현실에서 갑작스럽게 모습을 감춘 건 십일월 초순경의 어느 날이었다. 내가 그녀를 마지막으로 만난 건 토요일 밤이었고, 그녀가 사라졌다는 걸 알게 된 건 월요일 오후였다. 매장을 돌기 위해 그녀가 근무하는 백화점 입구에 당도한 월요일 오후, 그녀가 앉아 있어야 할 안내석에 한 번도 본 적 없는 여자가 무척이나 밝은 표정으로 앉아 있는 걸 확인하고 나는 얼핏 근무처 변경 같은 걸 연상했다. 하지만 5층 매장으로 올라가 볼일을 보고 내려오는 길에 혹시나, 하는 심정으로 안내 데스크 앞으로 가 그녀의 소재를 물었다. 그러자 안내석에 앉아 있던 여자가 반짝 웃음을 지어 보이며 아, 희주씨는 지금 휴가중이예요, 하고 붙임성 있게 말했다.

5일 동안의 휴가.

이유가 뭐냐고 다시 묻자 그건 저도 모르죠, 하고 새로운 안내원은 여전히 생글거리는 표정으로 말했다. 토요일 밤에도 휴가에 관한 얘기가 없었는데 갑자기 5일씩이나 휴가를 받은 이유가 뭘까. 도무지 영문을 모르겠다는 생각이 들어 나는 오후 내내 마음이 편치 않았다. 그래서 퇴근을 하자마자 곧바로 그녀의 옥탑방으로 가보았다. 하지만 그곳에서도 휴가의 근거가 될 만한 단서는 발견할 수 없었다.

어디로 사라진 걸까.

그녀가 없는 옥탑방의 정적을 감내하기 어려워 비탈진 언덕길을 내려가 몇 병의 소주와 안주를 사들고 올라왔다. 그리고 주인 없는 빈방을 지키며 혼자 소주를 마시고, 담배를 피우고, 가끔 옥상으로 나가 레저 테이블에도 앉아보고, 에움벽 앞에 서서 막막한 눈빛으로 지상의 밤풍경을 내려다보기도 했다. 하지만 아무런 디딤판도 없이 홀로 공중에 떠 있는 듯한 느낌에서 나는 좀체 벗어날 수 없었다. 낮의 숙명이 밤이고 빛의 숙명이 그림자라는 말, 오직 그녀의 부재를 강조하기 위해 만들어진 말인 것 같다는 생각까지 들었다. 밤이 없는 낮과 그림자 없는 빛의 끔찍스러움, 상상해보라.

금요일 밤, 자정 무렵이 거의 다 되어서야 그녀는 옥탑방으로 돌아왔다. 월요일 밤부터 시작된 나의 막막한 기다림을 아는지 모르는지 그녀는 어깨에 멘 가방을 방바닥에 내려놓자마자 벽에 등을 기대고 힘없이 미끄러져내렸다. 하지만 움푹하게 가라앉은 두 눈과 피곤에 지쳐 늘어진 그녀의 어깨를 보면서도 나는 선뜻 말문을 열 수 없었다. 숙명의 전모를 간파하지 못하는 인생의 장님을 향해 그녀가 먼저 입을 열었다.

"……일요일에 엄마가 돌아가셨어. 그래서 시골로 내려가 장례를 치르고…… 소아마비로 다리를 저는 여동생을 이모네 집에 맡기고 왔어. 하지만 전생의 일처럼…… 지난 며칠 동안 나에게 일어났던 일들이 벌써 까마득하게 느껴져. 정말 그런 일들이 일어나기나 했던 건지…… 지금도 여전히 꿈을 꾸고 있는 것 같애."

"내가 누구인지는 알겠어?"

그 순간, 내가 무엇 때문에 그런 질문을 건넸는지 모를 일이었다. 막막한 기다림에 나도 또한 지칠 대로 지쳐 있었기 때문에 울컥, 나도 모를 역겨움이 치밀어오른 것인가. 나의 말에 그녀는 벽에 기댔던 머리를 들고 물끄러미 나를 보았다. 굳은 표정으로 내가 담배를 피워물 때, 초점을 상실한 듯하던 그녀의 두 눈에는 맑은 눈물이 그렁거리고 있었다.

"민수씨, 도대체 나한테 왜 이러는 거야? 어째서 민수씨가 나에게 뭐라도 되는 것처럼 행동하냔 말야. 민수씨가 누구인지 그런 걸 내가 왜 알아야 하지? 난 민수씨가 누구인지 알아야 할 필요도 없고…… 정말, 진심으로 그런 건 알고 싶지도 않아. 그러니까……."

"그러니까, 뭐?"

"그러니까 이제 그만 돌아가. 그리고…… 이제 다신 내 앞에 나타나지 마. 민수씬 나에게 필요한 사람이 아니고…… 나도 민수씨에게 하등 도움이 안 되는 여자야. 그러니까, 제발……."

"제발, 어쩌라는 거지? 저 낮은 지상의 주민이 되어 편안하게 안주하고 싶어하는 희주의 꿈을 방해하지 말고 이제 그만 눈앞에서 꺼져달라, 이건가? 진실도 없고 감정도 없고, 오직 목적만을 위해 수단과 방법을 가리지 않겠다는 그 파렴치한 꿈 말인가? 그걸 위해 자신을 헌신짝처럼 버릴 수 있는 용기가 있어서 정말 행복하겠구나. 하지만 말야, 이것 한 가지는 분명하게 알아둬. 그런 꿈을 실현하기 위해 자신을 철저하게 기만하고 사느니, 차라리 꿈이 없이 사는 게 훨씬 나을 거라는 게 내 생각이야. 꿈을 위해 현실을 깡그리 부정하겠다는 거, 이미 꿈의 노예가 되었다는 뜻 아닌가?"

그녀가 오랫동안 공들여 쌓아올린 탑을 허물어뜨리는 심정으로 나는 정신없이 지껄여대고 밖으로 뛰쳐나왔다. 옥탑방에 대해 일말의 미련도 남기지 않기 위해, 그리고 뒤돌아서서 아쉬워하지 않기 위해 내 스스로 무너지는 탑이 되고자 한 것이었다. 꿈꾸는 자를 꿈꾸는 어리석음을 되풀이하느니 차라리 잔혹한 파괴자가 되어 꿈의 가능성까지 짓밟아버리는 게 훨씬 현명한 일 아니겠는가.

그날 이후 나는 그녀를 만나지 않았다. 업무를 위해 백화점으로 들어갈 때도 그녀를 피하기 위해 정문 대신 건물 오른편의 옆문을 이용했다. 뿐만 아니라 먼 거리에서 시선을 맞닥뜨리는 일이 생길지도 모른다는 생각에 매장 중앙에 있는 에스컬레이터를 이용하지 않고 뒤쪽에 있는 엘리베이터를 이용해 5층으로 올라가곤 했다. 하루 이틀 사흘, 그리고 일주일이 지나도록 내 마음에는 별다른 동요의 조짐이 일어나지 않았다. 겨울로 가는 가을의 막바지, 낙엽이 바람에 나뒹구는 을씨년스런 거리 풍경이 위안이 되는 것 같아 자주 창밖으로 눈길을 돌렸을 뿐이었다.

십일월.

조락이 끝나가는 세상의 풍경을 내다보며 나는 가끔 『시지프 신화』를 떠올렸다. 산정에서 끊임없이 굴러내리는 바위가 아니라, 되풀이되는 시지프의 절망이 아니라, 그것의 영원한 재현을 생각했는지도 모를 일이었다. 날마다 지상과 옥탑방을 오르내리는 희주나 높이에 대해 공포감을 지닌 나처럼 현실을 살아가는 우리 모두의 모습이 시지프의 초상에는 겹쳐 있었다. 하지만 인간적인 숙명으로 몽타주된 시지프들의 육체에서 나는 더이상 신화 속에서와 같은 육체적 긴장을 발견할 수 없었다. 멸시로써 운명을 극복하려는 불굴의 의지가 사라진 시지프들이 무수한 주변인이 되어 세상을 배회하고 있을 뿐이었다. 바위를 멈추기 위해 터질 듯 부풀어오른 다리, 천근 무게의 바위를 부둥켜안는 가슴, 살갗이 벗겨져 붉은 속살이 드러난 팔,

바위에 긁혀 선혈이 흐르는 뺨, 굳은살이 박인 흙투성이의 손을 여전히 간직한 시지프는 어디 있는가.

우리는 모두 거세당한 시지프, 산정을 향해 바위를 밀어올리는 불굴의 의지를 상실한 인간이 되어 있었다. 운명을 극복하려는 반항적인 분투가 사라지고 이제 지상에는 인간에 의한 인간의 멸시가 범람하고 있을 뿐이었다. 어느 누구도 희망 없는 노동을 투자하여 산정으로 올라가지 않고, 어느 누구도 도로(徒勞)의 절망을 숙연하게 받아들이지 않았다. 숙명적인 형벌을 통해 완성되는 인간의 가치는 빛을 잃은 지 오래였다. 오직 지상에 안주하기 위해 불굴의 의지를 포기한 가련한 시지프들의 지옥.

내가 무슨 근거로 그녀의 꿈을 멸시했던가.

그때가 되어서야 나는 비로소 알아차릴 수 있었다. 그녀가 나보다 먼저 신화나 관념이 아니라 순수한 삶을 통해 지상의 불모를 간파하고 있었다는 것. 뿐만 아니라 체념과 비관으로 뒤틀린 시지프들의 세계에 동화되지 않기 위해 자신의 꿈에 집착했을지도 모른다는 것. 그런 의미에서 지상의 주민으로 편재되고 싶다는 그녀의 꿈은 영원히 실현 불가능한 것일 수도 있다는 결론에 이르러 나는 슬그머니 수치심을 느꼈다. 미물스럽고 속물스런 세계로의 편재가 아니라 인간적인 전락과 절망이 바로 그녀가 말하는 꿈의 요체라는 걸 비로소 깨닫게 된 때문이었다. 그녀가 자기 형벌의 바위를 밀고 올라간 산정, 그곳이 바로 그녀의 옥탑방이 아니겠는가.

그날 밤, 나는 거세당한 시지프의 심정으로 포장마차에서 술을 마셨다. 그리고 밤 열시경, 처음으로 행복한 시지프를 꿈꾸며 비탈진 언덕길을 올라갔다. 하지만 그녀의 옥탑방에는 불이 꺼져 있었다. 방으로 들어가서 기다릴까, 잠시 망설였지만 왠지 그래서는 안 될 것 같다는 생각이 들었다. 그래서 언덕길을 내려와 한동안 주변을 배회하다가 열한시경에 형네 집으로 돌아와버렸다.

다음날, 나는 백화점 일층의 먼발치에서 그녀를 훔쳐보았다. 똑같은 자리에 똑같은 자세로 그녀는 앉아 있었지만 외모에서 풍겨나오는 전체적인 분위기는 내가 그녀를 처음 훔쳐보던 무렵보다 훨씬 비현실적인 상태로 변해 있는 것 같았다. 그 비현실적인 분위기가 오히려 현실에 대한 단호함처럼 여겨져 나는 그녀에 대한 나의 감정을 다시 한번 추스르지 않을 수 없었다. 어느 누구도 그녀 앞으로 선뜻 다가오지 못하게 하는 서늘한 거부의 기운 같은 것. 안내가 아니라 뭔가를 철저하게 은폐하기 위해 그녀는 그 자리를 지키고 있는 것 같았다.

며칠 동안, 참으로 견디기 어려운 심정으로 나는 그녀 주변을 맴돌았다. 밤이면 옥탑방 근처를 배회하며 불이 켜지거나 꺼진 방을 올려다보았고, 낮이면 백화점 매장의 먼발치에서 안타까운 눈빛으로 그녀를 훔쳐보았다. 일정하던 그녀의 귀가 시간은 종잡을 수 없을 정도로 불규칙해지고 있었고, 낮 동안 훔쳐보는 그녀의 모습은 심해선 밖의 한 점 섬처럼 막막한 단절의 기운에 사로잡혀 있었다. 그리고 십일월이 막바지로 접어들던 어느 날, 그녀는 드디어 자기 운명의 나락을 맞이한 사람처럼 밤이 새도록 옥탑방으로 돌아오지 않았다.

그녀가 외박한 다음날, 나는 처음으로 회사에 출근하지 않았다. 출근을 하기 싫어서가 아니라 동이 틀 무렵까지 밖에서 그녀를 기다리다 새벽 냉기를 견디기 어려워 그녀의 옥탑방으로 들어가 잠시 몸을 녹이려 한 게 화근이었다. 눈을 떴을 때는 어느덧 오전 열한시가 지난 뒤였고 밖에는 추적추적 초겨울 비가 내리고 있었다. 하지만 회사 출근 시간을 놓쳤다는 것도, 밖에 비가 내리고 있다는 것도 잊은 채 나는 주검처럼 자리에 누워 꼼짝도 하지 않았다. 옥탑방이 아니라 옥탑방의 흔적 위에 누워 있는 것 같다는 상실감, 그리고 심신을 빈틈없이 뒤덮어오는 그녀의 존재감을 떨쳐버릴 수 없어서였다.

그날 어둠이 내릴 때까지 나는 그녀의 옥탑방에 누워 있었다. 전화도 없고, 냉장고도 없고, 보일러도 작동되지 않는 을씨년스런 옥탑방에 어둠이 밀려들자 사람이 살지 않는 폐가와 같은 적막감이 사방에서 밀려나오기 시작했다. 그래서 다리가 후들거리는 걸 느끼면서도 나는 서둘러 지상으로 내려왔다. 따뜻한 정감이 느껴지던 방이 아니라 궁핍이 독기처럼 번져 있는 방에서 황망스럽게 쫓겨나온 것 같다는 생각이 들었다. 그래서 언덕길을 내려오며 나는 몇 번씩이나 고개를 쳐들고 옥탑방을 올려다보았다. 그녀의 거처가 아니라 그녀의 배경을 이루는 가난, 그것의 실체를 그날 처음으로 목격하고 또한 실감한 것이었다.

언덕 밑의 포장마차에서 나는 우동 한 그릇을 시켜 먹고 소주를 마셨다. 하지만 인내심을 발휘할 만한 상황이 아니라 그곳에 오래 눌러앉아 있지는 못했다. 인주빛 포장을 두들겨대는 빗소리가 종말감을 자극하는 것 같아 간신히 소주 한 병을 비우고 밖으로 나왔다. 그리고 인근의 구멍가게로 들어가 비닐우산과 소주 두 병을 사들고 다시 비탈진 언덕길을 올라갔다. 하지만 그녀의 옥탑방으로 들어가지는 않았다. 비닐우산을 받쳐들고 삼층 양옥 맞은편 담벼락에 붙어 간간이 소주병을 기울이며 추위를 잊으려 했을 뿐이었다. 다행스럽게도 비는 이십 분쯤 지난 뒤부터 슬그머니 멎었지만 촌각을 다투듯 기온은 빠르게 낮아지고 있었다. 햇살 따사롭던 시월이 절로 그리워지는 시간이었다.

밤 열시 반경부터 다시 비가 내리기 시작했다. 비닐우산을 펼쳐 들고 주머니에서 담뱃갑을 꺼내들 때, 한없이 굼뜬 동작으로 그녀가 비탈진 언덕길을 올라오는 게 보였다. 골목 중간지점에 세워진 보안등빛을 사선으로 지나친 비가 고스란히 그녀의 정수리로 내려앉고 있었다. 하지만 나는 언덕 위의 어둠 속에 서서 꼼짝 않고 그녀를 내려다보았다. 술을 마신 것인가, 가끔 그녀는 돌로 쌓아올린 축대를 손으로 짚으며 걸음을 멈추기도 했다.

그녀가 언덕 위로 올라왔을 때, 나는 비닐우산을 받쳐들고 천천히 그녀 앞으로 걸어나갔다. 그러자 그녀가 우뚝 걸음을 멈추고 나를 노려보았다. 주변의 주택가에서 밀려나온 희미한 불빛으로 그녀는 길을 가로막은 사람의 정체를 단박 알아차렸다. 자신이 서 있던 우측 담벼락에다 등을 기대고 하아, 그녀는 소리 나게 한숨을 내뿜었다. 술을 꽤나 많이 마신 모양, 담벼락에다 등을 기댔음에도 불구하고 그녀의 상체는 연신 흔들리고 있었다.

"자…… 써."

한 발 앞으로 나서며 손에 들고 있던 비닐우산을 그녀에게 건넸다. 하지만 그녀는 그것을 건네받지 않고 몽롱한 눈빛으로 히죽이 웃음을 지어보였다. 그녀의 손에다 강제로 우산을 쥐어 주고 나서 다시 한 발 뒤로 물러났다. 그리고 부슬거리는 비를 맞으며 조심스럽게 입을 열었다.

"나, 어젯밤부터 이곳에 있었어. 날이 밝을 때까지 기다리다가 너무 추워서 새벽에 옥탑방으로 들어갔는데…… 그만 잠이 들어버리고 말았어. 그래서 오늘 하루 결근하고 다시 이곳에서 희주를 기다리고 있었어. 어제 오늘만 그랬던 게 아니고…… 며칠 전부터 이곳을 배회하며 희주를 만나고 싶다는 생각을 했던 거야. 다시 만난다고 해도 달라질 게 없다는 거…… 물론 알고 있어. 다만 한 가지…… 내가 설령 사마귀였다고 해도……

그래, 부담스럽게 들린다면 지금부터 내가 하는 말을 사마귀가 하는 말이라고 무시해도 괜찮아."

"……"

"나, 희주를 만나던 모든 순간에 희주를 사랑했어. 희주를 사랑하지 않은 순간이 단 한순간도 없다는 거…… 그 말을 하고 싶었던 거야. 희주의 꿈을 이해하지 못한 게 아니라 그것을 실현할 수 없는 나의 현실을 아파하고 있다는 거…… 알겠어?"

"……"

그 순간, 그녀의 손에서 비닐우산이 떨어졌다. 그녀가 고개를 떨구자 비에 젖은 긴 머릿결이 무겁게 그녀의 얼굴을 덮었다. 하지만 그녀는 담벼락에 기댔던 등을 떼고 세차게 머리를 들어올렸다. 그리고 사뭇 위태로운 표정으로 내게 다가와 와락 목을 끌어안고 격하게 오열을 터뜨리기 시작했다.

"민수씨, 이러지 마…… 제발, 이제 더이상 나를 흔들리게 하지 마."

*

그해 십이월은 나에게 기이한 인내와 체념을 동시에 가르쳤다. 십이월이 가르친 게 아니라 십이월을 관통하며 나 자신에게 스스로 배우게 된 게 바로 그것이었다. 사랑한다는 말과 사랑하는 행위가 별개의 문제로 대두될 때, 인간이 스스로에게 내릴 수 있는 처방이 달리 무엇이랴.

십이월로 접어든 뒤부터 그녀의 외박은 더욱 잦아졌다. 비 내리던 그날 밤, 그녀와 나 사이에 있었던 뜨거운 재회는 이미 효력을 상실한 지 오래였다. 그날 밤 내가 그녀에게 예견했던 것처럼 결국 달라진 건 아무것도 없었다. 굳이 말을 하자면 내가 그녀의 옥탑방에서 혼자 밤을 보내는 날이 점점 더 많아졌다는 것도 변화라면 변화랄 수 있을 터였다. 하지만 외관상의 안정에도 불구하고 많은 것들이 보이지 않게 변해가고 있었다. 그해 십이월에 변하지 않은 것, 오직 그해 십이월뿐이었다.

그녀의 잦은 외박에도 불구하고 내가 옥탑방을 자주 찾게 된 이유는 전혀 다른 데 있었다. 나의 잦은 외박을 독립의 전조로 생각하던 형네 부부, 그것이 아니라는 걸 눈치 챈 뒤부터 노골적으로 나를 멀리하기 시작한 때문이었다. 어쩌다 한 번씩 형네 집으로 들어가면, 밖에도 잘 데가 있는데 굳이 남의 집으로 들어와 가정의 평화를 깨는 이유가 뭐냐, 하는 듯한 눈빛으로 노골적으로 나를 내치기 시작한 것이었다. 그래서 퇴근을 하고 나면 오늘은 어디로 갈까, 황혼병 환자처럼 마음의 정처를 정하지 못한 채 오래오래 거리를 배회하거나 술을 마시곤 했다. 이리 갈까 저리 갈까, 마지막 순간까지 망설이다가 결국 옥탑방으로 발길을 돌리곤 한 것이었다.

"이젠 이 방의 주인이 민수씨인 것 같애. 하지만 내가 민수씨방에 잠시 들렀다 가는 것 같아서 오히려 마음은 편안해. 여기가 내 방이라고 생각하면…… 그래, 외박을 했다는 것 때문에 이런 순간에 마음이 무척 불편하게 느껴질 거야. 그러니까 민수씨도 이젠 이 방을 자기 거라고 생각해. 누가 주인이건 그런 건 아무래도 상관없으니까."

어느 날 이른 아침, 출근하기 위해 옷을 갈아입으러 집으로 들어온 그녀가 한 말이었다. 내가 느끼던 것과 너무나도 흡사한 말이라 일견 신기하다는 생각까지 들었다. 하지만 그녀가 옥탑방에 머무는 시간보다 내가 그곳에 머무는 시간이 실제로 많았기 때문에 그런 공감대가 형성되는 것도 결코 무리는 아닐 터였다.

그녀가 외박하고 들어오는 아침마다 나는 그녀의 몸에서 타인의 체취를 맡았다. 물론 막연한 추측과 불온한 상상이 빚어낸 불유쾌한 욕망의 그림자였다. 하지만 어디서 누구와 무엇을 하며 밤을 보내고 왔는지에 대해 나는 단 한 번도 그녀에게 물어본 적이 없었다. 끈덕진 인내심이나 너그러운 포용력 때문이 아니었다. 온전한 지상의 주민이 되고 싶어하는 그녀의 꿈을 물질적으로 해결할 수 없는 나의 처지, 그것에 대한 속 깊은 체념이 용기와 분노와 열정을 빈틈없이 마취시켜버린 때문이었다. 사랑의 감정에 스스로 마취제를 투여하는 비루한 청춘의 초상.

이게 도대체 무슨 관계일까.

그녀가 집으로 돌아오지 않는 밤, 나는 어둠 속에 누워 어떤 식으로든 나 자신을 이해시키기 위해 수도 없이 몸을 뒤치락거렸다. 하지만 사랑의 이름으로도 증오의 이름으로도 나는 끝끝내 나 자신을 설득할 수 없었다. 오직 한 가지, 내가 나를 설득할 수 있는 유일한 방법은 나 자신을 진짜 기생충으로 단정하는 것뿐이었다. 하지만 기생충을 떠올릴 때마다 나도 모르게 진저리가 쳐지고 욕지기가 치밀어 발작적으로 몸을 일으키지 않을 수 없었다.

나를 죽이고 싶다!

크리스마스가 가까워질 무렵부터 그녀는 아예 집으로 들어오지 않았다. 어째서 집으로 들어오지 않는지 나로서는 이유를 알 수 없었다. 그럼에도 불구하고 그녀가 온전한 지상의 주민으로 전입하기 위한 절차를 밟고 있을 거라는 생각이 거부할 수 없는 확신처럼 나를 사로잡았다. 그녀의 꿈을 물질적으로 해결해줄 수 있는 사람의 출현.

백화점에 여전히 근무하고 있었지만 그곳에서 근무하는 그녀와 집으로 돌아오지 않는 그녀가 완전히 별개의 인물처럼 느껴져서 나는 여전히 정문 출입을 삼가고 있었다. 하지만 크리스마스가 이틀 앞으로 다가왔을 때, 이제 쓰디쓴 인내의 시간이 막을 내렸다는 걸 알리기 위해 나는 어쩔 수 없이 그녀 앞에 모습을 드러냈다. 그것 이외 달리 방도가 없었으니까.

"내일 집으로 올 수 있어?"

"왜?"

"그냥, 할말도 있고…… 크리스마스 이브잖아."

"모르겠어."

"……가능하면 와."

"기다리지 마."

그것이 그녀와 내가 이 세상에서 주고받은 마지막 대화였다. 크리스마스 이브였던 다음날 밤 작은 케이크와 술, 그리고 그녀에게 선물할 털장갑을 준비하고 나는 새벽까지 기다렸지만 그녀는 끝내 옥탑방으로 돌아오지 않았다. 반드시 오리라고 기대했던 건 아니지만 마지막 이별 의식까지 무산되었다는 게 못내 허전하고 아쉽게 느껴졌다. 그래서 그녀에게 하고 싶었던 말을 최대한 축약한 짧은 편지 한 장을 남겨놓고 나는 조용히 옥탑방을 떠났다.

지상을 꿈꾸게 하는 옥탑방

몸이 떠나도 영혼이 이곳에 머물 수 있다면

사랑의 깊이가 높이로 깃들여 있는 곳

행복하라고, 부디

흐린 날빛 속에서 신기루를 바라보듯

오래오래 그대 이름 잊지 않으리

*

그녀가 백화점을 그만두었다는 걸 내가 알게 된 건 다음해 일월, 신정 연휴를 끝내고 첫 출근을 하던 날 오후였다. 백화점 옆문을 통해 매장으로 올라갔을 때, 매장의 판매 직원 아가씨가 서랍에서 편지 봉투 하나를 꺼내 나에게 내밀며 야릇한 표정으로 물었다.

"안내로 근무하던 아가씨하고 잘 아는 사인가요?"

"왜 묻죠?"

"그 아가씨가 연말에 백화점 그만두면서 이걸 남기고 갔으니까 하는 말이죠. 보통 사이라면 이런 걸 남기겠어요?"

"보통 사이가 아니라면 직접 만나면 되지 이런 걸 뭐 하러 여기다 맡기겠어요?"

"그래도……."

"혹시 왜 그만뒀는지 아세요?"

"흠, 안내 직원이 백화점의 꽃이니까 어디 좋은 데로 팔려갔나 보죠 뭐. 그런 걸 내가 무슨 수로 알겠어요?"

5층에서 내려와 정문 근처로 다가가자 안내석에 앉아 있는 직원이 바뀌어 있었다. 언제나 꿈을 꾸듯 몽롱한 표정으로 그 자리에 앉아 있던 그녀, 이제 두 번 다시 볼 수 없게 됐다는 사실이 무척이나 허전하게 느껴져 나는 뜻 없는 눈길로 주변을 두리번거렸다. 화려한 물질의 바다, 젖과 꿀이 흐르는 현대판 가나안에서 그녀처럼 깊은 단절감을 느끼게 하는 사람은 좀체 발견할 수 없었다. 그래서 가뭇없이 사라져버린 그녀의 족적을 찾아가듯 백화점을 빠져나와 나는 정신없이 택시를 잡았다.

무엇을 확인하고 싶어한 것일까.

그녀의 옥탑방에는 아무것도 남아 있지 않았다. 불완전한 지상의 주민이 살던 터전, 햇살 한 점 밀려들지 않는 방에서 내가 확인한 것이라곤 깊은 정적과 냉기뿐이었다. 그녀의 흔적으로 남겨진 게 아무것도 없어서 그녀가 정말 이곳에 살았던 것일까, 기억을 의심하지 않을 수 없었다. 서로를 사랑했기 때문에 오히려 등을 돌릴 수밖에 없었던 한 쌍의 사마귀 이야기…… 누가 만들어낸 동화였을까.

그녀의 흔적이 남아 있지 않은 을씨년스런 공간을 나는 더이상 옥탑방으로 생각할 수 없었다. 하지만 그곳에서 내가 경험한 기억은 어느 것 한 가지도 망각의 늪으로 밀어넣고 싶지 않았다. 그래서 그녀와 함께 했던 시간을 되새기며 나는 또 다른 방 한 칸을 설계하기 시작했다. 그녀의 옥탑방에 아로새겨진 수다한 추억을 온전하게 보존할 수 있는 방법—내 마음에 또다른 옥탑방을 만드는 일 말고 달리 무엇이랴.

그녀가 어둠 속에서 팔을 벌려 최초로 포옹을 허락하던 밤의 기억이 묵연하게 뇌리를 스쳐갔다. 멸시로써 극복되지 않는 운명이 존재하지 않는다면, 그녀가 나에게 처음으로 팔을 벌리던 그날 밤에 나는 그녀의 가슴에다 운명의 비수를 꽂는 게 옳았으리라. 왜 그러지 못했던 것일까. 때늦은 절박함으로 진저리를 치며 초점이 한껏 흐려진 눈빛으로 나는 허공을 올려다보았다. 하지만 숙명의 전모를 간파하지 못하는 가련한 인생의 장님에게는 아무것도 보이지 않았다. 점자(點字)를 더듬듯, 나는 비로소 그녀의 편지를 꺼내 읽기 시작했다.

　　죄스런 마음으로 당신이 남기고 간 시를 읽었습니다. 짐을 정리하다 말고 한참을 주저앉아 울었지만, 내가 당신에게 진실을 말할 수 있는 기회는 이미 사라지고 없었습니다. 그래서 몇 번을 망설이다 이렇게 펜을 들었습니다.

　　당신에게 아픔과 절망만 경험하게 한 옥탑방을 이제 나도 떠나게 되었습니다. 하지만 이것이 내가 꿈꾸던 것이었던가, 나는 아무것도 자신할 수 없습니다. 어쩌면 옥탑방에서 보낸 시간들이 훨씬 진실했다고 아프게 추억하는 일이 생기거나, 지상에서의 삶을 허망하게 끝내고 또다시 옥탑방으로 올라오는 일이 생길지도 모릅니다. 돌아가신 엄마는 인생이 서천의 구름 같다는 말을 자주 했지만, 그러면서도 자신의 찌든 가난에는 끝끝내 초연하지 못했습니다.

　　하지만 미래가 어떻게 변하든, 지금 내가 당신에게 분명하게 말할 수 있는 진실은 있습니다. 나의 옥탑방에 발을 들여놓았던 유일무이한 사람, 그리고 나의 찌든 가난을 속속들이 들여다본 첫번째 남자가 바로 당신이었습니다. 많은 면에서 당신은 나에게 첫번째였지만, 첫번째라는 이유만으로 당신의 인생을 나의 옥탑방에다 가두고 싶지 않았습니다. 평생 옥탑방에서 벗어나지 못하는 당신과 나의 인생, 상상해본 적 있나요?

이렇게 헤어질 수 있기 때문에 옥탑방은 당신과 나의 기억에서 영원히 사라지지 않을 겁니다. 이렇게 헤어질 수 있기 때문에 당신은 나에게 영원히 첫번째 남자로 남겨질 수 있을 겁니다. 그렇게 나도 또한 당신에게 오래오래 잊혀지지 않는 여자로 남고 싶습니다. 당신이 설령 나를 원망한다고 해도, 나도 또한 당신을 사랑했기 때문에 이런 바람은 좀체 수그러들지 않을 겁니다.

당신이 내게 선물한 『시지프 신화』, 당신이 생각날 때마다 읽고 또 읽겠습니다. 그리고 우리들의 추억이 아로새겨진 옥탑방, 오래오래 세상에 남아 있기를 간절히 빌겠습니다. 어쩌다 부근을 지나치게 될지라도, 아름다운 추억의 성전으로 이곳을 올려다보고 싶기 때문입니다.

마지막으로, 당신에게 행복한 미래가 도래하길 진심으로 기도하겠습니다. 그리하여 아주 우연히 지상에서 다시 마주치게 될지라도, 부디 행복한 시지프의 표정을 당신의 얼굴에서 발견할 수 있었으면 좋겠습니다.

내가 사랑했던 시지프여, 안녕!

*

　그해 가을, 나는 형의 중매로 결혼을 했다. 형이 근무하는 은행 여직원이었는데, 형의 말처럼 여자로서는 별달리 나무랄 데가 없는 성품의 소유자였다. 아이 낳고 살다 보면 세상 여자가 다 그렇고 그렇게 느껴진다던 형의 주관을 수긍해서 결혼을 결심한 건 물론 아니었다. 아이 낳고 살아보지 않아도 세상 만사가 다 그렇고 그렇게 느껴지던 무렵이었으니 결혼 문제를 놓고 심각하게 고민할 필요도 없었다. 결혼을 안 하고 버텨봤자 달리 대안도 없었고, 대안이 있다고 해도 옥탑방의 추억은 지워지지 않을 터였다. 아니면 그녀보다 강렬한 존재감을 느끼게 하는 상대를 지상에서 두 번 다시 만날 수 없을 거라고 모든 걸 단념해버린 탓.

　그해 가을, 나는 대기업 홍보실로 직장을 옮겼다. 그리고 그것이 나의 평생 밥줄이 될 것 같다는 생각을 하며 하루하루 특별할 것도 없는 나날을 무감하게 살아가기 시작했다. 관성으로 살아가고, 관성으로 나이가 들고, 관성으로 세상을 견디는 가련한 시지프의 초상.

　지난 십 년 동안 나는 인생의 주변인으로 전락한 시지프들의 세계에 안주하고 있었다. 획일화된 몽타주로 재현되는 무수한 시지프들의 세계, 산정을 향해 바위를 밀어올리는 불굴의 의지를 상실한 시지프들의 세계, 희망 없는 노동을 죄악시하고 도로(徒勞)를 무능의 결과로 치부하는 시지프들의 세계, 신을 향한 멸시를 두려워하고 운명을 극복하려는 반항적인 분투를 상실한 시지프들의 세계…… 그곳에 안주하며 하루하루 종말적인 인간의 시간을 살아온 것이었다.

아주 가끔, 신화 속의 시지프가 기억에서 되살아날 때가 있었다. 늦은 밤 술에 취해 집으로 돌아가다가 문득 형네 집에 얹혀살던 시절을 떠올리게 될 때, 새벽에 뜻하잖게 잠에서 깨어 하늘을 올려다보게 될 때…… 그럴 때마다 바위를 멈추기 위해 터질 듯 부풀어오른 다리, 천근 무게의 바위를 부둥켜안는 가슴, 살갗이 벗겨져 붉은 속살이 드러난 팔, 바위에 긁혀 선혈이 흐르는 뺨, 굳은살이 박인 흙투성이의 손이 생생하게 되살아나곤 했다.

인간에 의한 인간의 멸시가 범람하는 세상에서 너는 지금 무엇을 하고 있는가!

시지프가 깊이 잠든 오관을 후려칠 때마다 쩡, 쩡, 어디선가 빙벽을 깨는 듯한 소리가 날카롭게 귓전으로 밀려들었다. 문득 정신을 차리면 나는 낯선 지상에 서 있었고, 손가락을 헤아려보면 나도 모를 나이가 되어 있었다. 옥탑방으로부터 현재까지의 거리, 그리고 옥탑방을 떠나던 때로부터 지금까지의 세월.

십 년 세월이 지난 지금, 그녀를 생각할 때마다 나는 남겨진 시간에 대해 깊은 두려움을 느끼곤 한다. 지나간 시간보다 남겨진 시간이 두려운 건 변화가 아니라 불변하는 것에 대해 느끼는 끈끈한 채무감 때문이리라. 오로지 지상에 안주하기 위해 인간의 숙명을 부정하는 가련한 시지프들의 지옥. 무슨 이유 때문인가, 추억이 망각의 늪으로 잦아들 때가 되었는데도 내 마음의 옥탑방에는 불이 꺼지지 않는다. 그곳에서 살았던 한 여자의 존재감 때문이 아니라 옥탑방, 그것이 하나의 생명체가 되어 스스로 빛을 발하고 있기 때문인지도 모르리라. 불완전한 지상의 주민, 숙명의 전모를 간파하지 못하는 인생의 장님들에게 그 빛은 무엇을 일깨우고 싶어하는 것일까.

아주 우연히 지상에서 다시 마주치게 될지라도, 부디 행복한 시지프의 표정을 당신의 얼굴에서 발견할 수 있었으면 좋겠습니다.

오랜 시간의 흐름에도 불구하고 그녀의 편지는 주시(注視)의 언어처럼 여전히 나의 기억에서 살아 숨쉬고 있다. 언젠가, 우연을 가장하고 찾아올지도 모를 필연의 시간에 나는 어떤 시지프의 얼굴을 하고 있을까. 서로를 알아보지 못하고 무심히 지나치게 될지라도, 편견과 모순과 아집에 사로잡힌 불행한 시지프의 얼굴이 아니라 자기 운명에 당당하게 맞설 줄 아는 행복한 시지프의 얼굴을 나는 그녀에게 보여주고 싶다. 내가 그녀를 알아보거나 그녀가 나를 알아보는 순간, 혹은 내가 당신을 알아보거나 당신이 나를 알아보는 순간을 상상해보라. 그러면 옥탑방에서 밀려나오는 불빛의 의미가 준비된 자세로 항상 깨어 있으라는 준엄한 경고의 메시지라는 걸 분명하게 알 수 있으리라.

　지금, 당신의 옥탑방에 불을 밝혀야 할 때!

사랑보다 낯선

하지만 그녀가 치마를 걷고 내 위에 곧게 앉았을 때,

나는 그녀가 말한 극에 달한 긴장의 실체를 감지할 수 있었다.

삶과 죽음 사이에 가로놓인 견딜 수 없는 긴장,

그것이 삶을 지탱하게 해주는 생명력이란 걸 비로소 알아차린 것이었다.

그래, 그것이 없으면 삶도 이미 죽음과 다를 바 없으리라.

그녀에게서 전화가 걸려온 것은 토요일 오후 네 시경이었다. 나는 그때 침대에 비스듬하게 누워 내셔널 지오그래픽 채널의 다큐멘터리를 보고 있었다. 사람을 살해해서 만든다는 가짜 미라에 관한 추적 프로그램이었다. 두개골에 총구가 난 미라도 있었고, 둔기에 맞아 후두부가 함몰된 미라도 있었다. 과거의 유물을 모조하기 위해 현재의 인간을 살해하는 엽기에 놀라 나는 텔레비전의 화면에서 잠시도 눈을 떼지 못했다. 그때 휴대폰이 진동했다.

임채령?

그녀가 자신의 이름을 말했을 때에도 나는 미라의 세계에서 선뜻 빠져나오지 못했다. 중세에는 미라를 잘게 부수어 만든 가루를 아주 중요한 약재로 쓰기도 했고, 그것 때문에 자살자나 사형수들의 시신으로 가짜 미라를 만들어 팔기도 했다는 내레이션이 여전히 귓전으로 밀려들고 있었다. 나는 엽기적인 죽음의 공간에서 빠져나오기 위해 세차게 머리를 흔들었다.

"지금 통화할 수 있나요?"

다소 불안정한 어조로 그녀가 물었다.

"괜찮습니다. 말씀하세요."

낯선 여자를 대하듯 나는 사무적인 어투로 대답했다. 그녀는 내가 시간강사로 나가던 대학의 부교수였으나 내가 그녀의 전화를 반가워해야 할 이유는 전혀 없었다. 나는 이미 지난 학기가 끝날 때 더 이상 강의를 하지 않겠다는 의사를 학과 조교에게 분명하게 전한 터였다. 언뜻 지난 오월의 어느 날 밤, 술집 화장실 앞에서 마주친 그녀의 얼굴이 뇌리를 스쳐갔지만 그것도 나는 괘념치 않았다.

후, 하고 날숨을 내쉬고 나서 그녀가 다시 말했다.

"토요일에 이런 전화를 해서 정말 미안해요. 하지만 이렇게 할 수밖에 없는 내 처지도 좀 이해해 주세요. 이 세상에 내가 알고 있는 모든 사람을 다 떠올려봤는데, 지금 내 입장에서 선택할 수 있는 유일한 사람은 오직 그쪽뿐이었어요."

자신의 처지에 깊이 몰입한 듯 그녀는 얘기의 앞뒤를 분간하지 못하고 있었다.

"무슨 말씀인지 이해를 못하겠군요. 좀 더 구체적으로 말씀해 주시면 안 될까요? 내가 선택 당했다는 게 중요한 게 아니라 무슨 이유로 나를 선택했는지 그걸 알고 싶으니까요."

"아, 미안해요. 정말 미안한데 그런 건 묻지 말아 주세요. 그냥, 지금 내가 건네는 부탁을 들어줄 수 있는지 없는지 그것만 대답해 주면 돼요. 반드시 들어달라는 것도 아니니까 부담을 느낄 필요도 없어요. 다만 내가 그쪽을 선택하기까지의 고심은 알아줬으면 좋겠어요. 이게 얼마나 낯설고 황당한 전화인지는 누구보다도 내가 잘 알고 있으니까요."

"좋습니다. 그럼 부탁이 뭔지, 그것부터 말씀해 보시죠."

막무가내라는 생각이 들어 나는 그녀의 요구를 받아들였다. 이유야 나중에 따져도 되니 우선은 용건부터 들어보리라.

"좋아요. 그럼 말하죠. 오늘과 내일 나를 위해 시간을 내 줄 수 있나요? 아니 내가 가자는 곳으로 나를 데려다 주기만 하면 돼요."

"기사가 필요한 건가요?"

"그렇게 거칠게 말하지 말아요. 운전은 나도 얼마든지 할 수 있어요. 그렇게 상대방을 야비하게 만들고 자신을 비하해야만 직성이 풀리나요?"

그녀는 돌연 흥분한 어조로 되물었다.

"아뇨. 그런 뜻이 아니라 뭐가 뭔지 도무지 맥락이 잡히지 않아서요. 어디로 가는지 언제 돌아오는지도 물으면 안 되나요?"

"지금 출발하면 내일 돌아올 수 있을 거예요. 나도 오래 머물고 싶지 않은 곳이니까 볼일만 끝나면 곧바로 돌아올 거예요. 나 혼자 가면 모든 게 허물어질 것 같아서 그러는 거니까 잘 생각해 보세요. 내 부탁을 들어준다면…… 무엇으로든 내가 보답은 해 드릴게요."

그녀의 황당한 제안을 받고 나서 나는 선뜻 대답을 건넬 수 없었다. 슬그머니 눈길을 돌려 텔레비전의 화면을 보았다. 어느새 가짜 미라에 관한 프로그램은 끝나 있었다.

"생각할 시간을 좀 주셨으면 좋겠군요. 내가 스스로 선택했다는 느낌이 들지 않으면 설령 부탁을 들어준다고 해도 내내 마음이 불편할 것 같아서 말이죠."

나는 막막한 눈빛으로 허공을 올려다보며 말했다.

"시간이 얼마나 필요하죠?"

"어쩌면 오 분, 어쩌면 오십 분…… 아무튼 그렇게 많은 시간이 필요하지는 않을 겁니다. 마음의 결정이 내려지는 대로 전화 드리죠."

전화를 끊고 나서 리모컨의 전원 버튼을 눌러 텔레비전을 껐다. 바다 속에 가라앉은 잠수함처럼 깊고 막막한 정적이 사방을 에워쌌다. 토요일과 일요일, 자신을 위해 나를 임대해 달라는 황당한 그녀의 요구가 실내의 중심에 깃대처럼 꽂혀 있었다. 나는 방바닥에 무릎을 세우고 앉아 골몰한 눈빛으로 허공을 올려다보았다. 나만 알고 그녀는 모르는 진실 한 가지가 붉은 신호등처럼 뇌리에서 명멸했다. 하지만 그것은 그녀와 직접적으로 연관된 일이 아니었다. 간접적으로 연관됐다고 해도 마찬가지, 그녀의 일방적인 부탁을 내가 들어줘야 할 이유는 없었다. 아무것도 묻지 말고 이틀을 할애해 달라니, 부탁 자체가 어불성설 아닌가.

마음의 결정을 내리고 자리에서 일어나 창가로 갔다. 블라인드를 올리자 햇살 가득한 시민공원이 한눈에 내다보였다. 주변의 무성한 녹음과 푸른 잔디, 인라인 스케이트나 보드를 타는 사람들의 율동이 나와 다른 차원의 풍경처럼 한없이 아득하게 보였다. 나는 길게 한숨을 내쉬고 나서 잠시 고개를 숙이고 서 있었다. 그러다 불현듯, 절체절명의 순간을 잡으려는 사람처럼 다급하게 휴대폰을 집어들었다.

"들어보세요. 어떤 식으로 생각해봐도 도무지 들어줄 수 없는 부탁인데, 아무것도 묻지 않고 그걸 받아들이기로 했습니다. 어처구니없는 일이지만, 주말 내내 아무것도 할 일이 없다는 걸 알았거든요. 황당한 부탁보다 그게 더 황당하게 여겨져서 결정을 뒤집은 겁니다. 아무튼 나에게도 여행의 당위성은 생긴 셈이니 만날 시간과 장소를 말씀하세요. 준비하고 곧바로 출발하죠."

전화를 끊고 욕실로 들어가 샤워를 했다. 샤워를 하고 나와 젖은 머리카락을 수건으로 몇 번 문지른 뒤 손가락을 넣어 가볍게 털었다. 청바지와 푸른 체크무늬의 남방을 걸친 뒤 원룸 공간을 한번 휘둘러보았다. 조금 전까지 무료하고 짜증스럽게 느껴지던 공간이 기이할 정도로 낯설게 느껴졌다. 어쩌면 이 공간으로 영영 되돌아오지 못할지도 모른다, 하는 불길한 예감까지 뇌리를 스쳐갔다. 요컨대 미래를 예측할 수 없는 아슬아슬한 경계지점에 나는 서 있었다.

자동차 키를 들고 출입문을 나서기 전 다시 한 번 실내를 둘러보았다. 오늘 출발해 내일 돌아온다니 뭔가 준비를 해 가는 게 좋을 것 같았으나 여행에 대한 정보가 전혀 없어 뭘 준비해야 할지도 선뜻 떠오르지 않았다. 속옷이나 수건, 세면도구 같은 것들을 언뜻 떠올려보기도 했으나 도무지 걸맞지 않다는 느낌이 들어 이내 마음을 접었다. 문자 그대로 '묻지마 여행'이 아닌가.

그녀가 약속장소로 지정한 백화점 앞에 당도했을 때, 시간은 어느덧 오후 다섯 시가 가까워지고 있었다. 지하철역 4번 출입구 앞. 나는 비상등을 켜고 프런트 글라스로 전방을 내다보았다. 하지만 그녀는 자신이 지정한 장소에 나와 있지 않았다. 백화점 입구에 꽤 많은 사람들이 서 있었지만 거기에도 그녀는 없었다. 팔월 말경의 나른한 햇살이 백화점 입구로 내려앉아 고인 물처럼 번들거리고 있었다. 나는 가볍게 머리를 흔들고 나서 시동을 걸었다. 순간, 재수 없는 생각 한 가지가 뇌리를 스쳐갔다. 어쩌면 그녀가 약속장소에 끝끝내 나타나지 않을지도 모른다는 불길한 예감.

나는 팽팽하게 긴장한 눈빛으로 백화점 입구를 다시 한 번 눈여겨보았다. 톡톡, 그때 누군가 뒷좌석 윈도우를 두드렸다. 반사적으로 돌아보니 검은 반팔 원피스를 입은 그녀였다. 어깨에 닿을 정도로 찰랑거리는 머릿결에서 의외의 생동감이 느껴졌다. 그녀는 허리를 굽힌 채 내 옆자리로 타기가 힘들다는 시늉을 했다. 차량이 지하철 입구의 벽면에 바투 붙어 있었기 때문이었다. 나는 시동을 걸고 차를 앞으로 빼 그녀가 내 옆자리로 탈 수 있는 공간을 마련해 주었다. 도어를 열고 안으로 들어오는 그녀를 보니 특별한 소지품 없이 달랑 검정 핸드백 하나만 들고 있었다.

"미안해요. 은행에 들렀다 오느라 좀 늦었어요. 그렇게 많이 기다린 건 아니죠?"

"십 분 정도."

그녀는 나에게 올림픽대로 미사리 방면으로 출발하라고 말했다. 미사리 방면으로 나간 다음에는 어디로 가느냐고 물으려다 말고 나는 조용히 브레이크에서 발을 뗐다. 어디로, 왜 가는지에 대해 묻지 말 것. 그녀와의 약속이 어느덧 나의 의식을 제어하고 있었다. 내가 유턴하기 위해 신호를 기다리는 동안 그녀는 핸드백에서 검은 선글라스를 꺼내 착용했다. 검정 원피스, 검정 핸드백, 검정 선글라스가 뭔가를 암시하는 강렬한 색상인 것 같다는 생각이 언뜻 뇌리를 스쳐갔지만 이번에도 나는 색상의 통일성이 무엇을 의미하는지에 대해 묻지 못했다.

올림픽대로로 접어든 직후, 그녀가 엉뚱한 질문을 건넸다.

"강의를 그만뒀다면서요?"

"그만뒀죠."

"다른 직장이라도 얻은 건가요?"

"다른 직장을 못 얻는 한이 있더라도 강의를 하는 것보단 낫겠다는 생각이 들어서요."

"대학사회에 대한 환멸인가요?"

"아뇨. 내 삶에 대한 짜증 때문이겠죠. 그런데 내가 강의를 그만뒀다는 건 누구한테 들었나요?"

"학과 조교한테요. 연락처를 알려달라고 전화했더니 그런 말을 덧붙이더군요."

말을 하고 나서 그녀는 고개를 돌려 창밖을 내다보았다. 더이상 말을 하고 싶지 않다는 의사 표시인 것 같아 나도 말문을 닫았다. 한남대교를 지난 뒤부터 차량이 증가해 서행과 정체를 반복했다. 나는 창틀에 한쪽 팔을 걸치고 앉아 이 기이한 여행의 종착지에 대해 생각해 보았다. 하지만 어떤 방면으로도 상상력이 작동되지 않았다. 그녀와 나 사이에 상상력을 발휘할 만한 단초가 아무 것도 없었기 때문이었다.

내가 사적인 자리에서 그녀를 만난 건 단 한 차례뿐이었다. 지난 오월, 중간고사가 끝난 뒤에 몇몇 교수와 강사가 함께 모인 술자리에서였다. 나는 고작 두 학기밖에 강의를 하지 않았으므로 다른 교수나 강사들과 데면데면한 관계를 유지하고 있었다. 강의 경력 때문이 아니라 타고난 성정 때문이라고 해야 옳을 터였다. 마땅히 집착하고 싶은 것도 없었고, 마땅히 관심을 기울이고 싶은 것도 없었다. 서른셋의 젊은 나이에 나는 이미 정신적 노파처럼 세상을 살고 있었으니까.

그날 술자리에서 선생들은 술을 많이 마셨다. 맥주를 마시고, 나중에는 데킬라를 두 병이나 비웠다. 마약에 취한 사람들처럼 모두 낄낄거리며 흐느적거릴 무렵, 나는 화장실에 가기 위해 자리를 떴다. 물론 나도 많이 취한 상태였다. 남녀 화장실이 나뉘는 지점까지 걸어갔을 때 여자 화장실 출입문이 열리며 그녀가 나타났다. 나는 입을 벙긋 벌리며 아, 임교수님, 하고 꾸벅 머리를 숙여 인사했다. 그녀가 몽롱한 눈빛으로 나를 올려다보다가 돌연 오른손 검지를 세워 나의 볼을 찔렀다.

"이 보조개 파서 나한테 줘. 그냥 주기 싫으면 돈 받고 팔아도 돼. 만약 두 가지 다 거절하면 내가 지구 끝까지라도 따라가서 강제로 파버릴 거야. 이런 보조개는 여자가 달고 있어야 인생이 펴는 거야. 남자한테는 백해무익한 거라구. 알아?"

돌발적으로 생겨난 일이었지만 술에서 깨어난 다음날에도 난 그것에 대해 별다른 의미를 부여하지 않았다. 그녀가 서른여섯의 이혼녀라는 사실을 알고 난 뒤에도 마찬가지, 술에 취해 잠시 객기가 동한 거겠지, 하고 생각했을 뿐이었다. 그게 다였다. 그녀가 나에게 전화를 걸어와 아무 것도 묻지 말고 자신에게 이틀을 할애해 달라고 말할 만한 근거를 나로서는 도무지 찾아낼 수 없었다. 설마, 내 보조개를 파내기 위해?

차가 미사리에 당도하기 전에 그녀는 나에게 다른 지시를 했다. 중부고속도로로 유도하는 두 개의 우측 차선을 손가락으로 가리킨 것이었다. 갑자기 마음이 변한 것인지 애초부터의 계획을 이행하는 것인지 알 수 없었다. 아무려나 나는 아무 것도 묻지 않고 그녀가 시키는 대로 중부고속도로로 진입했다. 휴가철이 끝나서인가, 주말 오후인데도 고속도로는 예상과 달리 소통이 원활했다. 나는 자세를 고쳐 앉으며 주행에 몰입할 준비를 했다. 그때 그녀가 다시 입을 열었다.

"혹시 강의를 그만둔 이유를 설명할 수 있나요?"

"그걸 설명해야 하나요?"

"그냥 편하게 말해 봐요."

"특별한 건 없어요. 좀 다른 삶을 살아보고 싶어서요."

"다른 삶이란 어떤 건가요?"

그녀의 물음에 나는 선뜻 대답할 말을 찾지 못했다. 그 순간, 내 인생이 너무 막막하고 막연하게 느껴졌다. 시속 100킬로 이상으로 시공을 가로지르는 차량의 속도감이 찰나처럼 증발하고 아주 깊은 정체감이 느껴지기 시작했다. 중부고속도로에서 영동고속도로로 접어들라는 그녀의 요구를 수행하고, 여주휴게소에 들러 그녀가 커피를 사올 때까지도 나는 과묵한 기사처럼 운전만 했다.

휴게소로 진입하자 그녀는 식사를 하겠냐고 내게 짧게 물었다. 내가 생각 없다고 대답하자 그럼 커피를 마시겠냐고 다시 물었다. 내가 고개를 끄덕이자 그녀는 말없이 도어를 열고 나가 휴게소 건물 안으로 사라졌다.

나는 뒤늦게 차에서 내려 화장실로 가 소변을 보고 세수를 했다. 세수를 하고 젖은 얼굴로 화장실 벽면의 거울을 들여다보았다. 거기, 머리와 가슴이 텅 빈 기이한 인간이 서 있었다. 텔레비전에서 보았던 미라가 떠올랐다. 내 모습이 기이한 게 아니라 그것을 들여다보는 내 시선이 낯설게 변한 때문인지도 모를 일이었다.

"김밥과 호두과자를 샀어요. 여기서 식사를 하지 않으면 목적지에 당도할 때까지 별도로 식사할 시간이 없어요. 혹시 운전 중에 배가 고프면 말하세요."

휴게소에서 돌아온 그녀가 종이컵에 담긴 원두커피를 내밀며 말했다. 나는 말없이 그것을 건네받아 선 채로 몇 모금 마셨다. 솔직히 말해 배가 고픈 게 사실이었다. 하지만 낯선 상황에 대처하는 게 우선이라는 생각이 들어 위장을 음식물로 채우고 싶지 않았다. 게다가 식곤증은 나를 괴롭히는 고질적인 문제 중 하나였다. 그것에 시달리느니 허기를 견디며 맑은 정신으로 운전하는 게 백 번 나을 터였다.

"그쪽에서 생각하는 다른 삶이 혹시 죽음이라는 생각은 해본 적 없나요?"

문막을 지나자 그녀가 우측 차선을 손가락으로 가리키며 물었다. 조만간 고속도로를 빠져나가라는 요구를 할 모양이었다. 나를 '그쪽'이라고 부르는 그녀의 특이한 호칭에 대해 물을까 하다가 에라 모르겠다, 하는 심정으로 정면돌파를 감행했다.

"설마, 내가 죽기 위해 강의를 그만뒀다고 생각하는 건 아니겠죠?"

어이가 없다는 표정으로 나는 그녀 쪽으로 고개를 돌렸다. 그때 처음으로 그녀가 흰 치아를 드러내며 웃었다. 순간, 내 뺨을 오른손 검지로 찌르며 보조개를 파 달라던 지난 오월 어느 날 밤의 그녀 얼굴이 되살아났다. 오늘, 환한 대낮에 만난 그녀 얼굴이 어째서 낯설게 느껴졌는지 비로소 감이 잡혔다. 나의 뇌리에 각인된 그녀 모습이 따로 있었기 때문이었다. 그것을 알아차리자 갑자기 어깨가 나른하게 가라앉으며 등골이 서늘해졌다.

"서른여덟인 나도 날마다 다른 삶을 살고 싶다는 생각에 시달려요. 하지만 인생에 다른 삶은 없어요. 아무리 버둥거려도 근본적으로 달라지는 건 없죠. 다른 삶으로 들어가는 통로가 딱 한 가지 있는데, 그게 바로 죽음이죠. 삶의 다른 얼굴…… 낯선 인생으로 들어가는 어두운 통로."

말하고 나서 그녀는 이리, 이리, 하며 다급하게 오른쪽으로 손을 내저었다. 나는 커브가 시작되려는 지점에서 갑작스럽게 핸들을 꺾었다. 언뜻 표지판을 보니 남원주로 빠지는 지점이었다. 한동안 말문을 닫고 있다가, 통행료를 지불하고 남원주 톨게이트를 빠져나간 직후에 나는 다시 입을 열었다.

"사뭇 철학적이군요. 얘기를 들어보니 내가 강의를 그만둔 이유를 내 자신도 모르겠네요. 죽으라는 건지, 살라는 건지."

나의 말을 듣자마자 그녀는 의외다 싶을 정도로 크게 웃었다. 고개를 갸웃하며 그녀를 보았다. 그녀가 부스럭거리며 휴게소에서 들고온 봉지에서 호두과자를 꺼내고 있었다. 웃음을 멈추지 않은 채 그녀는 호두과자 하나를 꺼내 입에 넣었다. 하나, 둘, 셋…… 도합 다섯 개의 호두과자를 꾸역꾸역 입안으로 밀어넣고 나서야 그녀는 비로소 동작을 멈추었다.

무슨 짓인가.

나는 운전대를 잡은 손에 힘을 주며 세차게 머리를 흔들었다. 그녀의 모습에 연신 중첩되는 또 하나의 이미지를 털어내기 위해서였다. 낯선 게 아니라 익숙한 느낌에 나는 시달리고 있었다. 내 옆자리에 앉은 사람에게서 낯선 느낌이 거세된다면…… 아, 다른 건 다 참아도 그건 정말 참을 수 없다는 생각을 하며 나는 그녀를 향해 소리쳤다. 연극하지 말라는 투였다.

"제발, 나를 자극하지 마세요. 당신에게만 상처가 있는 게 아니잖아요. 왜 그렇게 도발적으로 사람을 자극하는 거죠?"

순간, 그녀가 다급한 동작으로 윈도우를 내리고 한입 가득 물고 있던 호두과자를 허공으로 뱉어냈다. 톨게이트에서 빠져나가 몇 킬로미터 직진하자 우측으로 남원주 진입로가 나타났다. 내가 그녀를 보자 그녀가 눈물이 글썽글썽한 얼굴로 손사

래를 치며 직진하라는 시늉을 했다. 산중으로 뚫린 길이라 도무지 어디가 어딘지 분간을 하기 어려웠지만 그녀는 한 순간도 방향감각을 잃지 않고 있었다. 나는 그녀에게 다그치듯 물었다.

"지난 오월에 술자리에서 함께 마신 적 있죠?"

"있죠."

"그날 화장실 앞에서 나와 마주친 기억나나요?"

"아뇨."

"정말, 아무 것도?"

"그날은 너무 많이 마셨잖아요."

"좋습니다. 그럼 내가 말해 주죠. 그날 화장실 앞에서 나와 마주쳤을 때, 손가락으로 내 뺨을 찌르며 내 보조개를 파 달라고 말했어요. 그냥 주거나 돈을 받고 팔거나…… 아무튼 요구를 들어주지 않으면 지구 끝까지라도 따라가서 보조개를 파버릴 거라는 협박까지 했죠. 그래도 기억나지 않나요?"

"제발 심문하듯 말하지 말아요. 그런 건 웃으면서도 말할 수 있는 거 아닌가요?"

"문제는 전혀 다른 데 있어요. 그날 그 순간, 내가 화장실 앞에서 마주쳤던 그 얼굴, 그 표정이 나의 상처를 너무 아프게 건드려서…… 어쩌면 그래서 강사노릇을 때려치우게 된 건지도 모릅니다."

"나 때문이라구요?"

여자가 놀란 표정으로 나를 보았다. 나는 아무런 대답도 하지 않았다. 내가 던진 말이 사리에 맞는 것인지 아닌지에 대해서도 자신할 수 없었다. 이성적으로 정리하기엔 너무 감각적인 문제였다. 하지만 그날 화장실 앞에서 그녀가 나의 뺨을 찌른 게 결정적인 촉매 역할을 했다는 건 부인하고 싶지 않았다. 어처구니없지만 그건 사실이었다. 그날 밤 그녀가 나의 뺨을 손가락으로 찌르지만 않았다면 모든 게 달라졌을지도 모른다.

"칠 년 동안 사귄 여자가 있었죠. 이십대 중반부터 교제를 시작했으니 나에겐 그녀가 이성 교제의 전부라고 해도 과언이 아닙니다. 중학교 교사였는데…… 작년 여름에 헤어졌어요. 나와 사귀기 시작한 지 삼 년이 지난 뒤부터 같은 학교에 근무하는 기혼남과 또 다른 만남을 가져왔다고 그녀가 고백했죠. 작년 여름에…… 그냥 멍했죠. 헤어진 뒤에도 줄곧 멍한 상태로 살았어요. 아무 것도 정리할 수 없었고, 아무 것도 정리하고 싶지 않았어요. 그녀와 만나온 칠 년 세월이 한 순간에 어디로 증발한 것 같다는 생각만 들었죠. 아니 어쩌면 처음부터 내가 그녀와 교제를 해 온 게 아닐지도 모른다는 생각까지 들었어요. 모든 게 너무 익숙해서…… 그래서 조금도 아프지 않았어요. 그런데, 그날…… 화장실 앞에서 누군가 손가락으로 내 뺨을 찔렀을 때…… 그 한순간에 내가 자각하지 못하고 있던 모든 고통이 한꺼번에 되살아났어요."

"손가락으로 보조개를 찌르는 게 무슨 특별한 상징이라도 되나요?"

"칠 년 전 그녀를 처음 만나던 날, 그녀도 똑같은 행동을 했거든요. 내 보조개를 손가락으로 찌르며 그걸 자기에게 줄 수 없느냐고 물었죠. 내가 웃었더니 자기에게 주지 않을 거면 자기와 교제해야 한다는 조건을 내걸었죠. 한심한 일이지만 그 모든 게 인생의 허무를 보지 못하게 만드는 가소로운 인연의 위장막이죠. 빌어먹을 보조개만 없었더라면 모든 게 달라졌을 텐데…… 도대체 여기가 어디죠?"

캄캄한 어둠에 뒤덮인 전방을 내다보며 나는 물었다. 오랫동안 불빛 한 점 나타나지 않는 도로가 왠지 현실의 길이 아닌 것처럼 느껴졌다. 도대체 나는 왜 이 시간에 이런 곳을 달리고 있는가, 그녀는 무슨 이유로 나를 이런 곳으로 이끌고 있는가. 갑작스럽게 견딜 수 없는 심정이 되어 나는 그녀 쪽으로 고개를 돌렸다. 고개를 돌려 나를 보던 그녀가 말없이 팔을 뻗어 나의 무릎에 손을 얹었다. 순간, 전방의 길이 끊어지는 것 같은 아뜩한 느낌과 함께 온몸에 소름이 돋았다.

"사랑보다 낯선…… 이런 시간이 좋지 않나요?"

"익숙하진 않군요."

"익숙한 것은 이미 죽음이에요. 그러니까 사람들이 본능적으로 다른 삶을 찾고 싶어하는 거죠."

"다른 삶은 죽음밖에 없다면서요."

"낯선 시간을 살면 되잖아요. 어차피 연출하기 나름 아닌가요?"

거기서부터 그녀와 나의 대화는 중단되었다. 제천으로 나가는 표지판을 지나친 뒤에도 그녀는 더 이상 방향 지시를 하지 않았다. 나는 머릿속에 지도를 펼쳐놓고 지금 내가 달리고 있는 지점을 가늠해보았다. 중부고속도로, 영동고속도로, 남원주 톨게이트, 충주와 제천 방면…… 아무리 연상해 보아도 그녀가 목적지로 삼을 만한 지명이 선뜻 떠오르지 않았다. 게다가 이쪽 방면은 세상을 살면서 내가 단 한 번도 와 보지 않은 곳이었다.

4차선 도로가 끝나는 지점에 입체 교차로가 있었다. 거기서 우측으로 빠져나가자 지방도로가 나타나고 곧이어 영월 방면을 알리는 표지판이 나타났다. 이십여 분쯤 더 달리자 도로 표지판이 영월과 태백으로 나뉘는 분기지점을 예고하고 있었다. 내가 그녀 쪽으로 고개를 돌리자 사뭇 굳은 얼굴로 그녀는 계속 가세요, 하고 말했다. 나는 영월로 진입하는 길을 버리고 태백 방면으로 직진했다. 하지만 오 분쯤 지난 뒤에 다시 두 갈래의 길이 나타났다. 직진 도로는 태백을 가리키고 있었지만 우측도로는 '상동'이라고 되어 있었다. 거기서 그녀는 말없이 손가락만으로 우회전을 요구했다.

"상동?"

거기가 목적지인가, 하는 표정으로 나는 그녀를 보았다.

"하동, 중동도 있어요. 뭘 의미하는지 알겠어요?"

"상, 중, 하라면…… 높이?"

"맞아요. 이제부터 한 시간 정도 험한 산길을 올라가야 할 테니 긴장하세요. 해발 칠백 미터 지점까지 가야 해요."

계기판의 디지털시계가 열시 사십 분을 가리키고 있었다. 여기서 한 시간 정도를 더 간다면 열한시 사십 분이 되어야 그녀가 말하는 지점에 당도할 수 있을 터였다. 하지만 그녀는 거기가 최종 목적지라는 말을 하지 않았다. 자정이 가까워져도 당도하지 못하는 목적지가 도대체 어디인지 나는 더 이상 견딜 수 없는 심정이 되어 그녀에게 물었다.

"상동보다 더 높은 곳의 지명은 뭐죠?"

나의 물음에 그녀는 아무런 대답도 하지 않았다. 시간이 흐를수록 더욱 긴장하는 기색이 역력했다. 청령포 진입 표지판을 지나친 직후부터 캄캄한 산길이 시작되었다. 이십여 분쯤 달리자 고수동굴 표지판이 나타났다. 휴게소 불빛을 지나치자 곧이어 이차선 도로가 뱀처럼 구불거리는 산길이 시작되었다. 아무리 달려도 오르막뿐인 산길은 밤을 새워도 넘지 못할 것처럼 오래오래 계속되었다. 너무 긴장한 탓인가, 너무 오래 운전을 한 탓인가. 목뒤가 뻣뻣하게 굳는 것 같아 두서너 번 고개를 좌우로 움직였다. 그때, 그녀가 차를 세워달라고 했다.

무슨 일이냐는 표정으로 나는 그녀를 보았다. 그녀는 사뭇 초조한 표정으로 전방을 내다보고 있었다. 나는 천천히 브레이크 페달을 밟으며 차를 도로 우측에 정차시켰다. 차가 정차하자마자 그녀가 도어를 열고 밖으로 나갔다. 나도 전신의 근육을 좀 풀어줘야겠다는 생각을 하며 밖으로 나갔다. 맵싸한 밤 공기가 선뜩하게 얼굴을 덮었다. 짙은 깻잎 냄새와 맑은 물소리가 후각과 청각을 동시에 자극했다. 힐긋 그녀가 나를 돌아보고 나서 경사진 도로 밑으로 내려갔다. 볼일을 보기 위해 계곡으로 내려가는 모양이었다. 나는 허리를 돌리고 상체를 앞으로 숙였다 뒤로 젖히며 경직된 근육을 풀기 시작했다. 문자 그대로 달밤에 체조하는 격이었다.

"목적지까지는 아직 멀었나요?"

볼일을 보고 돌아온 그녀에게 내가 물었다.

"나도 몰라요. 지금은 그런 걸 생각할 겨를이 없어요. 너무 긴장돼서 소변을 참아야 하는 게 너무 고통스러울 뿐이에요."

도어 앞에 서서 그녀가 냉랭한 어조로 말했다.

"왜 그렇게 긴장하죠?"

운전석으로 들어가 앉은 뒤에 나는 다시 물었다. 실내와 바깥의 기온 차이 때문에 프런트 글라스에 김이 서려 있었다. 그녀가 거기다 손가락으로 Go, 라고 쓰며 혼잣말처럼 중얼거렸다.

"긴장하지 않아도 될 일이라면 이런 고생을 왜 하겠어요."

나는 더 이상의 대화가 무의미하다는 생각을 하며 가속 페달을 밟았다. 낯선 시간이 선사하는 긴장감은 나에게도 엄청난 육체적 피로를 느끼게 했다. 그러니 자포자기의 심정으로 무지의 공간을 향해 오직 가속 페달을 밟는 일밖에 달리 할 게 없었다. 달리면 달릴수록 현실감각이 무뎌져 서른여덟의 그녀도 서른셋의 나도 이전과 전혀 다른 상태로 변해 가는 것 같았다. 인간적인 상태가 아니라 물질적인 상태, 혹은 에너지와 같은 상태로 그녀와 나는 서로를 느끼고 있었다. 밤이 되어 밤을 관통하는 듯한 일체감…… 그것을 어떻게 말로 설명할 수 있을까.

그때부터 나는 관성의 힘으로 운전했다. 내가 운전을 하고 있다는 자각마저 무뎌져 아무 것도 느낄 수 없었다. 캄캄한 산길과 간간이 스쳐가는 불빛 따위가 헛것처럼 눈앞에서 명멸하곤 했다. 나는 한없이 차분하게 가라앉아 나를 사로잡고 있던 모든 현실적 고뇌를 온전히 망각할 수 있었다. 낯선 긴장 끝에 찾아오는 깊은 침잠의 세계로 잦아들면서 깜빡 눈을 감았다 떴다. 졸음은 아니었으나 눈앞의 풍경이 전체적으로 바뀌어 있었다. 여기가 어딘가, 밝은 불빛과 넓은 대로가 시작되는 신호등 앞에서 나는 그녀 쪽으로 고개를 돌렸다. 그녀는 어느새 손가락으로 우측 방향을 가리키고 있었다. 도시로 진입하는 길을 버리고 어둠이 빼곡한 반대편 방향을 가리킨 것이었다.

열한시 사십 분, 해발 칠백 미터의 고원지대에 당도하고도 그녀의 강행군은 끝나지 않았다. 굴곡과 커브가 잦은 캄캄한 도로 옆으로 간간이 아파트 단지가 나타났다 사라지곤 했다. 음험한 철골구조의 고가 철도 밑을 지날 때, 그녀가 선바이저를 내리고 거울을 보기 시작했다. 순간, 그녀의 목적지가 가까워졌다는 걸 나는 직감적으로 알아차릴 수 있었다. 머리를 매만지고 얼굴과 옷매무새까지 고치고 난 뒤에 그녀는 차분한 어조로 입을 열었다.

"이제 본격적으로 연출을 해야 할 시간이에요. 저기 보이는 저 다리를 건너 병원으로 진입하세요."

커브를 돌자마자 건너편에 커다란 병원 건물이 나타났다. 이런 산중에 웬 병원인가, 믿어지지 않을 정도로 규모가 큰 병원이었다. 나는 그녀가 시키는 대로 넓은 개울을 가로지른 다리를 건너 병원으로 진입했다. 다리가 끝나는 지점에서 다시 우회전하자 이십여 미터쯤 전방의 허공에 대형 아크릴 간판이 나타났다. 밝은 형광불빛과 검은 고딕체 글자가 삶과 죽음처럼 선명한 대조를 이루고 있었다.

장례식장.

우회전한 뒤에 브레이크 페달을 밟았다. 그녀의 목적지가 저기일 거라는 직감이 확신보다 강하게 나를 사로잡았다. 검은 원피스, 검은 핸드백, 검은 선글라스의 조화가 결국 이것이었구나, 하는 단정으로 온몸이 나른해지는 것 같았다. 내가 돌아보자 그녀가 장례식장 쪽으로 시선을 고정시킨 채 냉랭한 어조로 말했다.

"저쪽 건물 뒤쪽에 차를 세우고 기다려요. 절대 장례식장 쪽으로는 가까이 오지 말아요."

"무작정 기다리라구요?"

"돌아오는 시간은 장담할 수 없어요. 분명한 건 날이 밝기 전에 떠난다는 거예요."

"그동안 난 뭘 하죠?"

"뭘 하든 상관없어요. 하지만 몇 시간 지난 뒤에 다시 운전을 해야 할 테니 잠을 자 두는 게 좋을 거예요."

"그쪽은 괜찮은가요?"

"뭘 묻는 거죠?"

"…… 긴장."

"묻지 말아요. 지금 긴장이 극에 달해 있어요. 너무 흥분돼서 미칠 것 같다구요."

떨리는 목소리로 말하고 나서 그녀는 손을 뻗어 내 허벅지를 움켜쥐었다. 살갗을 뜯어낼 것처럼 강한 악력이 느껴져 윽, 하고 나는 짧게 비명을 터뜨렸다. 그녀가 부르르 어깨를 떨고 나서 다급한 동작으로 밖으로 나갔다. 나는 뒤도 돌아보지 않고 장례식장 쪽으로 걸어가는 그녀의 뒷모습을 지켜보았다. 다른 삶, 낯선 시간, 연출된 긴장, 고산지대의 장례식장…… 그녀가 말하는 삶의 다른 얼굴, 낯선 인생으로 들어가는 어두운 통로가 결국 장례식장인가.

나는 그녀가 시키는 대로 병원 부속건물 뒤쪽에다 차를 정차시켰다. 온몸이 뻐근하게 경직돼 있었지만 주변의 낯선 정황 때문에 편안하게 눈을 붙일 수도 없었다. 차에서 나와 체조를 하듯 몸을 풀고 나서 천천히 병원 입구 쪽으로 걸음을 옮겼다. 개울의 물소리가 의외로 크게 귓전으로 밀려들었다. 물소리가 세찬 게 아니라 산세에 에워싸인 주변이 너무 적막한 때문인지도 모를 일이었다. 나는 다리 중간쯤까지 걸어가 장례식장 쪽으로 시선을 돌렸다. 몇몇 사람들이 장례식장 입구에 나와 서성거리는 게 보였다. 그녀는 누구의 죽음을 문상하러 온 것일까.

다리 난간에 양팔을 괴고 상체의 무게를 얹었다. 그녀의 부재가 의외로 크게 느껴졌다. 몇 백 년쯤 함께 살아온 사람이 갑자기 자리를 비운 것 같았다. 나는 장례식장의 불빛을 쳐다보며 천천히 걸음을 옮겨놓기 시작했다. 왠지 그곳으로 가야 할 것 같은, 가지 않으면 안 될 것 같은 기이한 의무감이 나를 이끌었다. 그녀도 제대로 모르는 내가 장례식장에 나타난다고 해서 놀랄 사람이 누구이겠는가.

장례식장 가까이 다가가자 밝은 형광불빛이 폭포처럼 밖으로 밀려나왔다. 조문객을 접대하는 공간에서 밀려나오는 불빛이었다. 대형 식당처럼 여러 개의 탁자가 놓인 공간에는 고작 서너 곳에만 조문객들이 앉아 있었다. 허공에는 창호지를 입힌 여러 개의 둥근 등이 매달려 산 자들의 고단함을 조명하고 있었다. 이리저리 살펴보았지만 그 공간에 검은 원피스를 입은 여자는 없었다.

어디로 사라진 걸까.

나는 잠시 망설이다가 장례식장 안으로 들어갔다. 복도로 접어들자 정신이 아뜩할 정도로 짙은 향내가 후각을 자극했다. 천천히 걸음을 옮기며 지나치듯 빈소를 들여다보았다. 허공에 커다란 등이 걸린 그곳에는 비교적 젊게 보이는 남자의 영정 사진이 세워져 있었다. 하지만 자정이 지난 시각이라 더 이상 빈소를 찾는 조문객은 없었다. 상주 노릇을 하는 남자 두 명과 젊은 여자 하나가 우측에 앉아 있었고, 그들 앞에 검은 원피스를 입은 그녀가 등을 보이고 앉아 있을 뿐이었다. 상복 차림의 여자가 검은 원피스를 위로하듯 한쪽 어깨에 손을 얹고 있었다. 죽은 자의 영정 사진이 한없이 선한 눈매로 그녀를 지켜보고 있었다. 그녀뿐 아니라 나까지 지켜보는 것 같았다. 이게 도대체 뭐하는 짓거리인가, 하는 생각을 하며 나는 서둘러 차로 돌아와 의자를 뒤로 젖히고 길게 몸을 눕혔다.

이제 네 차례냐?

내 앞을 가로막고 선 미라가 나에게 물었다. 기겁한 표정으로 등을 돌렸지만 반대편에도 미라가 서 있었다. 주변을 둘러보니 도처에 미라가 서 있었다. 죽은 동체가 아니라 살아 움직이는 미라들이었다. 내가 저항을 포기하자 미라 중 하나가 나에게 다가와 옷을 벗기기 시작했다. 주변을 보니 미라를 만드는 시술대과 시술 도구들이 즐비했다. 나는 안간힘을 다해 저항했다. 하지만 미라들이 완강한 힘으로 나의 사지를 포박하고 있었으므로 옴쭉도 할 수 없었다. 뇌를 꺼내기 위해 콧구멍으로 밀어넣는 길고 뾰족한 갈고리가 눈앞에서 오락가락했다. 나는 갈고리를 손에 든 미라의 얼굴을 필사적으로 잡아뜯었다. 의외로 쉽게, 허망할 정도로 가볍게 붕대가 떨어져나갔다. 하지만 다음 순간, 나는 온몸이 얼어붙고 말았다. 흰 붕대 안에서 검은 원피스를 입은 그녀의 얼굴이 드러난 때문이었다.

당신도 미라?

꿈에서 깨어났을 때, 그녀가 내 위에 앉아 있었다. 어둠 속에서 내가 머리를 들자 그녀가 쉿, 하고 내 입에 손가락을 갖다댔다. 왜 이러냐고 묻고 싶었지만 도저히 물을 만한 상황이 아니었다. 얼마나 잤는지, 몇 시나 됐는지 도무지 가늠할 수 없는 어둠 속에서 그녀는 긴장이 극에 달한 동작으로 나를 제압하고 있었다. 장례식장에서 나오자마자 곧바로 운전석으로 돌아와 잠을 청했는데 이게 대체 무슨 일인가.

나는 그녀의 일방적 공격에 초반부터 전의를 상실하고 있었다. 그녀의 거친 숨소리와 미치겠어, 미치겠어, 하는 말이 연해 귓전으로 밀려들 뿐이었다. 그녀는 정말 미친 여자처럼 온몸으로 진저리를 쳐대며 나의 목과 얼굴과 머리카락을 마구 잡아당겼다. 허공을 올려다보자 장례식장 공간에 매달려 있던 창호등이 그녀의 머리 위에서 음산한 빛을 발하고 있었다. 하지만 그녀가 치마를 걷고 내 위에 곧게 앉았을 때, 나는 그녀가 말한 극에 달한 긴장의 실체를 감지할 수 있었다. 삶과 죽음 사이에 가로놓인 견딜 수 없는 긴장, 그것이 삶을 지탱하게 해주는 생명력이란 걸 비로소 알아차린 것이었다. 그래, 그것이 없으면 삶도 이미 죽음과 다를 바 없으리라.

태풍 같은 열정이 스러진 뒤, 그녀는 다시 차를 빠져나갔다.

나는 상체를 조금 일으키고 계기판의 시계를 보았다. 세시 이십 분…… 아직 관통해야 할 어둠이 까마득하다는 생각이 들어 힘없이 의자에 몸을 눕혔다. 허공에 아직도 빛의 잔상이 남아 있었다. 숨을 헐떡거리며 진저리를 쳐대던 그녀의 머리 위에서 빛을 발하던 창호등…… 그것은 삶의 징표인가, 죽음의 징표인가.

"빨리 출발해요. 최고 속력으로, 내가 뒤돌아볼 여유를 주지 말고 달려요."

그녀는 여섯 시 이십 분에 다시 차로 돌아왔다. 돌아오자마자 황급히 나를 흔들어 출발을 재촉했다. 나는 의자를 세우고 앉아 눈을 비비며 밖을 내다보았다. 지난밤과 전혀 다른 풍경이 주변을 에워싸고 있었다. 싱그러운 녹음과 웅장한 산세, 맑은 대기와 푸른 하늘빛이 어우러져 감동적인 풍경을 연출하고 있었다.

문득 떠오르는 게 있어 그녀 쪽으로 고개를 돌렸다. 새벽에 차에서 있었던 일이 현실인가 꿈인가, 도무지 분간을 하기 어려워서였다. 하지만 나는 아무 것도 묻지 않고 시동을 걸었다. 그저 싱긋, 웃음을 한번 지어 보임으로써 나도 또한 긴장을 즐길 줄 안다는 걸 은근히 표시하고 싶었을 뿐이었다.

"아, 정말 죽고싶을 만큼 후련해요. 이 끔찍스런 긴장 뒤의 해방감…… 이젠 다시 미친 듯이 살고 싶어요. 내가 원하는 건 뭐든 할 수 있을 것 같아요. 이런 기분, 이해할 수 있나요?"

어제와 달리 그녀는 엄청나게 많은 말을 지껄여댔다. 대학 얘기, 정치 얘기, 홈쇼핑 얘기, 다이어트 얘기, 백화점 얘기, 재건축 아파트 얘기, 벤처 사업으로 성공한 친구 얘기…… 나중에는 개그 프로그램에서 들은 썰렁한 우스개까지 주워섬겼다. 그녀와 나 사이에 유지되던 낯선 긴장감이 완전히 걷히는 것 같았다. 낯선 긴장감은 고사하고 그녀가 속물처럼 여겨져 불쾌하기까지 했다. 어제와 오늘, 어떻게 사람이 하룻밤 사이에 이렇게 달라질 수 있는가.

"망자가 누구죠?"

나는 싸늘한 어조로 물었다. 나의 물음에 그녀는 정색을 하고 나를 보았다. 단 한 마디의 질문이 그녀의 달뜬 기분을 완전히 박살냈다는 걸 알 수 있었다. 단 몇 초 만에 그녀는 어제보다 더욱 긴장한 표정을 지었다. 하지만 그녀는 내 질문을 정확히 간파하고 있는 눈치였다. 길게 한숨을 내쉬고 나서 모든 걸 포기한 듯한 어조로 그녀는 입을 열었다.

"죽은 사람은 사 년 전에 나와 이혼한 전 남편이에요. 엊그제, 집에서 목을 매고 자살했대요. 대기업 홍보실에 근무하던 사람이었는데…… 다른 삶을 살고 싶다는 이유 하나만으로 회사에 사표를 던지고, 나와 이혼하고, 고향인 이곳으로 내려와 광산에서 일을 했어요. 철학공부를 했으면 도를 깨쳤을 사람인데…… 너무 외곬인 게 돌이킬 수 없는 흠이었죠. 아무려나 다른 삶을 살고 싶다는 소원을 자살로 성취했으니 더 이상 무슨 말을 하겠어요. 나는 그냥…… 그 사람의 일탈을 축하해 주고 싶었을 뿐이에요. 축하해 주고 미련 없이 이곳을 떠나고 싶었다구요. 단지 그것뿐이었는데…… 내 축제의 방식이 그렇게 역겹게 느껴졌나요?"

눈물을 흘리며 그녀는 직설적으로 말했다. 하지만 나는 그녀의 말을 반대로 해석했다. 삶에 대한 처절한 절규를 감지한 때문이었다. 낯설게 느껴지지 않으면 한시도 감내하기 힘든 현실, 그녀는 자신의 생명줄을 이어가기 위해 안간힘을 쓰고 있었다. 남들에게 이해 받지 못해도 어쩔 수 없고, 남들에게 손가락질 받아도 어쩔 수 없는 인생 앞에서 어느 누가 초연할 수 있으랴.

그녀는 더 이상 입을 열지 않았다. 말로 표현할 수 없는 미묘한 기분에 사로잡혀 나도 또한 입을 열지 못했다. 미안하다, 하고 말할 수 있는 상황이 아니었다. 미안하다, 하고 말해서 해결될 문제도 아니었다. 그녀의 기분이 다시 회복된다면, 그녀가 아무리 속물처럼 떠들고 활갯짓을 친다 해도 나는 얼마든지 받아들일 수 있을 것 같았다. 삶을 위한 본능적 몸짓을 어찌 성스러움과 속스러움으로 구별할 수 있겠는가.

"저게 뭐죠?"

프런트 글라스로 밀려드는 따가운 돋을볕에 눈살을 찌푸리고 있을 때 그녀가 갑자기 내 팔을 잡으며 소리쳤다. 나는 반사적으로 브레이크 페달을 밟았다. 내리막이 끝나는 지점, 도로 우측에 몇 대의 승용차가 세워져 있었다. 차를 세우고 우측을 내다보니 검은 비닐에 덮인 고랭지 배추밭이었다. 차에서 내린 사람들 몇몇이 밭으로 내려가 허리를 굽히고 배추를 고르고 있었다. 현장에서 배추를 판매하는 건가, 나는 고개를 갸웃하며 그녀를 보았다. 그러자 그녀가 좀 전과 완연히 다른 표정으로 잠깐만 기다려봐요, 하고 말하고 나서 차에서 내렸다.

"아저씨, 배추 파는 건가요?"

그녀가 배추밭에 들어가 있는 오십줄의 남자에게 소리쳐 물었다. 그러자 그가 아뇨, 이거 버린 배추밭이라고 해서 그냥 골라 가는 거예요, 하며 들어와 보라는 시늉을 했다. 언뜻 보기에는 포기가 실하고 멀쩡한 배추들처럼 보였다. 하지만 먼저 들어가 배추를 고르고 있는 몇몇 여자들의 손에 들린 걸 보니 겉잎을 여러 장 뜯어내야 비로소 먹을 만한 속내가 드러나는 것들이었다. 내가 운전석 도어를 열고 밖으로 나서자 그녀가 상기된 얼굴로 내 손을 잡으며 빠르게 말했다.

"여기서 잠깐만 기다려 봐요. 내가 들어가서 몇 포기만 골라 올게요."

그녀는 검정 구두를 벗어 나에게 건네고 맨발로 배추밭으로 내려갔다. 나는 도로 가장자리에 서서 그녀의 동작을 지켜보았다. 햇살이 점점 따가워지고 있었다. 입구 쪽은 이미 사람들이 훑고 간 모양 그녀는 성큼성큼 배추밭 안쪽으로 들어갔다. 몇몇 여자들이 허리를 굽히고 배추를 골라내는 곳까지 가서야 비로소 걸음을 멈추고 아래를 살피기 시작했다. 배추 한 포기가 어른에게도 한 아름은 될 정도라서 뿌리를 자르고 말라버린 겉잎을 떼어내는 일도 그리 만만해 보이지는 않았다. 하지만 그녀는 밭고랑을 따라 노파처럼 허리를 굽히고 천천히 움직이고 있었다. 요컨대 쉽사리 밖으로 나올 자세가 아니었다.

햇살이 따가워져 나는 나무 그늘로 자리를 옮겼다. 어느덧 사십 분이 지나고 있었지만 그녀는 도무지 나올 기미를 보이지 않았다. 내가 클랙슨을 울릴 때마다 한 번씩 허리를 펴고 잠깐만 기다리라는 시늉으로 나를 향해 손을 들어 보였을 뿐이다. 젠장, 시장에 가도 싼값에 살 수 있을 텐데 꼭 저래야 하나, 은근히 부아가 치밀기도 했다. 하지만 좀 더 시간이 지난 뒤부터 나는 그녀를 전혀 다른 시선으로 바라보기 시작했다. 그것은 내가 생각하기에도 정말 낯선 시선이었다. 따가운 햇살 속에서 허리를 굽히고 움직이는 그녀의 실체가 낯선 세계의 중심이었다. 사랑보다 낯선…… 그것은 몰입한 삶에서 느껴지는 은은한 감동이었다.

한 시간쯤 지난 뒤, 그녀는 다듬은 배추 세 포기를 안고 제자리로 돌아왔다. 얼굴과 손, 장딴지와 발에 온통 진흙이 묻어 있었다. 하지만 그녀는 땀방울이 송송 맺힌 이마를 다시 한 번 진흙 묻은 손으로 훔치며 흰 치아를 드러내고 웃었다. 나는 돌연 고개를 들고 허공을 올려다보았다. 햇살 때문인가, 사물을 바로 보기가 어려웠다. 잠시 눈을 감았다 뜨고 그녀를 다시 보았다. 그러자 그녀가 더 이상 낯설게 보이지 않았다. 몇 생을 함께 살아온 사람처럼 한없이 편안하고 한없이 익숙하게 느껴졌다. 낯선 여행이 끝나는 지점, 비로소 사람의 인력이 느껴지는 지점이었다.

"혹시 내가 담근 김치 먹어보고 싶지 않나요?"

방심한 표정으로 서 있는 나에게 그녀가 속삭이듯 물었다.

매미는 이제 이곳에 살지 않는다

밤마다 한기가 느껴졌다. 아직 무더위가 완전히 꺾이지 않았는데도 그랬다.

그런 밤마다 나는 몸을 한껏 웅크리고 소파에 누워

내 주변에서 사라져버린 존재들에 관해 생각했다.

울지 못하는 존재들, 울 수 없는 존재들, 그리고 사라져버린 존재들……

그들이 모두 말라죽은 매미의 망령이 되어 내 주변을 떠도는 것 같았다.

내가 마린을 만난 건 칠월 중순경의 어느 날이었다. 오후 세 시경에 나는 그녀의 회사로 전화를 걸었고, 저녁 일곱 시경에 만나자는 약속을 했다. 언제나처럼 나는 용건을 말하지 않았고, 언제나처럼 그녀는 용건을 묻지 않았다. 저녁에 시간 좀 낼 수 있겠냐고 나는 물었고, 잠시 사이를 두었다가 그럴게요, 하고 그녀는 대답했다. 매우 간단하고 편리한 소통방식이었다. 하지만 전화를 끊은 뒤에 느껴지는 감정의 여운은 의외로 깊고 짙었다. 내가 일방적이라는 사실에 내 스스로 시달리고 있는 건지도 모를 일이었다. 싫으면 싫다고 말을 하겠지.

어설픈 감정을 애써 떨쳐버리자 무더위와 정적이 문득 나를 일깨웠다. 내가 삼각팬티만 입고 거실 한가운데 서 있다는 것도 그제야 알아차릴 수 있었다. 그녀와 통화를 하던 짧은 동안, 극도로 집중하고 또한 긴장한 때문이었다. 휴대폰을 충전기에 꽂아두고 에어컨의 전원 버튼을 눌렀다. 23도로 맞추어진 적정 온도를 18도로 정정하자 물 속 같던 실내에 때 아닌 삭풍이 밀려나오기 시작했다.

샤워를 하고 형의 방으로 들어갔다. 오후의 잔광이 고여 있어서인가, 들어서자마자 후끈한 열기가 느껴졌다. 침대, 옷장, 테이블, 안락의자 따위가 용도를 잃어버린 사물들처럼 막막한 자태로 제자리를 지키고 있었다. 전면에 거울이 부착된 옷장 앞에 서자 전라의 내 몸이 한눈에 들어왔다. 무표정한 얼굴로 나는 거울 안쪽의 알몸을 들여다보았다. 시간과 기억의 아귀가 맞아떨어지지 않는 것 같았다. 지금과 같은 모습으로 거울 앞에 섰던 게 두 달 전이었던가, 석 달 전이었던가.

옷장 문을 열자 가지런하게 정돈된 형의 옷가지들이 갑작스럽게 빛에 노출되었다. 깊은 동통을 느끼게 하는 뭔가가 퍽, 하고 가슴에 와 박혔다. 옷장 속에 숨어 있던 형이 느닷없이 밖으로 튀어나오며 나를 후려치는 것 같았다. 물론 형의 실체는 아니었다. 어쩌면 나에 의해 감금당해 있던 형의 존재감이었는지도 모를 일이었다.

옷장에 걸린 와이셔츠를 꺼내 알몸에 걸쳐보았다. 촘촘한 간격의 푸른 줄무늬가 수직으로 흘러내린 반팔 와이셔츠였다. 진회색 바지에 감색 쟈켓을 걸치고 넥타이까지 골라 맸다. 그리고 옷장 문을 닫고 다시 한 번 거울을 들여다보았다. 하지만 내가 원하는 느낌은 살아나지 않았다. 내가 형을 보고 있는 것 같아 마음이 불편했다. 아니 형이 나를 보고 있는 것 같아 선뜩한 느낌까지 들었다. 내가 원하는 느낌은 둘 중 어느 것도 아니었다. 형과 나 사이의 연결 고리를 끊어야 비로소 살아날 수 있는 어떤 느낌. 내가 원하는 것은 형과 아무런 상관도 없는 존재가 되는 것이었다.

자유로워지고 싶다, 형.

*

마린과 만나기로 한 약속 장소는 쇼핑몰 13층의 커피숍이었다. 지하 4층에 차를 세워두고 무빙 벨트를 이용해 지상 1층으로 올라갔다. 약속 시간까지는 아직 삼십 분 정도 남아 있었다. 방법이 없겠다싶어 1층의 잡화 매장을 한 바퀴 둘러보고 에스컬레이터를 이용해 2층으로 올라갔다. 2층의 패션 매장을 한 바퀴 둘러보고 다시 에스컬레이터를 이용해 3층으로 올라갔다. 그런 식으로 13층까지 올라가는 데 이십오 분 가까운 시간이 소요되었다. 커피숍 안으로 들어서자 출입구 맞은편 창 쪽 자리에 앉아 있는 마린의 모습이 가장 먼저 눈에 띄었다. 검고 가

느다란 벨트가 부착된 밝은 녹색 원피스 차림의 여자. 고개를 돌리고 창밖을 내다보고 있었지만 나는 그녀가 마린이라는 걸 단박 알아차릴 수 있었다.

"내가 늦은 건 아닌데…… 일찍 왔나 보군요."

자리에 앉기 전, 나는 선 채로 그녀를 내려다보았다. 흰 피부와 군더더기 없는 이목구비가 조성하는 화사함에 가슴이 선뜩해지는 것 같았다. 하지만 형의 방 옷장 앞에 서 있을 때처럼 그녀를 마지막으로 만난 게 두 달 전이었는지 석 달 전이었는지 여전히 시간과 기억의 아귀가 맞아떨어지지 않았다.

"아뇨. 저도 좀 전에 왔어요."

언뜻, 길 건너편을 보고 나서 그녀는 말했다. 거기, 저녁 무렵의 농밀한 대기 속에 그녀가 다니는 회사 빌딩이 솟아 있었다. 여름철의 저녁 일곱 시, 빛이 스러지는 바깥 풍경은 겨울철의 오후 다섯 시를 닮아 있었다. 명료함과 무관한 빛의 상태, 근원을 알 수 없는 사람들, 근거를 알 수 없는 행동들이 한데 뒤섞여 세상이 사뭇 모호한 상태로 침잠하고 있었다.

잠시, 그녀와 나는 어색한 표정으로 마주앉아 있었다. 뭔가를 기다리는 듯한 자세로 그녀는 고개를 숙이고 있었고, 출구를 찾는 심정으로 나는 잠시도 그녀에게서 눈길을 떼지 않았다. 그녀에게서 건너오는 치자꽃 향기가 그나마 나에게는 위안이 되었다. 어쩌면 위안이 아니라 위험한 자극일 수도 있었다. 침대, 흐트러진 시트, 땀에 젖은 알몸, 이른 아침의 황금빛 햇살…… 그것이 그녀가 사용하는 향수를 접할 때마다 내가 떠올리곤 하는 반사적인 연상의 목록이었으니까.

"마지막으로 만난 게 언제였는지 기억이 나질 않는군요. 오월이었는지 사월이었는지 …… 그때, 주란 유원지에 벚꽃이 피어 있었나요?"

내가 주문한 아이스티와 그녀가 주문한 커피가 탁자 위에 놓인 직후, 버릇처럼 나는 호칭을 생략하고 입을 열었다. 그녀의 본명이 무엇인지를 몰라서가 아니라 마린이라는 호칭을 사용하기 싫어서였다. 마린이라는 이국적 호칭, 그것은 형이 그녀에게 붙여준 애칭이었다.

"사월 말경이었을 거예요. 달릴 때…… 차창 밖으로 벚꽃을 본 기억이 나요."

고개를 들고 다소 긴장한 눈빛으로 그녀가 나를 보았다. 하지만 이내 시선을 돌려 옅은 보랏빛 기운이 어른거리는 허공을 내다보았다. 나는 갈증을 느끼며 아이스티를 한 모금 마셨다. 하지만 그녀는 자신이 주문한 커피 잔에는 손도 대지 않고 있었다.

"오늘 내 복장은 어떤가요?"

다소 불안정한 표정으로 나는 입을 열었다. 내가 입고 나간 물이 바랜 청바지와 헐렁한 네이비블루의 남방에 대해 물은 게 아니었다. 사월 말경의 그날 밤 나는 형의 옷을 입고 있었지만 오늘은 내 옷을 입고 있다는 사실을 강조하고 싶었을 뿐이었다. 무슨 영향이 있을까 모르겠지만.

"……좋아 보이네요. 근데 무슨 일로……"

"그냥 답답해서 전화했던 거예요. 날씨가 무더워져서 그런가, 하루하루를 보내는 게 몹시 힘들게 느껴지네요."

"학교는 방학했죠?"

"방학은 했지만 강의는 아주 그만뒀어요."

"그만뒀다는 건…… 앞으로 강의를 안 하겠다는 뜻인가요?"

"글쎄요, 학과 사무실에다가는 안 하겠다고 말하지 않고 못하겠다고 말했어요. 하지만 그 차이가 뭔지는 내 자신도 잘 모르겠어요. 안 하거나 못 하거나…… 아무튼 하지 않는다는 점에서는 동일한 거겠죠 뭐."

"무슨 특별한 계획이라도 있는 건가요?"

"아뇨. 특별한 계획 같은 건 없어요. 그냥 시간강사 노릇 하는 게 아무 일도 하지 않는 것보다 못한 것 같다는 생각이 들었을 뿐이에요. 사는 일에 짜증이 난 건지도 모르죠. 딱정벌레처럼 한껏 낮은 곳에다 몸을 붙이고 있다가…… 어느 순간 갑자기 붕 하고 날아올랐으면 좋겠다는 생각이 들어요. 그리고 아무도 모르는 곳으로……."

말을 하다가 아차, 나는 가슴이 서늘해지는 느낌에 사로잡히고 말았다. 내가 미처 의식하지 못하는 사이, 그녀는 어깨를 움츠리고 고개까지 숙이고 있었다. 어느 순간 갑자기 붕 하고 날아올라 도대체 뭘 어쩌겠다는 건가요? 잔뜩 움츠러든 그녀의 어깨가 그런 항변을 대신하고 있는 것 같았다. 그리하여 붕 하고 날아올라 아무도 모르는 곳으로 사라져버렸으면 좋겠다는 말을 하려던 나의 의도는 무참하게 휘발되고 말았다. 사려 깊지 못한 인간, 어째서 하고많은 말들 중에 그런 말을 입 밖으로 꺼낸 것일까.

감당할 수 없는 침묵이 그녀와 나를 포박했다. 하지만 그것을 받아들이는 그녀와 나의 태도에는 분명 다른 구석이 있었다. 그녀에게는 생활의 일부가 되어버린 침묵이 나에게는 견딜 수 없는 형벌처럼 느껴진 때문이었다. 그녀를 세 번째 만나던 날 나는 이미 그것을 간파해버렸다.

비가 내리던 지난 초봄 어느 날, 그녀는 내가 출강하는 대학교 앞 커피숍으로 찾아온 적이 있었다. 정문 건너편의 커피숍에서 만났을 때, 그녀는 아무런 말도 없이 내게 장미꽃 한 다발을 내밀었다. 영문을 알 수 없는 꽃다발이었다. 그래서 이것이 무엇을 의미하느냐고 나는 물었다. 하지만 그녀는 아무런 대답도 하지 않았다. 뿐만 아니라 무슨 일 때문에 이렇게 업무 시간을 쪼개 찾아온 거냐고 물었지만 그것에 대해서도 그녀는 또한 대답하지 않았다. 그녀의 침묵이 나에게 형벌로 굳어지던 최초의 시간이었다.

―형에 관한 일로 더 이상 당신을 만나고 싶지 않아요. 그래서 온 거예요. 오해하지 말아 주세요.

그날, 한 시간 가까이 침묵을 고수하며 앉아 있던 그녀가 처음이자 마지막으로 남기고 간 말이 그것이었다. 말을 하고 나서 그녀는 서둘러 커피숍을 빠져나갔다. 자리에 앉은 채 나는 석고처럼 굳은 표정으로 그녀가 던져놓고 간 말을 되씹고 곱씹지 않을 수 없었다. 하지만 나로서는 이해할 수 있는 게 아무것도 없었다. 형에 관한 일로 더 이상 나를 만나고 싶지 않다는 말, 오해하지 말라는 말, 그리고 장미 한 다발…… 형벌처럼 여겨지는 집요한 침묵 끝에 그녀가 불쑥 던져놓고 간 모든 것들이 내게는 해독 불능의 난수표처럼 여겨진 때문이었다.

7시 40분.

허공으로 네온사인 불빛이 떠오르고 있었다. 지상으로 내려앉던 어둠의 기운과 네온사인 불빛이 그녀와 내가 앉아 있는 13층 지점에서 완강한 대치 형국을 이루고 있었다. 갈증을 느끼며 나는 반쯤 남겨진 아이스티를 단번에 마셔버렸다. 하지만 그녀는 여전히 고개를 숙이고 어깨를 움츠린 채 침묵을 고수하고 있었다. 근원을 알 수 없는 분노를 느끼며 나는 창밖으로 시선을 돌려 지상을 내려다보았다. 13층의 허공과 달리 그곳에는 사뭇 비현실적으로 보이는 원색의 파도가 넘실거리고 있었다. 13층과 지상 사이의 거리를 가늠하다가 문득 분노를 은밀하게 갈무리한 듯한 표정으로 나는 그녀를 향해 입을 열었다.

"주란 유원지로 갈까요?"

*

　사월과 칠월 사이.

　삼십 분쯤 달려 도시 경계를 벗어날 무렵, 어긋난 톱니바퀴
가 맞물리듯 시간과 기억의 아귀가 맞아떨어졌다. 사월 말경,
그녀를 마지막으로 만났을 때의 정황이 아득하게 되살아난 것
이었다. 달릴 때…… 벚꽃을 본 기억이 나요. 그날 밤, 그녀가
벚꽃을 내다보고 있을 때 나는 취한 상태로 운전을 하고 있었
다. 그냥 취한 게 아니라 머리끝까지 분노가 치밀어 위태로운
상태에 사로잡혀 있었다. 그러니 벚꽃이 피었거나 말거나 그
런 게 나의 기억에 남아 있을 리 없었다. 말할 수 있는 것과 말
할 수 없는 것 사이의 경계가 너무 모호해서 견딜 수 없던 밤
의 정황.

　때로는 불빛 사이로, 때로는 불빛 속으로 나는 차를 몰았다.
시간과 기억이 맞물리는 아귀에 붉은 꽃물이 배어 있는 것 같
았다. 주란 유원지로 가는 한산한 4차선 도로를 달리는 동안 나
의 시야에서는 담홍색 벚꽃이 분분하게 흩날리고 있었다. 그리
하여 칠월 말경에 목도하는 사월 말경의 꽃비 사이로 절로 길
이 열리는 것 같았다.

　그날 밤, 그녀와 나 사이에서 문제가 된 것은 옷이었다. 내가
입고 나간 형의 옷이 문제의 빌미가 된 것이었다. 카키색 재킷,
리바이스 청바지, 회색 면 셔츠—그것은 형이 평상복으로 즐

겨 입던 옷가지들이었다. 내가 그것들을 입고 나간 데에는 나름대로 이유가 있었다. 하지만 그녀는 나에게 이유 같은 걸 말할 만한 기회를 주지 않았다. 침묵이 일상화된 사람들에게는 상대방의 대화 욕구까지 거세시키는 기이한 힘이 내재돼 있었다. 그리하여 그날 밤 내가 혼자 할 수 있었던 일이라곤 술을 마시고 한숨을 내쉬고 담배를 피우는 일밖에 없었다.

　─형의 옷을 입고 있어도 나는 나예요. 그런데 어째서 당신은 그걸 인정하지 않으려는 거죠? 당신은 서른이지만 난 서른셋이에요. 뭔가를 배려할 줄 몰라서 이런 짓을 하는 게 결코 아니란 말입니다. 그런데 어째서 이따위 옷이 문제가 될 수 있는 거죠?

　유원지 산자락에 자리 잡은 카페에서 술을 마시고 나와 나는 폭발했다. 폭발한 게 아니라 그녀의 집요한 침묵에 질려 하소연을 한 것이었다. 하지만 내가 어깨를 잡고 흔들어대는 동안에도 그녀는 변함없이 침묵했다. 고개를 돌려 나를 외면한 채 자신의 몸을 타인의 그것처럼 방치했다. 그것으로 끝, 나는 모든 걸 체념한 심정으로 운전석에 앉았다. 그날 밤 내가 음주운전을 하면서도 사고를 내지 않을 수 있었던 이유, 아마도 분노가 조성하는 극단적인 집중력 때문이었으리라.

　사월 말경을 떠올리게 하는 칠월 중순경의 주란 유원지. 초입의 카페촌으로 진입한 직후부터 나는 속도를 한껏 줄여 서행하기 시작했다. 어둠 속에 아로새겨진 네온사인 불빛에도 불구하고 길을 오가는 사람은 아무도 없었다. 평일이라서인가, 시간이 늦어서인가. 낯설고 기이한 풍경 속으로 접어든 것 같다는 생각을 하며 나는 다소 긴장한 어조로 입을 열었다.

"지금 몇 시죠?"

"……9시 오 분 전."

20여 미터쯤 늘어선 카페촌이 끝나는 곳에 짧은 다리가 하나 있었다. 산과 산 사이로 빠져나가는 계곡이 잘라먹은 도로를 이어주기 위한 것이었다. 도로 옆의 공지에 차를 세우고 나는 다리 건너편의 막막한 어둠을 내다보았다. 다리 하나를 사이에 두고 이쪽과 저쪽이 공존할 수 없는 세계처럼 완강하게 대치하고 있었다. 처음 와 보는 곳도 아닌데 왜 이리 생경하게 여겨지는 것일까.

"건너갈까요?"

다리를 건너는 일에 깊은 상징이 깃들여 있기라도 한 것처럼 나는 물었다. 정말 그런 느낌이 들어서였다. 단순하게 다리를 건너는 게 아니라 돌이킬 수 없는 선택의 순간 앞에 서 있는 것 같다는 느낌.

"그냥…… 돌아가요."

그녀의 말을 듣고 나는 깊은 한숨을 내쉬었다. 그냥 돌아가자는 그녀의 말 때문이 아니라 더 이상 앞으로 나아가지 못하는 내 자신이 한심스럽게 여겨진 때문이었다. 문제는 지나온 길이 아닌데 어째서 나는 이곳에서 가던 길을 멈춘 것일까.

"다시 서울로 돌아가자는 말인가요?"

"아뇨. 그런 게 아니라…… 왠지 저곳으로는 건너가고 싶지 않아서요."

"뭐가 두려운 거죠?"

"두려운 건 없어요. 그냥…… 싫을 뿐이죠."

그녀에게서 시선을 거두고 차를 돌렸다. 다리 건너편의 완강한 어둠을 등지자 밝은 네온사인 지대가 한눈에 들어왔다. 일직선으로 뻗어나간 빛의 터널처럼 길고 아득한 풍경의 세계. 저곳을 언제 지나쳤던가, 한없이 낯선 이방감을 느끼며 나는 빛이 스러지는 마지막 지점을 내다보았다. 사람의 모습은 여전히 보이지 않았다. 무인지대를 떠올리게 하는 깊은 적막감이 빛의 이면에서 어른거리고 있을 뿐이었다.

카페촌의 중간쯤에 이르러 핸들을 왼쪽으로 꺾었다. 푸르스름한 어둠이 고여 있는 넓은 공지를 발견한 직후였다. 주차장으로 쓰이는 곳인 듯 두 대의 승용차가 높은 돌담 앞에 주차돼 있었다. 시동을 끄고 돌담 위로 솟아오른 키 큰 미루나무를 올려다보았다. 그것은 마당의 희미한 불빛을 뿌리치고 짙은 어둠이 드리워진 허공으로 솟아올라 끝을 가늠할 수 없게 만들었다. 그때 옆자리에 앉아 있던 그녀가 먼저 밖으로 나갔다.

예당(藝堂)

돌담 사이로 난 입구로 들어서자 넓은 마당이 한눈에 들어왔다. 하지만 예당이라는 이름과 달리 마당에는 예술적인 운치를 느끼게 하는 게 아무것도 없었다. 마당 한가운데 우뚝 서 있는 미루나무 주변에 놓인 몇 개의 야외용 탁자가 전부일 뿐이었다. 마당 좌측에 있는 단층 건물은 원래 한옥이었던 것을 카페로 개조한 모양 굵은 소나무 기둥이 좌우에 그대로 남아 있었다. 기둥과 기둥 사이의 통유리를 통해 들여다본 실내는 몹시 어둠침침하고 답답해 보였다.

나는 미루나무 옆의 야외용 탁자 앞으로 걸어갔다. 그러자 건물 안쪽에서 십대 후반쯤으로 보이는 여자애가 황급히 뛰어나왔다. 붉은 에이프런을 두르고 있는 것으로 보아 주방에서 뭔가 조리를 하다가 다급히 뛰어나온 모양이었다. 긴말하고 싶지 않다는 표정으로 미루나무 옆의 탁자를 가리키며 여기 앉아도 돼요? 하고 물었다. 그러자 앉으세요, 하고 말하며 여자애가 선뜻 나무 의자를 뒤로 꺼내 주었다. 뒤에 선 마린을 돌아보았다. 그때 그녀는 검푸른 허공으로 솟아오른 미루나무를 올려다보고 있었다.

병맥주 두 병과 마른안주를 주문하고 나는 담배를 피워 물었다. 주위가 너무 적적해서 기이한 진공지대에 앉아 있는 것 같았다. 가끔 무겁고 후텁지근한 대기를 비집고 등 뒤쪽에서 서늘한 산바람이 밀려나왔다. 담배연기가 가볍게 흔들리는 걸 보며 마린을 건너다보았다. 미루나무에 매달아둔 백열전등 빛을 받은 그녀의 얼굴에 뚜렷한 명암이 생겨 있었다. 하지만 그녀는 나를 보지 않고 고개를 옆으로 돌려 마당을 에워싼 돌담에 시선을 붙박고 있었다.

두 병의 맥주가 날라져 온 뒤에도 그녀와 나 사이의 침묵은 좀체 깨어지지 않았다. 나도 그녀 식의 침묵에 어느 정도 익숙해진 뒤라 굳이 조바심을 칠 이유가 없었다. 몇 모금의 맥주를 마시고 나서 나는 다시 한 대의 담배를 피워 물었다. 하지만 그녀는 맥주를 마시는 대신 병에 부착된 상표를 조금씩 벗겨나가고 있었다. 할퀸 자국처럼 그녀의 손톱이 닿는 자리마다 암갈색의 사선이 떠올랐다. 상표의 한쪽 모서리 부분에서 시작된 훼손은 중심을 향해 빠르게 깊어져갔다. 가해가 아니라 자해처럼 보이는 이해할 수 없는 행동이었다. 그녀의 동작을 지켜보던 어느 순간, 나는 근원을 알 수 없는 울화를 느끼며 돌발적으로 입을 열었다.

"울고 싶은 건가요?"

그 순간 툭, 하는 소리를 내며 뭔가 탁자 위로 떨어져 내렸다. 나는 반사적으로 탁자를 내려다보았고, 그녀는 상표를 긁어대던 동작을 멈추고 미루나무를 올려다보았다. 나는 탁자 위로 떨어진 엄지손가락만한 물체를 주시했다. 투명한 날개와 검은 몸통, 희끗희끗한 무늬가 섞인 머리까지 달려 있는 곤충이었다. 암회색의 배를 드러내고 있었으나 곧이어 푸르륵 날아오를 것 같아 선뜻 손을 갖다댈 수 없었다. 하지만 몇 초가 흐르는 사이 그것은 미동도 하지 않았다. 그때 미루나무를 올려다보던 그녀가 고개를 숙이고 탁자 위에 떨어진 그것을 내려다보았다.

"매미…… 죽은 건가요?"

사뭇 놀란 눈빛으로 그녀가 나를 보았다. 나는 아무런 대꾸도 하지 않고 손을 뻗어 그것을 건드려보았다. 하지만 그것은 여전히 꼼짝도 하지 않았다. 엄지와 검지로 그것을 집어들고 나서야 나는 비로소 알아차릴 수 있었다. 한때는 생물이었으나 이미 무생물이 되어버린 그것, 제 형상을 고스란히 유지한 채 죽어버린 참매미였다. 죽은 채로 말라버려 종이처럼 가벼워진 그것을 들여다보다가 나는 문득 고개를 들고 그녀에게 물었다.

"아직도 형을 기다리고 있나요?"

*

새로 2시가 지난 시각, 캔맥주 두 개를 마시고 욕실로 들어갔다. 거울 앞에 서서 물끄러미 거울 안쪽의 얼굴을 들여다보았다. 무표정, 무감각, 무감동이 너무 오래 누적돼 얼굴이 아니라 가면 같다는 생각이 들었다. 애써 표정을 일그러뜨려 보았다. 쥐어짜듯 안면 근육을 뒤틀어 울상을 짓고 싶었다. 하지만 울상은커녕 언젠가 텔레비전에서 보았던 개그맨의 역겨운 표정 연기가 떠올라 울화가 치밀 지경이었다. 울고 싶은데 어째서 울어지지 않는 것일까.

문득 주란 유원지에서 보았던 죽은 매미가 떠올랐다. 그것이 마린과 내가 앉아 있던 자리로 떨어진 게 아무래도 우연이 아닌 것 같다는 생각이 들었다. 올 여름 들어 매미 울음소리를 들어본 적 있었던가. 아무리 기억을 더듬어 봐도 매미 울음소리는 되살아나지 않았다. 올해가 아니라 작년 여름에 들었던 매미 울음소리가 훨씬 생생하게 기억에 남아 있었다. 출강하던 대학교 앞의 2층 커피숍에서 듣던 발악적인 매미 울음소리…… 그것은 매미 울음소리가 아니라 광기에 사로잡힌 생명체들의 끔찍스런 악다구니처럼 나에게 각인되었다. 작년 칠월과 팔월, 무슨 조짐인지는 몰라도 도시에는 온통 미친 매미들의 발악적인 울음소리가 가득 들어차 있었다.

—매미들이 왜 저렇게 지랄스럽게 우느냐구? 그건 소음과 대기 오염 같은 공해 때문이야. 매미만 그런 게 아니라 나무도 마찬가지라구. 남산에 있는 소나무들도 시골이나 산중에 있는 보통의 소나무들과는 비교도 안 될 정도로 많은 솔방울을 혹처럼 주렁주렁 매달고 있어. 살아 있는 모든 것들이 기형적으로 변해 가거나 변태스러워지는 거지. 인간이라고 해서 다를 게 뭐가 있겠어. 모조리 마취 당해 자각하지 못하는 것뿐이지.

작년 여름, 같은 학과에 출강하는 선배 강사에게서 들은 말이었다. 학교 앞의 2층 커피숍에 함께 앉아 있었는데 바깥에서 밀려드는 매미소리가 어쩌나 그악스럽던지 실내의 음악소리가 무색해질 지경이었다. 그래서 도대체 매미들이 왜 저렇게 발악적으로 울어대는 거지요? 하고 묻지 않을 수 없었다. 학교 주변의 플라타너스에 지상의 모든 매미들이 집결해 최후의 울음바다를 만드는 것 같다는 생각이 들어서였다.

—모조리 미쳐 가는 거야. 인간도 미치고 곤충도 미치고 나무도 미치고…… 미치지 않은 놈은 오직 미친놈뿐이라는 말이 예언처럼 실현되는 시대가 온 거라구. 미친것들의 아름다운 종말이 뭔지 알아? 그건 자연 소멸이야. 저렇게 발악적으로 울어대다가…… 그래, 어느 날 갑자기 소리 소문도 없이 사라져버리겠지. 하지만 시간이 흐르면 종말의 깊은 정적 속에서 또 다른 광기의 싹이 움트기 시작할 거야. 생성과 소멸, 아니 소멸을 위한 생성…… 그게 섭리라는 게 아닐까?

그 무렵, 선배는 영문학과의 여교수와 사랑에 빠져 있었다. 하지만 자기보다 다섯 살이나 연상인 유부녀를 사랑하는 일에 대해 그는 그다지 진지한 편이 아니었다. 주변에 이미 소문이 퍼진 뒤라 그를 걱정하는 사람들이 많았지만 어차피 삶이 아니면 죽음일 뿐이라는 알쏭달쏭한 말로 그는 자신의 문제를 타인의 문제로 뒤바꿔 놓곤 했다. 술에 곤죽이 되었을 때에도 씨발, 되는 대로 가는 거지, 가는 대로 되는 건 아니잖아, 하며 자신을 스스로 경멸하는 듯한 태도를 보였다. 그것을 나는 위악이 아니라 겉으로 울지 못하는 자의 깊은 속울음이라고 생각했다. 처절한 운명의 절규, 산도 무너뜨리고 강도 타오르게 한다는 속울음.

가을 학기가 시작되기 전, 선배는 어디론가 종적을 감춰버렸다. 영문학과의 여교수는 가을 학기에도 변함없이 출강했지만 그는 온다간다 말 한 마디 없이 학교를 떠나버렸다. 풍문에는 출가를 했다는 말도 있고, 남해의 어느 섬으로 갔다는 말도 있었다. 하지만 그가 어디로 사라져버렸건 그런 건 내게 별로 중요한 문제가 아니었다. 발악적으로 울어대다가 사라져버린 지난여름의 매미와 그의 이미지가 별반 다르게 느껴지지 않은 때문이었다. 미친 것들의 아름다운 종말…… 자연 소멸.

거실로 나와 소파에 몸을 던졌다. 후텁지근하게 달아오른 실내 공기가 비닐 랩처럼 살갗에 휩싸이는 것 같았다. 하지만 에어컨을 켜는 대신 소파에서 바닥으로 내려앉아 셔츠와 반바지를 벗어 던졌다. 그리고 팬티 바람으로 소파에 등을 기대고 앉아 담배를 피워 물었다.

맞은편 벽면에 붙여놓은 세계지도가 한눈에 들어왔다. 나를 에워싸고 있는 깊은 혼돈과 의혹의 세계, 그것은 오대양 육대주의 지정학적 위치를 보여주는 단순한 지도가 아니었다. 내가 헤아리지 못하고 내가 가늠하지 못하는 인생의 비밀이 거기에는 숨어 있었다. 그리하여 형의 행적을 추적하기 위한 지도가 아니라 내 인생의 비밀을 유추하기 위한 퍼즐로 나는 그것을 자주 바라보곤 했다.

터키의 이스탄불에서 아프리카 대륙의 짐바브웨로 수직 하강한 형의 행적. 이스탄불과 짐바브웨 사이, 지도에는 붉은 매직으로 수직선이 그려져 있었다. 물론 형의 행적이 묘연해진 뒤에 내가 그려 넣은 것이었다. 터키에서 사라진 형이 짐바브웨로 갔다는 건 형이 근무하던 회사에서 추적 조회하여 내게 알려준 사실이었다. 하지만 회사에서도 이스탄불로 출장 간 형이 짐바브웨로 사라진 이유에 대해서는 전혀 아는 바가 없다고 했다. 관리 이사라는 사람은 오히려 나에게 형과 짐바브웨에 사이에 무슨 연결고리가 있는지에 대해 물었다. 그곳에 형이 아는 사람이라도 있느냐, 아니면 개인적으로 짐바브웨에 관해 형이 관심을 표명한 적 있느냐 따위의 질문들.

형이 이스탄불로 떠난 건 작년 시월 말경이었다. 떠나기 전날 밤 9시경에 집으로 돌아온 형의 손에는 여섯 개들이 병맥주 한 팩이 들려 있었다. 맥주를 마시며 형은 이스탄불로 출장 간다는 말을 했지만 체류 기간에 대해서는 말하지 않았다. 심심찮은 해외 출장 기간이 보통 칠팔일 정도였기 때문에 나도 또한 일정에 대해서는 묻지 않았다. 그것이 전부였다. 언제나처럼 묵묵히 앉아 서로 다른 생각을 하며 맥주를 마셨고, 어쩌다 한 번씩 입을 열어 하나마나한 말을 주고받았을 뿐이었다. 예를 들면 마리 앙투아네트가 정말 나쁜 여자였을까? 라고 형이 묻거나, 교과서에서는 게가 왜 옆으로 움직인다고 했지? 라고 내가 묻곤 하는 식이었다. 요컨대 맥락도 없는 돌발적 발상을 불쑥불쑥 입 밖으로 꺼내 서로를 한없이 낯설게 바라보곤 한 것이었다.

짐바브웨가 도대체 뭔가.

형에 대한 추적 조회 결과를 통보 받은 직후부터 인터넷을 뒤지기 시작했다. 처음 그 나라 이름을 접했을 때, 그것이 아득한 신화 속에 등장하는 지명이나 인명 같다는 생각을 언뜻 했다. 교과서에서 배웠음에도 불구하고 왠지 지상에는 없는 나라 이름인 것 같다는 기이한 여운이 느껴진 때문이었다. 하지만 인터넷을 통해 짐바브웨 항목을 이 잡듯 뒤져본 뒤에 깊은 허탈감에 빠져버리고 말았다. 머나먼 아프리카 대륙, 짐바브웨라는 나라와 형을 연관 지을 만한 걸 아무것도 발견하지 못한 때문이었다. 혹은 형에 대해 내가 아는 게 너무 없다는 자괴감 때문이었는지도.

수다하게 프린트한 짐바브웨 자료를 읽고 또 읽었다. 너무 많은 자료를 섭렵해서 내가 마치 그 나라를 다녀온 것 같다는 착각이 들 정도였다. 글로 묘사되거나 사진으로 출력된 자료들까지 겹쳐져 그곳의 풍광이 절로 떠오를 정도였다. 하지만 형은 그 나라의 수도인 하레레에도 있을 것 같지 않았고, 불라와요나 치퉁귀자, 무타레나 마스빙고 같은 도시에도 있을 것 같지 않았다. 도무지 그가 그곳에 있어야 할 마땅한 근거를 발견할 수 없었다. 깔끔하고 세련된 감성을 지닌 형이 오지 부락의 흙으로 지은 움집 생활을 꿈꾸었을 리 없었다. 뿐만 아니라 '그레이트 짐바브웨'나 빅토리아 호수 같은 곳을 관광하거나 사파리를 하기 위해 무작정 잠적해 버렸을 가능성도 없었다. 너무 신중하고 섬세해서 숨통이 막힐 지경인 형이 어떻게 불법 체류

자가 될 수 있단 말인가.

망할 자식!

몸에서 끈끈한 땀이 배어나고 있었다. 하지만 나는 아프리카를 실감하기 위해 여전히 에어컨을 켜지 않았다. 브라질의 이구아수, 미국의 나이아가라, 에티오피아의 브루나일, 짐바브웨의 빅토리아…… 마음속으로 그런 폭포들을 떠올려보았다. 그러다가 도저히 안 되겠다 싶어 다시 냉장고로 가 캔맥주 하나를 꺼내들었다.

그때 전화벨이 울렸다.

문득 동작을 멈추고 벽시계를 올려다보았다. 2시 55분. 순간, 짐바브웨는 지금 몇 시일까, 하는 생각이 섬광처럼 뇌리를 스쳐갔다. 캔맥주를 손에 든 채 조심스럽게 소파 옆의 협탁 위에 놓인 전화기 앞으로 걸어갔다. 반가움과 기대감이 아니라 긴장과 초조감 때문이었다.

"그냥, 이 시간에 잠 안 자고 깨어 있을 인간이 너밖에 없을 것 같아서 전화해 본 건데…… 역시 내 예상이 틀리지 않았구나."

"이 시간에 깨어 있는 사람을 물색할 정도라니 너도 신세가 꽤나 한심한 모양이로구나."

사립 중학교 교사생활을 접고 학원 강사를 하고 있는 고등학교 동창이었다. 꽤 오랜만의 전화라서인가, 이름보다 가오리라는 별명이 먼저 떠올랐다. 오른쪽 어깨와 턱 사이에 수화기를 끼우고 캔맥주를 땄다. 그리고 소파에 등을 기댄 채 거실바닥에 주저앉아 맥주를 한 모금 마셨다. 전화를 걸어온 사람이 형이 아니라는 사실을 다행스럽게 생각하는 건가 안타깝게 생각하는 건가. 캔을 쥔 손에 나도 모르게 힘이 들어가 중심부분이 찌그러졌다.

"요즘 난 죽을 맛이다. 그래서 이 깊은 밤에 혼자 앉아 술을 마시다가 문득 네가 생각나서 전화했다. 넌 살만하냐?"

"나도 그래. 나도 너처럼 한심하게 퍼질러 앉아서 술을 마시고 있어."

"조또, 세상에 행복하게 사는 인간은 씨가 말라버린 모양이구나. 제발 그런 인간 만나서 행복하게 사는 얘기 한번 들어봤으면 죽어도 소원이 없겠다. 왜들 이 모양이지?"

"남들 탓할 거 없어. 네가 행복해지면 그만이잖아."

이스탄불과 짐바브웨 사이, 붉은 매직펜이 만들어낸 수직선을 노려보며 다시 한 모금의 맥주를 마셨다. 희망과 절망, 구원과 종말 사이의 유일한 통로처럼 붉은 선이 점점 넓어지는 것 같았다. 때로는 천상과 지상을 이어주는 신기한 동아줄처럼 보이기도 했다. 남아공, 잠비아, 보츠와나, 모잠비크에 둘러싸인 내륙국가로 수직 하강한 인간이 저 동아줄을 타고 다시 현실로 복귀할 가능성은 몇 프로나 될까.

"……마누라가 집을 나갔다."

"뭐?"

"마누라가 집을 나갔다구. 가출을 했단 말이다."

"그게 다야?"

"다인지 아닌지 내가 어떻게 아냐. 어디로 갔는지 처갓집에서도 모른다고 하니 손놓고 기다릴 수밖에 없잖아."

"돌아올 거라고 생각해?"

"돌아오거나 말거나 난 무관심해. 돌아온다는 게 이미 희망이 아니란 얘기야. 결혼이라는 거…… 솔직히 말해 난 후회한지 오래됐어. 그건 사람을 살리는 제도가 아니라 사람을 거세시키는 제도일 뿐이야. 어쩌면 나라는 인간 자체가 결혼을 해서는 안 되는 인간형이었는지도 모르겠지만…… 아무튼 가정에 대한 불성실이 아니라 내 자신의 생명력이 희미해져 가는 걸 난 도무지 견딜 수 없었어. 가정적으로 성실하다는 거, 그건 생명에 대한 긴장감을 깡그리 포기한 끔찍스런 권태일 뿐이야. 인간이 왜 그렇게 살아야 하는 거지?"

"결혼은 네가 했는데 그걸 나한테 물으면 어떡해?"

"네가 부럽다는 뜻이다, 새꺄. 아직 결혼도 하지 않고 혼자사는 네가 너무 부러워서 미칠 지경이라구. 그거 아냐? 마누라는 가출하고 늙은 모친과 어린 딸년만 남겨진 집구석…… 살맛이 나겠는가 한번 상상해 봐라. 넌 부모님까지 일찍 세상을 떴으니 더더욱 자유로울 거 아니냐. 솔직히 말해 모친과 딸년만 아니라면 지금 당장이라도 외국으로 날라버려 무기 밀매상이라도 되고 싶은 심정이다. 근데 형은 아직도 종무소식이냐?"

"짐바브웨가 끝이야. 어쩌면 집을 나간 네 와이프보다 더 심각한 상황인지도 몰라."

"알 만하다, 알 만해. 새벽마다 벽에 달라붙어 혼자 우는 사내 심정…… 너도 나랑 별반 다를 게 없겠구나. 씨바, 조만간 만나 술이나 퍼마시고 원 없이 울어나 보자. 정말 목청이 터져라 엉엉 울어나 보자구."

전화를 끊은 뒤에 매미…… 하고 나는 중얼거렸다. 조만간 시간 내서 전화를 하겠다는 가오리의 얘기가 미처 끝나기도 전부터 맴맴맴맴, 벽에 달라붙어 울어대는 매미 울음소리가 그악스럽게 뇌리를 파고든 때문이었다. 하지만 다음 순간, 주란 유원지에서 보았던 말라죽은 매미 형상이 떠오르자 뚝, 뇌리를 파고들던 울음소리는 거짓말처럼 멎어버렸다. 깊고 막막한 정적 속으로 매미가 아니라 인간의 형상이 떠오르기 시작했다. 발악적으로 울어대던 지난여름의 매미들과 내 주변에서 사라져 가는 인간들…… 한껏 깊어진 새벽의 정적이 그들의 침묵을 반영하는 것 같아 숨이 막힐 지경이었다. 결국 현실에 남겨지는 건 울고 싶어도 울지 못하는 인간들과 말라죽은 매미 형상뿐인가.

*

오전 10시경, 출강하던 철학과의 조교가 전화를 걸어왔다. 소파에서 잠을 자다가 얼결에 전화를 받은 탓에 강진만이라는 이름을 듣고도 선뜻 대상을 알아차릴 수 없었다. 어떤 놈이 바다로 여행을 가서 전화를 건 것인가, 하는 생각을 했던 것이다. 전라남도 강진만(灣)?

"선배님, 오후에 시간 좀 있으세요?"

"시간?"

"선배님께 드릴 말씀이 있어서 그런데…… 괜찮으시면 오후에 학과 사무실에서 뵙고 싶습니다."

"무슨 일인지 모르겠지만 전화로는 곤란한가요?"

"그냥 만나 뵙고 말씀드리고 싶어서요. 나오시면 제가 시원한 냉커피 대접할게요."

왠지 모르게 귀찮고 짜증스럽다는 생각이 들어 잠시 사이를 두었다가 알았어요, 오후에 학교로 가죠, 하고 말하고 나서 전화를 끊었다.

거실바닥에 누워 한잠을 더 잤다. 눈을 떴을 때 시간은 어느덧 오후 1시가 지나 있었다. 정신이 멍한 게 며칠 동안 잠만 자고 난 느낌이었다. 욕실로 들어가 찬물로 샤워를 하고 나와 차가운 녹차를 한잔 들이켜자 어느 정도 맑은 정신이 회복되는 것 같았다.

조교가 날 보자고 한 이유가 무엇일까.

잠과 잠 사이에 덩달아 잠들어 있던 어떤 문제가 비로소 눈을 뜨는 것 같았다. 아무리 생각해봐도 용건이 없을 것 같은 사람이 만나자고 할 때의 당혹스런 느낌. 길 없는 벌판에서 길을 찾듯 온갖 가능성을 떠올리다가 엉뚱한 사람을 떠올리고 말았다. 내가 조교에게서 받은 당혹스런 느낌을 생각하던 어느 순간, 내가 돌연 조교의 입장이 된 것이었다.

마린의 느낌이 이런 것이었을까.

내가 전화를 걸어 만나자고 할 때마다 그녀도 지금의 나처럼 당혹스런 느낌에 사로잡혔을지 모른다. 내가 그녀를 만나야 할 현실적 이유를 내 자신도 설명하지 못하는데 길게 말해 뭣하랴. 형이 사라진 직후부터 잊을 만하면 한번씩, 지난 구 개월 동안 나는 조교 같은 짓거리를 되풀이한 셈이었다. 하등 만나야 할 이유가 없는데도 기어이 만나자고 하는 짓.

설명해 봐.

차를 몰고 학교로 가는 동안에도 내내 마린에 대한 생각에 사로잡혀 있었다. 그녀에 대한 내 감정의 요체를 스스로 까발리고 싶다는 생각이 분노처럼 머리를 어지럽게 만들었다. 에어컨을 한 단계 높이고 나서 그래, 설명해 보라니까! 하고 나는 미친놈처럼 혼자 소리쳤다. 그러자 내 안에 숨어 있던 누군가 한껏 독이 오른 어조로 은밀하게 입을 열기 시작했다.

"세상 모든 일을 설명할 필요는 없어. 설명할 수 있는 일만 일어나는 게 세상이 아니라구. 설명할 수 없는 문제에도 나름 진실은 있는 거야. 난 마음이 가는 대로 살고 싶어. 그게 내가 생각하는 진실이야. 설명할 수 없는 문제를 은폐하면 선이 되나? 은폐하지 않고 그것을 드러내면 죄가 되나?"

사이.

"난 그녀를 처음 보았을 때 이미 내 마음의 행로를 알았어. 돌이키기 힘든 길이 열리기 시작한 거야. 무엇을 어쩌겠다는 의지가 아니라 마음이 열어주는 길을 따라가고 있는 것뿐이라구. 그것이 아무리 고통스럽고 괴로워도 어쩔 수 없어. 되돌아가고 싶어도 길이 보이지 않는데 어쩌란 말이냐구."

진입로의 노상 주차장에다 차를 세우고 걸어서 학교로 들어갔다. 방학인 탓에 학교 주변에 늘어선 즐비한 상가 건물은 깊은 오수에 빠져 있었다. 뜨거운 태양볕과 도로에서 피어오르는 후끈한 복사열 때문에 사물의 원근을 분간하기도 힘들었다. 모든 것이 과장되게 부풀거나 수축돼 사물의 윤곽선이 불분명해진 때문이었다.

철학과 사무실로 들어섰을 때, 조교는 컴퓨터 앞에 앉아 있었다. 열어둔 창문 바깥쪽에 전에 보지 못한 수직 쇠창살이 설치돼 왜소한 조교의 뒷모습과 묘한 조화를 이루고 있었다. 정원수와 잔디밭이 내다보이는 실내, 러닝셔츠 바람으로 혼자 앉아 헤드폰으로 음악을 듣고 있는 그에게서 언뜻 죄수의 모습이 연상됐다. 그래, 지식인이 별거냐, 지식에 대한 갈망으로 스스로 죄인이 된 인간들이지.

내가 출입문 우측의 소파에 앉자 조교가 비로소 기척을 느끼고 뒤를 돌아보았다. 곧이어 화들짝 놀란 표정으로 헤드폰을 벗고 의자에서 일어나 잠깐만요, 하더니 책장 옆에 세워둔 소형 냉장고 앞으로 갔다. 언제 타 둔 것인가, 그는 그곳에서 냉커피 잔을 꺼내 내 앞의 탁자 위로 옮겨놓았다. 그의 소심한 준비성이 왠지 부자연스럽게 느껴져 나는 엉뚱한 질문을 던졌다.

"저 쇠창살은 뭐죠?"

"아, 저거요? 방학 직후에 학과 사무실에 도둑이 들어서 설치한 거예요. 다른 건 다 놔두고 컴퓨터만 훔쳐갔어요. 좋은 건 아니었지만…… 제 석사 논문 자료랑 학과에 필요한 서류 양식이 저장돼 있어서 요즘 애로가 많네요. 저 컴퓨터는 학과 운영비로 새로 구입한 거죠."

"설마, 나를 컴퓨터 훔쳐간 용의자로 지목해서 만나자고 한 건 아니겠죠?"

농담이었지만 나는 정색을 하고 물었다. 그러자 그가 손을 홰홰 내저으며 아뇨, 그건 말도 안 돼요, 하며 얼굴이 백짓장처럼 창백해졌다. 한두 마디만 더하면 앉은 채로 혼절해버릴 것 같아 나는 다시 한 번 정색을 하고 농담이에요, 하고 말했다. 그러자 그가 머리를 절레절레 흔들고 나서 본론을 꺼냈다.

"사실은 학과장님이 선배님을 만나보라고 했어요. 다음 학기부터 강의를 그만두겠다고 한 것에 대해 무척 마음이 쓰이시는 모양이에요. 학과장님 나름대로는 꽤 관심을 보이신다고 했는데…… 무슨 이유 때문에 강의를 그만두는 건지 선배님을 직접 만나 얘기를 들어보라고 했어요."

"……"

"그리고 특별한 사유가 아니라면 다음 학기에도 강의를 맡아달라는 부탁을 하라고 했어요. 지난주에 일본에 가셨는데, 돌아오시면 선배님을 한번 만나보겠다는 말씀도 하셨구요. 철학과라서가 아니라 인문학이 워낙 시세가 없는 때라 마땅한 강사를 찾는 게 사실 쉬운 일이 아니거든요. 철학과보다 철학관이 백배 낫다고 하는 세상이잖아요."

조교가 미리 준비해 둔 냉커피를 단숨에 마셔버리고 나서 노, 하고 나는 잘라 말했다. 타 대학 출신인 내게 학과장이 개인적 관심을 가지고 있었다니 무슨 말도 되지 않을 헛소리인가. 나는 그와 사적인 대화를 나눈 적이 단 한 차례도 없었다. 나는 강의 거절 사유에 대해 아프리카 대륙의 짐바브웨로 가야 하기 때문이라고 간단하게 말했다. 물론 거짓말이었다. 하지만 학과장을 만나고 또다시 강의 권유를 받고 그것을 고사하는 짜증스런 과정을 거치는 것보다 지금 비켜가는 편이 백 배 낫겠단 생각이 들어 즉흥적으로 꾸며낸 거짓말이었다. 나의 간단명료한 거절 사유를 듣고 나서 짐바브웨에는 무슨 일로?…… 하고 조교가 물었다.

"형이 거기 있어요. 거기서 아프리카 철학을 공부하고 있거든요."

학교를 빠져나올 때, 나는 비로소 내가 둘러댄 강의 거절 사유가 거짓이 아니라는 걸 알아차렸다. 짐바브웨로 가야 한다는 말, 형이 거기서 아프리카 철학을 공부하고 있다는 말에서 기이한 현실감이 느껴졌다. 내가 막연하게 품어오던 생각이 거짓을 빙자해 의식의 피막을 뚫고 올라온 것인지도 모를 일이었다. 형이 무엇 때문에 짐바브웨로 갔건 그런 건 중요한 문제가 아니었다. 그것이 형의 삶에서 우러난 결정이었다면 나는 그것을 형의 철학으로 존중할 필요가 있었다. 뿐만 아니라 내가 짐바브웨로 가게 된다면 그것은 형의 철학이 아니라 나의 철학으로 마땅히 존중받을 필요가 있었다. 내가 그곳으로 가는 이유가 형을 위한 것은 결코 아닐 테니까.

횡단보도 앞에서 신호가 바뀌기를 기다리며 건너편 상가건물을 건너다보았다. 1층에 오락실이 있고, 2층에 커피숍이 있고, 3층에 당구장이 있는 건물이었다. 아무 생각 없이 건물을 바라보고 있는 동안 신호가 바뀌고 횡단보도 앞에 서 있던 사람들이 길을 건너기 시작했다. 하지만 그 순간, 나는 무엇엔가 사로잡혀 횡단보도로 발을 내딛을 수 없었다.

문득 고개를 돌려 나의 배경을 이루고 있던 즐비한 플라타너스를 돌아다보았다. 아무 소리도 들리지 않았다. 다시 고개를 돌려 건너편 건물을 바라보자 건물 하단에서 반짝, 하고 강렬한 반사광이 튀어 올랐다. 귀가 먹먹해지며 내 몸이 깊은 수렁으로 가라앉는 것 같았다. 다시 한 번 뒤를 돌아보았지만 역시 아무 소리도 들리지 않았다. 시야가 부옇게 흐려지며 서서히 주변의 물상이 스러지기 시작했다. 다급한 위기감을 느끼며 경중경중, 붉은 신호등을 무시하고 캥거루처럼 도로를 무단 횡단했다.

뮤(μ)

한참이 지난 뒤, 나는 어둠침침하고 서늘한 지하 공간에 앉아 있었다. 붉은 의자와 검은 탁자, 그리고 타원형을 이룬 바가 내다보이는 공간이었다. 내가 어떻게 그 공간으로 들어오게 됐는지 기억이 나지 않았다. 빛에 노출된 필름을 현상해 들여다보는 것 같았다. 맞은편 벽면에 부착된 푸른 네온사인의 '뮤(μ)'라는 그리스 자모가 유일한 실마리 역할을 했다. 횡단보도 앞에서 신호등이 바뀌길 기다릴 때 건너다보던 삼층 건물, 그곳의 지하 바에 나는 앉아 있었다.

매미, 정적, 커피숍, 플라타너스.

기억의 맥락을 더듬는 동안 몇 차례나 실내를 둘러보았다. 하지만 실내에는 주인도 없고 손님도 없었다. 다시 한 번 기억이 뒤죽박죽되는 것 같아 나는 도망치듯 자리에서 일어나 지상으로 빠져나왔다. 하지만 이마로 날아드는 도끼 같은 태양볕과 엄청난 소음, 그리고 무절제하게 솟아오른 물상의 세계로 인해 한순간에 탈진하고 말았다.

여기가 어딘가.

형이 아프리카 원주민과 춤을 추고 있었다. 검은 피부와 고수머리, 얼굴에 흰 색소를 발라 니그로이드 인종과 조금도 다르게 보이지 않았다. 창과 방패를 들고 머리에 타조 깃털을 꽂은 전사의 모습을 하고 있었는데 어째서 나는 그게 형이라는 걸 단박 알아차릴 수 있었는지 모를 일이었다. 놀라움과 반가움으로 가슴이 두근거렸다. 하지만 다음 순간, 형의 놀라운 변신에 대해 주체할 수 없는 분노를 느끼기 시작했다.

망할 자식, 대체 여기서 뭘 하고 있는 거야!

그 순간, 무리에 섞여 창과 방패를 흔들어대던 형이 나를 알아보았다. 나는 울분을 터뜨리듯 형! 하고 외쳤다. 하지만 무슨 이유 때문인가, 나의 외침은 소리가 되어 입 밖으로 밀려나오지 않았다. 몇 번을 되풀이해도 마찬가지, 나의 부름은 끝내 소리가 되지 않았다.

나는 손을 내저으며 무리를 향해 다가갔다. 그러자 당황한 형이 등을 보이고 달아나기 시작했다. 정글이 나타나고, 열대 식물이 찰나처럼 눈앞을 스쳐갔다. 사력을 다해 달렸지만 형과 나 사이의 간격은 좀체 좁혀지지 않았다. 안타까움이 고조될수록 형과 나 사이의 거리는 더욱 멀어졌다. 결국 빛이 차단된 정글, 전방에 안개가 자욱한 지역에 이르러 질주를 중단하고 말았다. 형이 어느 쪽으로 사라졌는지 더 이상 추적할 수 없었다.

형!

길 잃은 어린아이처럼 두려움과 안타까움을 주체하지 못한 채 나는 울먹이기 시작했다. 하지만 다음 순간, 살갗에서 이상한 근질거림이 느껴져 고개를 숙이고 아래를 내려다보았다. 알몸으로 선 내 육신에 이밥 낱알처럼 생긴 것들이 징그럽게 뒤덮여 있었다. 팔, 다리, 가슴, 배, 어디 한군데 빈틈이 없을 지경이었다. 손을 들어 얼굴을 만져보자 거기도 마찬가지였다. 이것들이 대체 뭔가, 끔찍스런 공포감을 견디며 살갗에 달라붙은 그것들 중 하나를 떼어내 눈앞으로 가져갔다.

뭔가.

작디작은 연질의 낱알을 들여다보다가 기겁을 하고 말았다. 엄지와 검지 사이에 들린 그 희고 작은 물질은 매미 알이었다. 그것들이 내 몸에 수천수만 개, 아니 이루 헤아릴 수 없을 정도로 달라붙어 있었다. 온몸에 소름이 돋아나는 걸 느끼며 발광하듯 몸을 흔들어댔다. 하지만 그 순간부터 내 살갗에 달라붙어 있던 매미 알들이 스멀스멀 살갗을 파고들기 시작했다. 몸을 흔들어댈수록 살갗으로 파고드는 속도가 빨라져 단 몇 분만에 그것들은 감쪽같이 자취를 감춰버리고 말았다. 자취를 감춘 게 아니라 내 몸 속으로 고스란히 자리바꿈을 한 것이었다.

정적.

공포감에 질린 채 나는 움직임을 멈추고 서 있었다. 수천수만 개의 매미 알이 내장과 혈관, 급기야 머릿속까지 파고드는 것 같았다. 그러던 어느 순간 정신이 희미하게 가무러지는 걸 느끼며 이명 같기도 하고 환청 같기도 한 소리를 들었다. 처음에는 섬세하면서도 단조로운 파장처럼 시작됐으나 몇 초가 지난 뒤부터 그것은 엄청난 파괴력을 지닌 소음으로 증폭되기 시작했다. 고막이 터져 나가고 머리통이 폭발하는 것 같았다. 양쪽 귀를 틀어막고 땅바닥을 나뒹굴었지만 아무 소용없었다. 그 악스런 악다구니, 발악적인 울음바다…… 그것은 지난여름에 내가 들었던 매미 울음소리였다. 그것이 내 몸을 공명기관 삼아 끔찍스럽게 재생되고 있었다.

형!

마지막 신음처럼 형을 부르다가 잠에서 깨어났다. 온몸에서 싸늘한 냉기가 느껴졌다. 깊은 오한을 느끼며 눈을 뜨고 주변을 살폈다. 베란다에서 밀려드는 엷은 오렌지빛 기운에 거실의 윤곽이 드러나기 시작했다. 에어컨을 켜둔 채 거실바닥에 누워 있다가 깜빡 잠이 든 모양이었다.

몸을 일으키고 리모컨을 찾아 에어컨을 껐다. 몸을 한껏 둥글게 말고 잠시 앉아 있다가 안 되겠다 싶어 불을 밝히고 물을 끓이기 시작했다. 어느덧 자정 지나 새로 1시가 가까워지고 있었다. 뜨거운 홍차를 몇 모금 마시자 몸에 온기가 되살아나는 것 같았다. 하지만 몸 속에 수천수만 개의 매미 알이 여전히 남아 있는 것 같아 속이 메슥거렸다.

찻잔을 들고 다시 거실바닥으로 가 소파에 등을 기대고 앉았다. 맞은편 벽면에 붙어 있는 세계지도를 올려다보자 좀 전에 꾸었던 꿈이 고스란히 재생됐다. 아프리카 원주민 전사가 되어 있는 형과 내 몸 속에서 부활한 작년 여름의 매미 울음소리…… 형과 매미 사이에 내가 있었다. 하지만 나는 발음 기관이 발달되지 않아 울지도 못하는 거대한 암매미처럼 무수한 알을 품고 있었다. 나를 벙어리매미로 상징하는 꿈인가.

그 순간, 낮에 겪었던 모호한 일들이 비로소 명료해졌다. 학교 앞 횡단보도에서 지하 카페 뮤까지, 시간을 가늠할 수 없는 동안 일어났던 일들. 장면과 장면 사이에 확실한 연결고리가 만들어지고 중첩돼 있던 시간과 시간 사이에 뚜렷한 갈피가 생겨나기 시작했다.

첫 장면은 내가 학교 정문 근처의 횡단보도 앞에 서 있을 때였다. 거기서 현실과 비현실 사이의 경계가 최초로 허물어지기 시작했다. 붉은 신호등이 녹색 신호등으로 바뀌던 순간, 무슨 이유 때문인가, 나는 머리털이 곤두설 정도로 싸늘하게 느껴지는 정적을 감지했다. 그래서 반사적으로 뒤를 돌아보았고, 즐비한 플라타너스를 보았고, 다시 고개를 돌려 맞은편 건물 이층의 커피숍을 올려다보았다. 작년 여름과 똑같은 정황인데 나의 귓전으로는 아무 소리도 밀려들지 않았다. 다만 깊은 정적이 이 세계를 한껏 압축해 진공지대에서처럼 귀가 먹먹하게 느껴질 뿐이었다.

미친 것들의 아름다운 종말.

형언 못할 위기감에 사로잡힌 채 나는 순간적으로 정신의 맥락을 놓쳐버렸다. 그래서 발악적으로 울어대던 지상의 매미들이 모두 자연 소멸했을지도 모른다는 생각을 하며 정신없이 도로를 무단 횡단했다. 하지만 맞은편 건물 이층의 커피숍과 지하의 뮤 사이에 난감한 블랙홀이 도사리고 있다는 걸 그때까지도 까맣게 모르고 있었다. 사라져버린 매미 울음소리처럼, 미친 것들의 아름다운 종말처럼, 어느 날 갑자기 현실에서 종적을 감춰버린 사람들이 한꺼번에 맞물리지 않은 때문이었다.

다시 한 번 깊은 오한을 느끼며 손에 든 찻잔을 입으로 가져갔다. 사라져버린 매미 울음소리, 사라져버린 선배 강사, 사라져버린 형, 사라져버린 뮤의 여자…… 모두가 한동아리로 엮여져 내 몸에 무형의 사슬로 휘감겨오는 것 같았다. 사라지지 못한 존재들을 구속하는 사라져버린 존재들의 속울음, 그것이 내 몸에서 밀려나오던 꿈속의 매미 울음소리가 아니었을까.

내가 뮤로 내려간 건 순간적인 기억 상실 때문이었다. 사라져버린 선배 강사에 대한 기억을 피하려다 돌연 망각의 늪지대로 빠져든 격이었다. 뮤는 작년 여름 폭우가 쏟아지던 늦은 밤에 선배 강사와 함께 처음으로 발을 들여놓은 곳이었다. 둘이 소주를 네 병이나 마신 뒤였고, 나보다 술을 훨씬 많이 마신 선배 강사는 이미 만취한 뒤였다.

폭우 때문인가, 지하 공간에는 손님이 아무도 없었다. 오직 한 사람, 바 안에 주인인 듯한 여자가 앉아 있을 뿐이었다. 우물처럼 깊어 보이는 눈빛과 짧은 머리 모양새 때문에 언뜻 나이를 가늠하기가 힘들었다. 삭발한 지 이삼 주쯤 지난 듯 짧고 총총한 머리카락이 보는 사람의 시선을 묘하게 이끄는 것 같았다. 하지만 선배 강사와 나는 바에 앉아 맥주를 마시는 동안 그녀와 아무런 대화도 주고받지 않았다. 유부녀 여교수와 불륜에 빠진 시간 강사가 너무 엉망으로 취해버린 때문이었다.

　—오늘 학과장이 내게 말했다. 영문과 유교수 남편이 내 대학 후배다. 너 지금 내 얼굴에 똥칠하는 거냐?…… 그래서 난 말했다. 마음이 가는 대로 살지 못해서 전 죄인입니다. 만약 마음이 가는 대로 살 수만 있다면 지금 당장 학과장님 얼굴에 똥칠을 해 주었을 테니까요…… 후후, 그게 끝이다. 아무것도 제대로 시작하지 못했는데 모든 게 끝장나 버린 거다. 뿐이냐? 내가 사랑하는 유교수님께서는 또 이렇게 말씀하셨다. 사랑을 잃어도 교수 자리를 잃을 수는 없어. 이건 내 존재의 이유이자 목적이기 때문이야…… 흐흐, 미친 것들의 아름다운 종말…… 그게 전부다, 씨발!

　선배 강사가 횡설수설하는 동안 나는 술이 깨고 있었다. 무슨 이유 때문인가, 바 안쪽의 여자가 흐트러짐 없는 눈빛으로 나를 주시하고 있었다. 그 눈빛이 너무 강렬해서 의식적으로 피하고 있다가 선배 강사가 휘청거리며 1층 화장실로 올라간 뒤에 비로소 정색을 하고 그녀를 보았다. 하지만 그 순간 그녀의 두 눈에 눈물이 가득 고여 있는 걸 보고 할 말을 송두리째 잃어버리고 말았다.

그때부터 나는 다시 술을 마시기 시작했다. 맥주가 아니라 위스키를 주문하고 스트레이트 잔을 두 개 달라고 했다. 그리고 두 개의 잔 중 하나를 그녀 앞쪽에 놓고 묵묵히 술을 따랐다. 일층의 화장실로 올라간 선배 강사는 끝내 돌아오지 않았다. 바깥에 폭우가 내린다는 사실도 까맣게 잊은 채 그녀와 나는 말없이 술을 마셨다. 처음 만나 술을 마시는 게 아니라 몇천 년 전부터 지금까지 계속해서 술을 마시고 있는 듯한 기이한 지속력이 느껴졌다.

—나를 보며 왜 눈물을 글썽거린 거죠?

술병이 바닥났을 때, 술을 주문한 이후 처음으로 나는 입을 열었다. 하지만 그녀는 머리를 가로저으며 아무런 대답도 하지 않았다. 좀 더 낮은 어조로 나는 똑같은 질문을 다시 한 번 되풀이했다. 그러자 고통스런 표정으로 미간을 찌푸리며 그녀가 신음 같은 말을 밀어냈다.

—당신 대신 울어주고 싶어서요.

그날 밤 그녀와 내가 주고받은 말의 전부가 그것이었다. 내가 계산을 하고 밖으로 나오자 여자도 함께 따라 나왔다. 그리고는 마땅히 그래야 하는 것처럼 비를 맞으며 나를 따라 걸었다. 인적이 끊어진 길을 이십분쯤 걸어 모텔로 들어갔을 때, 젖을 대로 젖은 몸을 내게 던지며 그녀는 비슷한 말을 다시 한 번 되풀이했다.

—당신이 흘리지 못하는 눈물, 오늘 하룻밤만이라도 내가 대신 흘려줄게요.

　그로부터 일주일쯤 뒤, 뭔가에 홀린 사람처럼 나는 다시 한 번 뮤를 찾아갔다. 하지만 그날 밤 내가 안았던 여자, 내 내신 눈물 흘리며 나와 몸을 섞던 여자는 그곳에 없었다. 얼굴이 부석부석한 삼십대 초반쯤의 여자에게 물었지만 누구를 말하는 건지 도무지 모르겠다며 의심스런 눈초리로 나를 훑어보았을 뿐이었다.

　—출산 때문에 내가 보름 정도 이곳을 비우긴 했지만, 그동안은 내 남동생이 내내 여기 있었거든요. 아르바이트를 쓴 적도 없는데 여자라니…… 도대체 누구를 말하는 건지 모르겠네. 혹 술이 많이 취해서 다른 술집을 여기로 착각한 거 아닌가요?

*

　정오 무렵에 집을 나서 해질 무렵까지 이곳저곳을 돌아다녔다. 비원에도 가보고, 삼각지에도 가보고, 여의도에도 가보았다. 버스를 타기도 하고, 지하철을 타기도 하고, 택시를 타기도 했다. 이동하는 동안에는 차를 타고, 차에서 내려 다음 장소로 이동하기 전까지는 내내 걸어 발목이 시큰거릴 정도였다.

　해질 무렵에는 마포에도 가보고, 연신내에도 가보고, 모래내에도 가보았다. 하지만 게릴라 전술을 구사하듯 도시 곳곳에서 발악적으로 울어대던 작년 여름과 달리 어느 곳에서도 매미 울음소리를 들을 수 없었다. 그래서 불길한 예언의 실현을 경험하는 것 같다는 느낌에 시종 사로잡혀 있었다.

모두 어디로 사라져버린 것일까.

해질 무렵, 나는 알 수 없는 지역의 커피숍에 앉아 있었다. 서쪽 하늘의 붉은 노을이 내다보이는 삼층 커피숍이었다. 하지만 깊은 피로감 때문에 내가 당도해 있는 현재 위치를 파악할 수 없었다. 차가운 아이스티를 마시고 잠을 자듯 의자에 몸을 묻고 앉아 있는 동안 노을이 지고 어둠이 내렸다. 멀고 가까운 사물의 윤곽이 어둠에 뒤덮이자 둥실둥실 세상이 어디로인가 떠내려가는 것 같았다. 어쩌면, 하는 위기감을 느끼며 퍼뜩 자세를 고쳐 앉았다. 어쩌면 하루 종일 내가 찾아다닌 게 매미 울음소리가 아니라 나의 존재 좌표였는지도 모르겠다는 생각이 들었다. 삶의 방향성을 상실하고 정처 없이 떠도는 존재, 내가 지금 머물고 있는 여기는 우주의 어느 기슭인가.

집으로 돌아오자 자동응답기에 녹음이 되어 있었다. 하지만 그것을 들을 엄두도 내지 못한 채 옷을 벗어 던지고 욕실로 들어가 찬물로 샤워부터 했다. 아무 말도 듣고 싶지 않고 아무 말도 하고 싶지 않아서였다.

샤워를 마치고 나온 뒤에도 나는 선뜻 자동응답기의 재생 버튼을 누르지 못했다. 내가 외부 세계에 무방비 상태로 노출돼 있다는 게 날이 갈수록 못마땅하게 여겨졌다. 말을 하기가 죽기보다 싫을 때에도 무자비하게 밀려드는 속수무책의 침략. 하지만 어쩌겠는가. 고개를 절레절레 흔들며 재생버튼을 누르고 나서 거실 바닥에 큰 대자로 누워 버렸다.

"오빠, 나 지은이야. 기억 나? 작년 봄에 오빠 친구들하고 여럿이 함께 만났었잖아. 카페에서 오빠 친구 생일파티 하던 날, 오빠가 인디언 처녀 같다고 말한 지은이…… 그동안 잘 지냈어? 난 일 년 반 만에 집으로 돌아왔어. 그냥 내가 모르는 사람들의 세상 속으로 들어가서 아무 생각 없이 살다온 거야. 돌아오니까 내가 원래 살던 세상이 너무 낯설게 느껴져서…… 그래서 오빠한테 전화한 거야. 아무튼 반가워, 오빠. 이따 밤에 다시 전화할게."

탁하게 갈라지는 여자 음성을 듣는 동안 나는 눈을 감고 있었다. 안개 자욱한 새벽 벌판을 떠올리게 하는 공허한 허스키 보이스, 그리고 '일 년 반' 만에 집으로 돌아왔다는 말을 할 때 '일'을 유난히 강하게 발음하는 특징 속에서 한 여자의 모습이 의식의 수면 위로 슬그머니 솟아올랐다.

유지은.

내가 그녀를 만난 건 단 한번뿐이었다. 그녀가 말하는 친구의 생일 파티에서였다. 친구가 단골로 드나드는 카페가 파티 장소였고 참석자들은 친구 다섯과 낯선 여자 다섯이었다. 여자들은 모두 이십대 중반쯤으로 보였지만 어떤 연유로 파티에 참석하게 되었는지에 대해서는 일체 설명하지 않았다. 당사자들도 설명하지 않았고 생일인 친구도 설명하지 않았다. 뿐만 아니라 파티에 참석한 다른 친구들도 그런 건 전혀 궁금해 하는 눈치가 아니었다. 그런 게 뭐가 중요한가, 함께 어울려 즐거운 시간을 보내면 그만 아닌가, 하는 표정들.

파티 내내 지은이는 내 옆자리에 앉아 있었다. 그녀는 1미터 70센티는 족히 돼 보이는 훤칠한 키와 긴 생머리, 그리고 가무잡잡한 피부에 뚜렷한 이목구비를 지닌 시원스런 느낌의 여자였다. 감정에 일말의 구김살도 없는 유쾌한 성격의 소유자처럼 그녀는 파티가 진행되는 동안 시종 즐거운 표정을 감추지 않았다. 거침없이 말하고 시원스럽게 웃는 모습에서 언뜻언뜻 푸른 갈기를 휘날리며 초원을 달리는 야생마의 모습이 연상될 정도였다.

맥주와 샴페인, 양주와 폭탄주가 좌중을 돌고 또 돌았다. 시계 방향으로 돌고, 시계 반대 방향으로 돌고, 나중에는 대각선과 지그재그 방향으로까지 돌았다. 결국 모두 취해 방향 감각을 상실한 뒤에야 그 짓거리는 중단되었다. 생일인 친구가 파티의 종료를 공식 선언했을 때 시간은 어느덧 자정이 지나 있었다. 둘씩 커플을 이루고 앉아 있던 남녀들이 휘청거리며 자리를 빠져나가기 시작했다. 애초부터 예정돼 있던 프로그램을 진행하듯 둘씩둘씩 서로의 팔짱을 끼거나 어깨를 감싸 안고 불빛이 꺼져 가는 밤의 공간 속으로 사라져간 것이었다.

지은과 나는 가장 나중에 카페에서 나왔다. 나머지 커플들이 모두 사라지고 난 뒤였다. 나는 인도에 서서 길 아래쪽을 바라보며 담배를 피워 물었다. 그때 지은이 내 팔을 잡으며 물었다.

—오빠, 우울해?

—아니.

—설마, 내가 맘에 안 들어서 그런 건 아니겠지?

그녀의 말을 듣고 피식, 나는 웃음을 터뜨렸다. 스물다섯의 입에서 거침없이 터져 나오는 감정 표현, 도무지 속수무책이라는 생각이 들어서였다. 그래서 그런 건 아냐, 하고 그녀에게 말해 주었다. 그러자 그럼 됐어, 하고 그녀가 흰 치아를 드러내며 환하게 웃어 보였다. 피우던 담배를 허공으로 날리고 나는 물었다.

—이제 어디로 가지?

—바보, 몰라서 묻는 거야?

—그래, 몰라서 묻는 거다.

내가 정색을 하고 대답하자 하하, 하고 그녀가 눅눅한 밤공기를 뒤흔들며 돌발적인 웃음을 터뜨렸다. 그리고 그때 처음으로 그녀는 내 직업이 뭐냐고 물었다. 대학 강사야, 하고 나는 심드렁한 표정으로 대답했다.

—오, 대학 강사? 그럼 미래의 교수님이잖아. 흠, 그렇담 문제로군. 난 학교 다닐 때부터 내내 문제아였는데, 미래의 교수님이 그런 애랑 잤다는 게 알려지면 나중에 파면 당하지 않을까?

—집이 어디야?

　그쯤에서 매듭을 지어야겠다는 생각을 하며 나는 지나가는 택시를 살피기 시작했다. 차를 잡아주고 나도 집으로 가야겠다는 생각을 한 것이었다. 그러자 그녀가 당황한 표정으로 시계를 보고 나서 오빠, 하고 내 팔을 잡았다.

　—어디 가서 나 좀 기다려 주면 안 돼?

　—무슨 말이지?

　—어디 모텔 같은 데 가서 오빠 혼자 자고 있어. 그럼 내가 집에 들어갔다가 새벽 4시쯤 다시 올게. 우리 오빠가 성질이 더러워서 일단 집에는 들어가야 해. 엄마는 노름하러 다니기 때문에 문제가 안 되는데, 오빠는 내가 집에 안 들어가면 엄청 지랄하거든. 그럼 안 될까?

　—임마, 내가 너하고 자지 못해 환장한 놈처럼 보이니?

　—아니, 씨. 그런 게 아니라 내가 오빠하고 같이 있고 싶어서 그러는 거야. 무슨 뜻인지 알지도 못하면서 왜 그래?

　—됐어, 그냥 각자 집으로 들어가자. 그럼 간단하잖아.

　—좋아, 그럼 오빠 전화번호 알려 줘.

　그것이 그녀와 나 사이의 처음이자 마지막 만남이었다. 그 뒤로 그녀는 나에게 두어 번 전화를 걸어온 적이 있었다. 하지만 두 사람 사이에 별다른 사연이 없었으므로 긴 대화를 나눌 수는 없었다. 주로 그녀가 말하고 나는 듣는 편이었다. 하지만 그녀가 들려주는 얘기에도 별반 특별한 것은 없었다. 구두와 핸드백을 샀다는 얘기, 일본에 가보고 싶다는 얘기, 친구와 바다에 다녀왔다는 얘기 등등 일상사적인 것들이 대부분이었다. 그리고 뚝, 기억할 수도 없는 어느 시기부터인가 그녀는 더 이상 전화를 걸어오지 않았다. 그것이 아마도 그녀가 말하는 '모르는 사람들의 세상 속으로' 사라져버린 시기인 것 같았다.

"일 년 반?"

망연한 눈빛으로 천장을 올려다보며 나는 중얼거렸다. '일'을 발음하는 그녀의 악센트가 독특해서인가, 그녀가 말하는 일 년 반이라는 기간이 사뭇 낯설게 되새겨졌다. 지상이 아니라 차원이 다른 공간이나 외계에서 일 년 반을 보내고 온 것인가.

돌아왔어!

그 순간, 지은의 메시지에 담겨 있던 지극히 평범한 단어 하나가 나의 뇌리에서 강렬한 불꽃을 일으켰다. 난 일 년 반 만에 집으로 돌아왔어…… '돌아왔다'는 그녀의 말이 내 주변에서 일어나고 있는 불가해한 사라짐에 대한 구원의 메시지라도 되는 양 나는 심장의 박동이 빨라지는 걸 느꼈다. 하지만 그것은 기대감이 아니라 불안감을 반영하는 박동이었다. 아무리 아니라고 부정해도 내 자신을 속일 수는 없었다.

형도 돌아올 수 있을까?

어느덧 구 개월이 지났지만 나는 여전히 형이 사라져버린 이유를 모르고 있다. 이스탄불로 출장 간 형이 무슨 이유로 짐바브웨로 갔는지, 그리고 그곳에서는 어디로 잠적했는지에 대해 아는 게 아무것도 없는 것이다. 서로에 대해 아는 게 별로 없다는 점에서 그와 나는 형제라고 말하기 어렵다. 그래, 엄밀한 의미에서 그와 나는 형제가 아니다. 같은 날 같은 시각에 교통사고로 세상을 떠난 부모님이 그와 나에게 그런 서열을 부여한 것일 뿐이다. 쌍둥이도 아닌데 어떻게 형과 아우가 나이가 같을 수 있겠는가.

형은 아버지가 만든 자식이고 나는 어머니가 만든 자식이었다. 아버지의 전처는 뇌암으로 사망, 나의 생부는 음독자살. 간단히 말해 아버지와 어머니가 재혼을 함으로써 피가 다른 그와 내가 형제가 된 것이었다. 하지만 형과 나 사이에 별다른 갈등이나 문제는 없었다. 부모님이 돌아가시기 전에도 그랬고 부모님이 돌아가신 뒤에도 마찬가지였다. 서로에 대한 무관심이 오히려 쌍방의 보호막이 되어 주었다.

형과 내가 처음 만난 건 중학교 일 학년 때였다. 그리고 부모님이 여행길에서 같은 날 같은 시각에 세상을 떠난 건 그와 내가 고등학교 이 학년 때였다. 철길 건널목 신호 무시한 관광버스, 달려오던 열차와 충돌. 나의 기억에 남아 있는 당시의 신문기사는 지극히 간단명료했다. 하지만 세상에 남겨진 형과 나 사이는 신문기사처럼 간단명료하지 않았다.

형은 말수가 적고 내성적인 성격의 소유자였다. 나도 어릴 땐 그와 비슷한 성격을 지니고 있었다. 하지만 형과 함께 살게 된 뒤로 완연히 달라지기 시작했다. 그와 비슷하다는 것 자체가 견딜 수 없이 싫어서였다. 부모님이 세상을 떠난 뒤부터 나는 중심을 잃고 방황하기 시작했지만 그는 자신의 내면으로 더욱 깊이 침잠해 오직 공부밖에 모르는 인간으로 변해갔다. 그가 경영학과에 지원했을 때, 나는 같은 대학의 철학과를 지원했다. 하지만 그는 과수석이 되었고 나는 보기 좋게 낙방했다. 일년 재수를 한 뒤, 나는 그의 후배가 되는 게 싫어 타 대학 철학과를 지원했다. 그게 과연 무관심이었을까.

형은 직장에서도 능력을 인정받는 인물이었다. 입사할 때 총무과로 발령 받았던 그가 일 년 만에 해외 업무를 담당하는 부서로 이동한 것도 그런 이유 때문이었다. 내가 보기에 그는 현실적으로 아무런 문제가 없는 인간이었다. 건강한 신체, 타고난 성실성, 확실한 직장, 사랑하는 여자…… 도대체 뭐가 문제란 말인가.

이스탄불과 짐바브웨 사이.

세계지도에 그려진 붉은 수직선을 올려다보며 나는 길게 한숨을 내쉬었다. 한참을 바라보고 있노라니 짐바브웨에서 머물던 수직 하강선의 마지막 지점이 살아 있는 생명체처럼 꿈틀거리기 시작했다. 꿈틀거리며 조금씩 밑으로 뻗어내려 짐바브웨를 벗어나고 있었다.

어딘가.

한 지점에 머무는가 싶어 확인해 보니 그것은 어느새 아프리카 대륙을 벗어나고 있었다. 그리고 잠시 뒤, 그것은 북대서양과 인도양 사이를 거쳐 세계지도를 빠져나왔다. 이스탄불에서 시작해 내가 누워 있는 거실까지 수직 하강한 것이었다. 퍼뜩 일어나 앉고 싶었지만 뜻대로 몸이 움직여지지 않았다. 상징적 귀환처럼 어느새 수직 하강선의 마지막 지점이 나의 가슴에까지 이르러 있었다.

형!

*

금요일 오전, 두 통의 전화를 받았다.

9시경에 먼저 받은 전화는 지은에게서 걸려온 것이었다. 잠을 자고 있다가 다소 몽롱한 상태에서 나는 전화를 받았다. 며칠 전 자동응답기에 메시지를 남긴 날, 어째서 밤에 전화를 걸지 않았는지에 대해 나는 잠이 덜 깬 목소리로 먼저 물었다. 그러자 그녀가 다소 풀죽은 어조로 그냥, 그렇게 됐어, 하고 말했다. 예전처럼 생기 있고 발랄한 어조가 아니라서 나는 눈을 비비고 자리에서 일어나 벽에 등을 기댔다.

"그냥 그렇게 됐다니? 난 일 년 반 만에 현실로 돌아온 사람이 어떻게 달라졌는지 궁금해서 새벽까지 전화를 기다렸는데…… 돌아오자마자 바빠진 건가?"

"아니 그런 게 아냐. 그냥, 이거저것 하다보니까 깜빡한 거야.

많이 기다렸어?"

"그날 밤엔 도통 잠이 안 와서 통화를 하고 싶었어. 그래, 일 년 반 동안 어딜 갔다 왔다는 거지?"

"지금 오빠가 묻는 어투가 밥맛 떨어지는 형사 같다는 거 알아?"

"형사?"

"그래, 오빠. 그냥 그런 건 묻지 마. 별로 말하고 싶지 않으니까."

"기분 나쁘게 할 뜻은 없었어. 그냥, 난 예전의 지은이를 생각하면서 말한 거야. 근데 너, 예전과 아주 많이 달라진 느낌이 든다. 다른 사람 같애."

"그래, 그럴지도 몰라. 내가 느끼기에도 예전과 완전히 다른 사람 같으니까…… 정말 난 다른 사람이 돼서 돌아왔는지도 몰라. 하지만 어차피 세상은 변하는 거잖아. 우리가 매일 보니까 모를 뿐이지 사실은 매일매일 모든 게 달라지는 건지도 몰라. 오빠는 하나도 달라지지 않았어?"

"나?"

"그래, 오빠도 많이 달라졌을 거야. 그러니까 내 전화를 기다린 거 아닌가? 예전엔 내가 전화를 걸어도 심드렁하게 받곤 했잖아."

"그래, 나도 많이 달라졌겠지. 매일매일 마취된 것처럼 살아가니까 내가 달라졌다는 걸 자각하지 못하는 걸 거야. 그래, 이젠 뭘 할 거니?"

"모르겠어. 돌아오긴 했지만 모든 게 막막하고 불투명해. 집에 가보니까 모든 게 엉망이 돼 있어서 그냥 나와 버렸어. 원룸을 하나 얻었는데…… 좀 더 기다려봐야 할 것 같애."

"뭘 기다린다는 거지?"

"시간."

"시간을 기다리면 모든 게 절로 해결된다는 건가?"

"아니, 그런 게 아냐. 세상에 해결되는 건 아무것도 없어. 그냥 기다리다보면 문제가 사라지는 것뿐이야. 사라지는 걸 사람들이 해결되는 거라고 착각하는 거지 뭐. 어차피 뾰족한 수가 없으니까."

사라짐, 해결, 착각…… 그녀의 말을 듣고 있는 동안 뭔가 잡힐 듯 말 듯 연해 뇌리에서 어른거렸다. 하지만 철커덕, 하는 소리를 내며 온전하게 연결되지 않아 머릿속이 더욱 복잡해졌다. 그때, 그만 끊을게, 하고 그녀가 말했다. 내가 전화번호를 알려달라고 말하자 휴대폰? 하고 그녀가 되물었다. 그래서 무엇이든 연락이 되는 거라면 상관없다고 말하자 휴대폰은 없어, 하고 그녀가 덧붙였다. 그러고 나서 잠시 사이를 두었다가 원룸 전화번호를 알려주었다.

가오리가 전화를 걸어온 것은 10시 30분경, 내가 계란 프라이를 만들고 있을 때였다. 주방의 채광창으로 밀려든 아침 햇살이 계란의 노른자위에 금빛 박막처럼 뒤덮여 있을 때였다.

전화를 받자마자 그는 다짜고짜 오늘 뭘 할 거냐고 물었다. 그래서 가스레인지의 레버를 잠그며 나는 이렇게 말했다.

"보나마나 널 만나게 되겠지. 지금 그 말하려고 전화한 거 아냐?"

"새끼, 철학과 강사 때려치우고 철학관이나 운영해라."

"안 그래도 때려치웠으니 걱정 마라. 그래, 용건이 뭐야? 오늘 만나서 술 마시자는 거지?"

"술 마시는 게 아니라 술 마시고 원 없이 울어보자는 거다. 그게 주목적이라구."

"근데, 오늘은 학원 강의 없는 날이냐?"

"나 학원 그만뒀다. 그래서 주머니도 두둑하니까 오늘은 내가 사마."

"학원을 그만뒀다구?"

"갈 데까지 가보는 거지 뭐. 짧은 인생 아등바등 살 거 뭐 있냐. 아무튼 구질구질한 말은 나중에 만나서 하고, 저녁 여섯시까지 집으로 데리러 갈 테니 꼼짝 말고 집에 붙어 있어라. 알았지?"

낮 동안 나는 내내 컴퓨터 앞에 앉아 있었다. 별다른 생각 없이 인터넷에 접속해 이곳저곳을 떠돌아다니다가 '여행'이라는 검색어의 미궁 속으로 빠져들어 시간의 흐름을 망각해버린 것이었다. 수백 개의 여행사를 다 뒤져보고, 여행 관련 개인 홈페이지를 들쑤셔보고, 그것도 모자라 나중에는 백과사전까지 헤

집어보았다. 하지만 접속을 끊었을 때, 나는 아무것도 건지지 못한 채 일종의 공황 상태에 사로잡혀 있었다. 내가 무엇을 찾으려 했는지를 몰라서가 아니라 내가 찾고자 한 게 애초부터 없었다는 걸 비로소 깨달은 때문이었다. 지상에 없는 무엇, 인간이 만든 지도로는 갈 수 없는 곳을 내가 꿈꾼 것일까.

가오리가 집으로 온 것은 6시 10분경이었다. 나는 외출 준비를 끝내고 있었기 때문에 그와 함께 곧바로 집을 나설 수 있었다. 하늘은 잿빛으로 무겁게 가라앉아 있었고 대기에는 비를 예고하는 듯한 습기가 배어 있었다. 비가 오려는 건가, 하는 표정으로 아파트 현관을 나서며 하늘을 올려다보았다. 그때 앞서나간 가오리가 야, 빨리 타, 하고 소리쳤다. 하지만 나는 아파트 현관 앞에 세워진 가오리의 차를 보고 우뚝 걸음을 멈추었다.

"이건 뭐야…… 술 마시러 갈 거면서 차는 왜 가져온 거야?"

"잔말 말고 타기나 해. 갈 길이 멀어."

"어디로 가는 건데?"

"폭우를 동반한 태풍이 북상하고 있다는데…… 태풍 이름을 까먹었다. 생각날 때까지 그냥 가오리라고 하지 뭐."

"마치 북상하는 태풍을 마중 나가는 사람처럼 말하는구나."

"그래, 휘몰아치는 폭풍우 속에서 목이 터져라 울부짖는 기분도 그리 나쁘진 않을 거다. 악을 쓰고 울면서 붕붕 날려 가는 기분…… 죽이지 않을까?"

그가 왠지 불안정한 상태에 사로잡혀 있는 것 같아 나는 더 이상 대꾸하지 않았다. 차라리 입을 다물게 하는 게 낫겠다는 생각이 들었다. 그래서 왜 학원을 그만뒀는지, 앞으로의 계획은 무엇인지 따위의 얘기는 고스란히 접어 두기로 했다. 얘기를 나눌 만한 상태도 아닌 것 같고, 얘기를 나눈다고 해도 어차피 달라질 건 아무 것도 없을 테니까.

"우리는 지금 서북쪽으로 가고 있다."

강변도로로 접어들 때, 한동안 침묵하고 있던 그가 묻지도 않은 말을 꺼냈다. 가거나 말거나 관심 없다는 표정으로 나는 좌석 깊숙이 몸을 묻고 점점 무겁게 내려앉는 하늘을 올려다보았다. 평상시 같으면 아직 잔광이 남아 있을 시간인데 지금은 믿어지지 않을 정도로 짙은 어스름이 사방에 가득 들어차 있다. 언뜻 인터넷을 떠돌며 내가 찾고자 했던 곳, 그런 곳으로 가고 있는 것 같다는 생각이 들었다. 서북쪽 어디, 지상의 지도에는 표기되지 않은 또 다른 차원의 세계.

사십분 정도 달려 차는 신도시로 진입했다. 여기가 서북쪽이야? 하고 물으며 나는 자세를 고쳐 앉았다. 하지만 그는 아무런 대꾸도 하지 않고 외곽도로를 이용해 다시 신도시를 빠져나갔다. 신도시가 끝나는 경계지점에서 좌측으로 접어들자 협소한 비포장도로가 나타났다. 초입에 두서너 군데의 자동차 정비소가 있었지만 그곳을 지나치자 돌연 드넓은 논과 무성한 숲이 나타나기 시작했다. 비포장도로를 사이에 두고 좌측으로는 논,

우측으로는 숲.

700미터쯤 진행한 뒤에 가오리는 우측의 야산자락으로 핸들을 꺾었다. 야산자락이 아니라 거기 자리 잡은 드넓은 공장건물 같은 곳으로 접어든 것이었다. 산을 등지고 앉은 낡은 단층건물이었는데 몇 백 평은 좋이 될 것 같은 마당에 야외 가설무대까지 갖추어져 있었다. 연극하는 사람들이 만든 야외극장인가, 하는 생각을 하며 나는 차에서 내려 주변을 둘러보았다.

"저기, 건물 위를 봐. 저 이상한 푯대와 접시 안테나 보이지?"

"게릴라 아지트인가?"

"웃기지 마. 저게 UFO 유도 장치래. 여기, 이 마당에 외계인이 착륙할 날이 올 거라고 믿는 사람이 이 카페 주인이거든."

"카페?"

믿어지지 않는다는 표정으로 나는 가오리를 보았다. 공장을 떠올리게 하는 건물, 간판도 없는 입구―어느 누가 이런 곳을 카페로 알고 찾아오겠는가. 어이없다는 생각이 들어 나는 머리를 절레절레 흔들었다. 하지만 인간만 손님으로 받는 게 아니라 외계인까지 손님으로 받을 준비를 하고 있다니 더더욱 기가 막힐 노릇이었다. 이상한 행성의 정신병동이나 감옥에서 도망친 외계인들이라면 또 모를까, 아무리 생각해봐도 저렇게 조악스런 유도 장치에 걸려들 UFO는 우주의 어느 곳에도 있을 것 같지 않았다. 그래서 나는 오른손 검지를 머리 옆에다 대고 빙빙 돌리며 가오리에게 말했다.

"이봐, 지금 이 집 마당에 외계인이 와 있다고 주인한테 말해봐. 혹시 아냐, 술과 안주도 공짜로 대접하면서 신처럼 떠받들지도 모르잖아."

"주인은 없을 거야. 떠도는 사람이거든."

가오리가 먼저 건물 안으로 들어갔다. 그를 따라 어두컴컴한 실내로 들어서자 허공에 매달린 몇 개의 백열전등이 가장 먼저 시선을 끌었다. 이게 카페란 말인가. 공장건물 같다는 나의 첫인상은 여전히 지속되고 있었다. 붉은 페인트칠을 한 금속 배관과 양철 환기통이 벽을 따라 돌아가고 실내 중앙에 커다란 밀링머신이 그대로 남아 있는데 어떻게 이런 공간을 카페라고 할 수 있단 말인가.

공장 개조 카페.

그것이 내가 눈짐작으로 내린 결론이었다. 공장을 하던 건물을 적당히 개조하여 전원 카페로 바꾼 흔적이 역력해 보였다. 요컨대 거칠고 기계적인 바탕에 정서적인 구조물을 가미한 공간. 돌과 흙으로 만든 벽난로, 장작을 때서 사용하는 오래된 무쇠 화덕, 직접 제작한 것으로 보이는 기하학적인 모양의 테이블 같은 것들이 카페의 면모를 간신히 옹호하고 있었다.

가오리는 낮은 탁자와 의자가 있는 벽난로 앞으로 갔다. 백오십 평은 족히 될 것 같은 실내가 한눈에 내다보이는 위치였다. 낮은 의자에 앉은 뒤에 나는 비로소 실내의 바닥이 맨땅이라는 걸 알았다. 손님은 오직 한 테이블, 두 명의 아이들을 데

려온 젊은 부부가 전부였다. 배관과 환기통을 따라 뛰어다니는 아이들을 보자 카페가 아니라 아이들 놀이동산에 와 있는 것 같다는 생각이 들었다.

잠시 뒤, 무쇠 화덕 옆의 주방에서 서빙 하는 남자가 나왔다. 머리를 뒤로 묶은 이십대 후반쯤의 그가 가오리를 보자 반가운 표정으로 알은체를 했다. 아, 오랜만에 오셨네요, 그동안 잘 지내셨죠, 하고 환한 웃음을 지으며 환대했다. 그러자 가오리가 미간을 찌푸리며 머리를 절레절레 흔들었다.

"아니, 전혀 잘 지내지 못했어. 빌어먹을 지구인들한테 시달리며 끔찍스런 나날을 보냈거든. UFO 기지로 다시 돌아오고 싶어서 정말 죽는 줄 알았다니까. 근데, 캡틴은?"

"아, 오토바이 여행 떠나셨어요. 지난주 금요일 저녁 무렵에 갑자기 해가 지는 쪽으로 가고 싶다고 나섰는데…… 내내 통신 두절이네요."

"그래, 그렇게 떠나는 게 좋은 거야. 떠나는 일에 구질구질한 이유를 달 필요가 뭐가 있어. 해가 지는 쪽으로 가고 싶다…… 그게 그냥 시잖아, 시야."

낄낄거리며 가오리는 맥주와 소주, 구운 감자와 베이컨을 주문했다. 서빙 하는 남자가 돌아가자 그는 손목을 들어 시계를 보았다. 나는 잠시 생각을 정리하고 나서 그에게 물었다.

"여긴 뭐 하는 곳이야? 외계인 추종자들 아지트인가?"

"아니, 외계인 추종자들이 아니라 자신들이 외계인이라고 믿는 사람들이 모이는 장소야. 지구가 자신의 별이 아니라고 믿는 사람들, 다시 말해 자신의 별로 돌아갈 날을 기다리는 사람들…… 나 같은 놈들이지 뭐."

말을 하고 나서 그는 쓸쓸한 표정으로 담배를 피워물었다. 그때 사방에서 쏴아, 하고 이상한 소리가 들리기 시작했다. 언뜻 듣기에 바람소리 같기도 하고 풍선에서 바람 빠지는 소리 같기도 했다.

"비?"

퍼뜩 정신을 차린 사람처럼 가오리는 자리에서 일어나 출입구 쪽으로 달려갔다. 나는 고개를 돌려 등 뒤쪽의 창을 내다보았다. 푸르스름한 어둠이 들어찬 창유리 위로 빗물이 연신 흘러내리고 있었다. 소리만으로도 엄청나게 세찬 빗줄기라는 걸 알 수 있었다.

그때 술과 안주가 날라져왔다. 가오리가 없어서인가, 서빙하는 남자는 다소 경직된 표정으로 날라 온 것들을 탁자 위에 올려놓고 말없이 사라졌다. 고개를 돌려 출입구 쪽을 보았으나 밖으로 나간 가오리는 좀체 나타나지 않았다. 언제 나간 것인가, 아이들과 함께 앉아 있던 부부도 어느새 자취를 감추고 없었다. 담배를 피워 물고 후우, 백열전구 등빛이 고여 있는 허공으로 길게 연기를 내뿜었다.

외계로 떠난 건가.

피우던 담배를 바닥에 비벼 끄고 맥주병 마개를 열었다. 그때 출입문이 열리며 쏴아, 하는 빗소리가 봇물처럼 안쪽으로 밀려들었다. 반사적으로 고개를 돌리자 온몸이 빈틈없이 빗물에 젖은 가오리가 머리를 털며 자리로 돌아오고 있었다.

"너 왜 그래? 이 빗속에 UFO가 나타나기라도 한 거야?"

나는 너무 어이가 없어 벙긋 입을 벌리고 그를 보았다. 머리카락은 젖은 채 가라앉아 헤어 젤을 바른 것처럼 빛이 나고 있었고 푸른 남방과 면바지는 몸에 들러붙어 속살까지 내비칠 정도였다. 하지만 아무래도 상관없다는 표정으로 그는 덤덤하게 입을 열었다.

"아니, 그런 게 아냐. 누가 오기로 했는데 여기 장소를 잘 몰라. 차를 가져오는 것도 아니고 택시를 타고 온다고 해서 시간 맞춰 입구에서 기다리기로 했거든."

"근데 왜 들어온 거야?"

"휴대폰으로 연락이 왔어. 한 삼십 분쯤 늦을 거니까 안에서 기다리란다. 근처에 오면 연락하겠다고 말야."

"누군데?"

나의 물음에 여자야, 하고 그는 무성의하게 대답했다. 다소 짜증스럽다는 생각을 하며 나는 맥주를 잔에다 부어 몇 모금 마셨다. 그는 소주병 마개를 따고 자작했다. 글라스에다 소주를 반쯤 부어 단숨에 들이켜고 다시 반쯤 따르니 소주 한 병이 고스란히 바닥나버렸다. 술을 마시고 나서 그는 허겁지겁 베이컨을 집어먹기 시작했다. 구운 감자 하나를 으깨 반쯤 먹고 나서 문득 생각난 것처럼 그가 고개를 들고 나를 보았다.

"넌 안 먹냐?"

"난 지구인이야. 그런 거 자주 먹을 수 있으니까 걱정 마."

나의 말을 듣고 나서 그는 두어 번 고개를 끄덕였다. 내 말을 진담으로 받아들이는 표정 같았다. 뭔가 불안정하다, 뭔가 어긋나 있다, 하는 생각을 하며 나는 빗소리에 집중했다. 빗소리가 아니라 수직으로 쏟아지는 물소리라고 하는 게 차라리 옳을 듯싶었다. 예컨대, 낙차 큰 폭포수 소리.

8시 30분, 가오리는 휴대폰을 받고 다시 밖으로 나갔다. 그가 한 병 반의 소주, 내가 두 병의 맥주를 마신 뒤였다. 별다른 대화도 없이 빗소리에 사로잡힌 듯한 자세로 묵묵히 술을 마시거나 담배를 태운 사십분.

그가 밖으로 나가자마자 후, 하고 길게 한숨을 내쉬었다. 그때 출입문이 열리고 세찬 빗소리와 함께 왁자하게 떠드는 소리가 들렸다. 고개를 돌려보니 대여섯 명의 이십대들이 비를 피하기 위해 쏟아지듯 안으로 들어왔다. 헤드라이트 불빛이 실내로 밀려드는 걸로 보아 출입문 앞에다 바투 차를 갖다 댄 모양이었다.

헤아려보니 안으로 들어선 사람은 모두 다섯 명이었다. 그들은 내가 앉아 있는 곳과 반대되는 출입문 우측의 넓은 자리를 잡고 앉았다. 일행 중 한 명이 주방 쪽을 향해 이구아나 형, 우리 왔수다, 하고 큰소리로 외쳤다. 그러자 주방 안에서 서빙 하는 남자가 나타났다. 이구아나라는 별칭을 듣고 보니 정말 그것을 닮은 것 같다는 생각이 들었다. 냉혈을 숨긴 느긋함, 태연함, 그리고 능청스러움.

가오리는 좀체 돌아오지 않았다. 답답하다는 생각이 들어 나는 자리에서 일어나 출입구 쪽으로 갔다. 가면서 보니 이십대 중반쯤으로 보이는 청년들이 이구아나와 함께 앉아 다양한 제스처를 써가며 와자하게 떠들어대고 있었다. 나를 본 이구아나가 가볍게 고개를 숙이며 어설픈 미소를 지어보였다.

출입문을 열자 세찬 빗소리와 썰렁한 공기가 동시에 안쪽으로 밀려들었다. 눈을 가늘게 뜨고 밖을 내다보자 뿌연 수은등 빛을 받은 장대비가 수직으로 쏟아지고 있었다. 앞을 분간하기 어려울 정도로 굵고 세찬 빗줄기였다. 산자락을 타고 흘러내린 빗물이 드넓은 마당에 고여 강물처럼 출렁이고 있었다.

밖으로 나설 엄두도 내지 못한 채 나는 도로 쪽을 내다보았다. 거기, 진입로와 도로가 맞물리는 지점에 가오리가 등을 보이고 서 있었다. 세찬 빗줄기가 휘청거릴 때마다 그의 형상이 잠깐잠깐 사라졌다 다시 나타나곤 했다. 하지만 꼼짝 않고 선 그의 뒷모습에서 깊이를 가늠하기 어려운 체념과 집념이 동시에 느껴져 나는 조용히 출입문을 닫고 자리로 돌아와 앉았다.

혼자 잔을 비우고 다시 잔을 채웠다. 아무리 마셔도 취기가 오를 것 같지 않은 밤이었다. 정신이 너무 명징해서 자칫하면 머릿속에서 유리 깨지는 소리가 날 것 같았다. 그 순간, 어째서 마린에 대한 갈망이 눈을 떴는지 모를 일이었다. 그녀와 나의 현재 위치가 우주적 거리감으로 되새겨져 도무지 견딜 수 없을 지경이었다.

왜 이러나.

방향 감각을 상실한 사람처럼 막막한 눈빛으로 창을 돌아보았다. 빗물이 연해 주름져 내리는 그곳에서 실내의 등빛과 바깥쪽의 젖은 어둠이 질펀한 교접을 벌이고 있었다. 그때 출입문이 열리고 젖을 대로 젖은 두 명의 남녀가 실내로 들어섰다.

"인사해라. 나하고 같은 별에서 온 여자다."

가오리의 말에 여자는 이름 같은 건 밝힐 생각도 하지 않고 고개만 까닥해 보였다. 짧은 숏커트 머리, 꼬리가 위로 올라간 눈매, 얇은 입술이 한데 어울려 차갑고 냉소적으로 보이는 얼굴이었다. 옷을 입은 채 풀장에 뛰어들었던 사람처럼 그녀는 차림새가 엉망이 돼 있었다. 헐렁한 물빛 남방과 타이트한 청바지 차림이었지만 물빛 남방은 푸른색으로 변하고 청바지는 검정에 가까운 색으로 변해 있었다. 뿐만 아니라 젖은 남방이 가슴에 들러붙어 브래지어 자국까지 선명하게 떠올라 있었다.

가오리는 비로소 안정감을 회복한 얼굴로 나와 여자에게 술을 따르고 다시 술과 안주를 주문했다. 오느라고 힘들었겠다고 가오리가 말하자 쿡, 하고 여자가 이상한 소리를 내며 웃었다. 왜 웃는 거냐고 가오리가 묻자 여자가 젖은 머리카락을 손으로 쓸어넘기고 나서 엉뚱한 말을 꺼냈다.

"오는 길에 녹색 물뱀을 봤어. 택시를 탔는데, 비포장이 시작되는 지점에 오니까 기사가 더 이상 못 가겠다는 거야. 도로가 물에 잠겨서 차가 건너기 힘들 정도였거든. 그래서 싫으면 관두라고 말하고 차에서 내렸지. 그리곤 아무 차나 오기를 기다리며 무작정 서 있었어. 그런데 가로등빛에 보니까 물 위에서 뭔가 꿈틀거리며 내가 서 있는 쪽으로 다가오는 거야. 허리를 굽히고 내려다보니까…… 뱀이잖아. 녹색이었는데 물살을 거스르며 헤엄치는 모양이 너무 아름다워서 한참을 들여다보고 있었어. 아, 지금도 그 모습이 너무 선명해."

"아무튼 들어오는 차가 있어서 천만다행이었다."

"그 사람 너무 고마워서 다음에 만나 한번 자 줘야겠어. 자기 같으면 그럴 수 있겠어? 다시 돌아 나올 수 없을지도 모르는 길을 처음 보는 여자가 가자면 가겠냐구."

"당연, 가겠지."

여자가 웃기지 말라는 표정으로 냉소를 머금고 가오리를 보았다. 그러자 그가 멋쩍다는 표정으로 어깨를 으쓱해 보이고 나서 건배를 제안했다. 가오리와 여자는 소주, 나는 여전히 맥주를 고수하고 있었다. 그때 출입구 우측에서 폭발적인 웃음소리가 터져 올랐다. 돌아보니 허리를 뒤로 젖히거나 상체를 앞으로 접은 채 무리가 미친 듯 웃어대고 있었다. 엄청난 폭우와 안온한 고립감 사이에서 일어나는 집단적 분열을 목격하는 것 같았다.

어느 순간, 여자가 가오리에게 춥다는 말을 했다. 그러자 그가 아무에게도 허락을 구하지 않고 뒤쪽의 벽난로에다 불을 피웠다. 벽난로 옆에 쌓인 장작개비를 어긋나게 걸쳐놓고 밑에다 신문지를 말아 넣어 수월하게 불을 지핀 것이었다. 그러자 한여름 밤의 장작불이 꽃뱀의 혀처럼 날름거리며 갈라진 나무의 속살을 애무하기 시작했다.

"팬티도 젖었겠지?"

자리로 돌아온 가오리가 여자에게 물었다. 그러자 다 젖었어, 하고 여자가 아무렇지도 않게 대꾸했다. 하지만 그들이 어떤 사이인지에 대해 나는 아무런 궁금증도 일지 않았다. 별달리 느껴지는 것도 없고, 별달리 상관하고 싶은 것도 없었다. 오직 한 가지, 마린에 대한 그리움이 탁탁 소리를 내며 타오르는 장작개비처럼 가슴에 뜨거운 불을 지피고 있을 뿐이었다.

어느 순간, 술잔을 내려놓고 눈을 감았다. 어느 순간, 다시 눈을 떴을 때 가오리가 여자를 가슴에 안고 있는 걸 보았다. 젖은 몸을 부둥켜안고 있는 두 사람의 자세가 너무 불편해 보여 다시 눈을 감았다. 어느 순간, 다시 눈을 떴을 때 가오리는 여자의 가슴에 손을 넣고 입술을 빨아대고 있었다. 사랑을 나누는 것이거나 처절한 몸부림이거나 미친 짓이거나, 어떤 식으로도 상관하고 싶지 않아 다시 눈을 감았다. 그리고 어느 순간 다시 눈을 떴을 때, 실내는 아수라장이 되어 있었다.

무슨 일인가.

나는 반사적으로 자리에서 일어나 주변을 살폈다. 출입구 우측에 앉아 있던 다섯 명이 실내를 오가며 분주하게 설쳐대고 있었다. 주방으로 뛰어 들어가는 사람이 있었고, 주방에서 뛰어나오는 사람이 있었다. 그리고 서넛은 출입문 앞에서 허리를 굽히고 정신없이 출입문 밖으로 물을 퍼내고 있었다. 뒷산에서 흘러내린 빗물이 마당을 넘어 이윽고 실내로 밀려들기 시작했다는 걸 알 수 있었다. 하지만 어디로 사라진 것일까, 가오리와 여자의 모습은 보이지 않았다.

나는 긴장한 표정으로 출입문이 있는 곳으로 다가갔다. 무리가 알아들을 수도 없는 소리를 내지르며 바가지, 그릇, 세숫대야 따위를 동원해 결사적으로 물을 퍼내고 있었다. 하지만 부질없는 짓인 것 같았다. 열려진 출입문 밖을 내다보니 마당과 도로, 논의 구분이 모조리 사라져버린 뒤였다. 그때 허리를 굽히고 필사적으로 물을 퍼내던 이구아나가 손에 들고 있던 바가지를 바닥에 팽개치며 악을 썼다.

"안 돼, 틀렸어. 포기하고 어서 여길 빠져나가자. 뒷산을 넘어가면 길이 있을 거야. 지금 나가지 않으면 완전히 고립될 거라구."

나는 황망히 등을 돌리고 주방이 있는 곳으로 갔다. 하지만 주방 안에는 아무도 없었다. 주방 우측에 작은 방문이 있어 열어보았지만 거기도 마찬가지, 사람의 모습은 보이지 않았다. 방문을 닫고 다급히 등을 돌리자 좌측 벽면에 밖으로 통하는 작은 출입문이 있었다. 정신없이 그것을 열고 밖으로 얼굴을 내밀었다. 그러자 어둠과 바람과 빗줄기가 한패거리처럼 달려들며 사정없이 면상을 후려쳤다.

아.

거기, 건물 바깥쪽 벽면에 살아 꿈틀거리는 한 쌍의 검은 생명체가 있었다. 벽면에 등을 붙이고 한쪽 다리를 치켜들어 상대방의 다리를 휘감은 생명체, 벽면을 손으로 짚고 연신 허리를 움직여대는 또 다른 생명체…… 서로 다르게 살아 움직이는 것들이 하나가 되기 위해 처절하게 몸부림치고 있었다. 흡사 우주폭풍 속에서 끔찍스런 사투를 벌이는 외계 생명체 같았다.

*

—어제 서해안을 따라 시속 45킬로미터의 빠른 속도로 북상한 제7호 태풍 올가는 전국 곳곳에 강풍과 함께 많은 비를 뿌렸습니다. 이로 인해 전봇대가 부러지고 가로수가 뽑혀 나갔으며 주택 및 건물 파손, 어선 전복, 정전 사태 등의 피해가 잇따랐습니다. 한편 사흘째 집중호우가 계속된 서울 경기 등 중부 지방 주민들은 태풍의 영향으로 또다시 많은 비가 내리자 엎친 데 덮친 격이라며 재산 피해 등이 더욱 늘어날 것을 우려하고 있습니다.

─경기도 수원에 64년 기상 관측 이래 하루 최고 강수량인 333.2밀리의 비가 내린 것을 비롯, 중부지방에 최고 400밀리까지 쏟아진 집중호우로 산사태와 교량 붕괴 등 사고가 잇따르면서 아홉 명이 숨지거나 네 명이 실종됐습니다.

─오후 7시경 군포시 부곡동 저지대 30가구가 침수돼 주민 92명이 인근 고지대로 대피했습니다. 일선 시·군 재해대책본부는 응급 복구반을 편성, 양수기 등을 동원해 침수지역의 배수작업을 벌이고 있습니다. 한편 이 시각까지 안산시 안산동과 원곡동, 수원시 망포동 일대의 50여 헥타 농경지가 침수된 것으로 집계됐습니다.

─여기는 지난 3일 동안 540밀리가 넘는 장대비가 쏟아진 경기 파주시입니다. 이번 수해 최대 피해지역 중 하나인 문산읍을 비롯, 파평면과 적성면 등 파주 시내 곳곳은 교통 두절과 전화 불통, 정전 단수 등으로 마치 난리통을 방불케 하고 있습니다. 문산 읍내를 가로지르는 동문천이 범람하면서 문산읍 시가지의 3분의 1 가량이 어제 오전 아홉시 반경부터 순식간에 물바다로 변해버렸습니다. 문산 읍내 곳곳의 건물 옥상에서는 미처 대피하지 못한 주민들이 잔뜩 겁먹은 표정으로 옷가지를 마구 흔들며 구조를 요청했습니다. 한편 긴급 대피 사이렌 소리에 가재도구도 제대로 못 챙기고 다급하게 인근 고지대 등으로 대피했던 주민 5000여 명은……

사흘 동안 나는 단 한 차례도 외출하지 않았다. 그 사이 집

중 호우와 태풍이 지나갔다. 사흘 동안 내가 했던 일이라곤 하루 종일 텔레비전을 지켜보며 누워 있거나 앉아 있거나 서성거린 게 고작이었다. 이리저리 리모컨을 누르며 내가 선택한 것은 태풍 피해 상황을 집중적으로 보도하는 채널들이었다. 정규 방송과 임시 방송을 가리지 않고 악착스럽게 폭우와 태풍의 흔적을 찾아다닌 것이었다.

내가 가오리와 함께 술을 마시던 그날 밤의 폭우가 기상 관측 사상 하루 최고치의 강수량이라고 했다. 산사태가 일어나고 제방이 무너지고 개천이 범람하던 그날 밤, 주택과 도로와 철도와 농경지가 침수되고 유실되던 그날 밤, 나는 어디에서 무엇을 하고 있었던가.

그날 밤, 나는 끝내 가오리를 부르지 못했다. 부르지 못한 게 아니라 한 덩어리가 되어 있는 그들을 갈라놓을 용기를 낼 수 없었다. 휘몰아치는 비바람 속에서 짐승처럼 울부짖으며 교접하는 인간들을 떼어낸다는 것, 단순한 용기로 할 수 있는 일이 아니었다. 그리하여 그들을 버려두고 카페에 있던 나머지 일행과 산을 넘어 집으로 돌아온 뒤에도 나는 나의 행동을 후회하지 않았다. 설령 내가 그들을 떼어놓지 않아서 죽음을 맞게 되었다 해도 그들이 날 원망할 거라는 생각은 하지 않았다.

흙탕물에 침수된 읍거리, 구명보트를 타고 구조 활동을 펼치는 119 구조대원들, 건물 옥상에 대피해 있다가 헬기의 구조 로프에 대롱대롱 매달려 이송되는 사람들의 모습을 하루에도 몇 차례씩 되풀이 보여주는 방송을 나는 지겨운 줄도 모르고 지켜보았다. 하지만 죽거나 실종된 사람들에게는 장면이 부여되지 않았다. 화면 하단에 이름만 자막처리 되거나 기자의 짤막한 설명이 덧붙여지는 게 고작일 뿐이었다. 태풍에 배가 뒤집혀 실종된 사람, 급류에 휩쓸려 실종된 사람, 산사태로 가옥이 매몰돼 사망한 사람, 날아가는 함석지붕에 맞아 즉사한 사람, 쓰러지는 가로수에 머리를 부딪쳐 사망한 사람…… 그것은 하나같이 카메라에 포착되지 않은 죽음들, 상상의 브라운관에서만 끝없이 재연되는 죽음들이었다. 비현실적이지만 엄연히 현실적인 죽음들, 믿을 수 없으나 끝내 믿어야 하는 죽음들.

시망과 신종에 관한 보도가 나올 때마다 나는 움직임을 멈추고 브라운관을 들여다보았다. 혹시 가오리의 이름을 듣게 되는 건 아닐까, 나도 모르게 신경이 곤두서곤 했다. 하지만 전원카페의 담벼락에 붙어 섹스를 하다가 죽은 남녀의 명단은 끝내 보도되지 않았다. 물론 수해로 목숨을 잃은 사람들이 모두 보도되는 건 아닐 터였다. 그래서 태풍과 폭우가 지나가고 곳곳에서 복구 작업이 진행되는 동안에도 나는 긴장감을 누그러뜨릴 수 없었다. 혹여 사람 눈에 잘 띄지 않는 곳에서 뒤늦게 발견된 남녀의 주검에 관한 보도가 있을지도 모른다는 초조감 때문이었다.

전화?

물론 전화를 걸어보면 생사 여부를 간단히 확인할 수 있을 터였다. 하지만 나는 끝내 가오리에게 전화를 걸지 않았다. 어차피 연결되지 않을 거라는 기이한 확신에 나는 사로잡혀 있었다. 죽었다면 당연히 연결되지 않을 것이고, 살아 있다면 의도적으로 연결을 피할 거라는 단정. 결국 단절과 연결 사이의 갈등이었다. 그가 살아 있을 경우, 나에게 자신의 무사함을 알리고 싶었다면 바로 다음날 전화를 걸어왔을 터였다. 살아 있으면서도 전화를 하지 않았다면 그것은 이미 단절의 의사를 표명한 것이나 다름없었다. 그것은 내 쪽에서도 마찬가지, 살아 있는 그와 더 이상 교류하고 싶지 않다는 생각을 나는 분명하게 굳히고 있었다. 그것이 그에게 전화를 걸지 못한 이유, 생사 여부를 확인하지 못한 이유이기도 했다.

태풍과 폭우의 정화로 한껏 맑아진 대기, 비로드 위에 은가루를 뿌려놓은 듯한 별밤이었다. 텔레비전을 끄고 베란다로 나가 참으로 오랜만에 밤하늘을 올려다보았다. 내 주변에서 사라진 존재들이 거기, 맑고 검은 밤하늘에 붙박여 은은하게 빛을 발하고 있었다. 어쩌면 지상에서 흘리지 못한 그들의 눈물이 건조되어 천상의 꽃가루가 된 것인지도 모를 일이었다. 저마다 다른 지상의 사연을 품고 저마다 다른 천상의 향기를 피워내는 우주의 화원…… 각성되지 않은 지상의 시간이 송두리째 우주로 빨려가는 것 같았다.

불을 밝히지 않은 거실, 나는 무릎을 세우고 앉아 있었다. 어느덧 자정 지나 물밑처럼 잠잠한 세상, 거대한 짐승의 심장에 갇혀 있는 것처럼 사뭇 불안정한 박동이 사방에서 느껴졌다. 양팔로 감싼 무릎에 턱을 얹어 몸을 한껏 둥글게 말고 있는데도 안정감은 좀체 회복되지 않았다. 송곳처럼 날카로워진 신경세포가 불쑥불쑥 살갗을 뚫고 나올 것 같아 자세를 고쳐 앉을 수도 없었다.

무엇을 견디는 것인가.

심장의 격한 박동소리를 들으며 호흡을 가다듬었다. 무엇을 견디는지를 몰라서가 아니라 알면서도 견뎌야 하는 형벌의 시간이 흐르고 있었다. 자세를 풀지 않기 위해 어금니를 악다물고 있는 동안 온몸에서 스멀스멀 진땀이 배어났다. 언뜻 형의 모습이 보이고, 곧이어 니그로이드 전사의 모습이 눈앞을 스쳐갔다. 사라져버린 선배 강사의 모습이 보이다가 뮤의 여자, 가오리의 모습까지 찰나처럼 스쳐갔다. 하지만 그들은 모두 깃발처럼 펄럭이는 무의식의 환영일 뿐이었다. 환영에 가려 보이지 않는 진짜 형상은 내 의식의 암실에 갇혀 있었다.

마린.

무거운 사슬을 벗어 던지듯 나는 스스로 결박했던 몸을 해체시켰다. 무릎을 감쌌던 양팔을 풀고 거실 바닥에 몸을 눕혔다. 거실바닥이 꺼지는 것인가, 내 몸이 가라앉는 것인가. 깊은 현기가 느껴져 잠시 호흡을 가다듬었다. 근거를 알 수 없는 비감과 분노가 내 몸을 빠져나가 푸른 전파처럼 허공을 꿰뚫었다. 접선해야 한다, 접선해야 한다, 너무나도 절박한 어조로 날아가는 뇌파의 메시지.

마린을 생각하며 지은에게 전화를 걸었다. 마린이 아니라면 누구라도 상관없었다. 하지만 지은이 알려준 원룸 번호에서는 이상한 메시지가 흘러나왔다. 번호를 확인하고 다시 한 번 버튼을 눌렀지만 마찬가지, 결번을 알리는 사무적인 메시지만 되풀이되었다. 낯선 사람들의 세상 속으로 들어갔다가 일 년 반 만에 현실로 돌아왔다는 그녀…… 어디로 다시 사라져버린 것일까.

견딜 수 없는 심정이 되어 결국 컴퓨터의 전원버튼을 눌렀다. 그리고 이렇게도 저렇게도 할 수 없는 절박한 심정이 되어 마린에게 이메일을 쓰기 시작했다. 더 이상 제어할 수도 없고, 더 이상 해체할 수도 없는 상태에 이르러 기어이 메마른 눈물가루를 흩뿌리기 시작한 것이었다.

마린

당신을 사랑하지 않는 게 죄악처럼 여겨지는 밤에 편지를 씁니다. 어느 하루도 당신을 갈망하지 않은 날이 없었다고 말하기 위해, 그리고 당신에 대한 갈망 때문에 어느 하루도 괴로워하지 않은 날이 없었다고 말하기 위해 나는 이 편지를 씁니다. 섣부른 감정이 아니라 말라버린 눈물 가루가 당신을 향한 내 진술의 재료가 될 것입니다. 설령 당신을 사랑한다고 말한 대가로 마른 눈물가루를 다시 적시는 일이 일어난다 해도 결코 후회하지 않겠습니다. 시간이 흐른 뒤에 이 편지가 아주 민망스럽게 되새겨진다 해도 또한 후회하지 않겠습니다. 이것이 지금 내가 끌어안을 수 있는 최상의 선택이기 때문입니다.

형의 여자를 동생이 사랑한다는 것을 당신은 죄악이라고 생각할지도 모릅니다. 하지만 형의 실종 문제로 당신을 처음 만났을 때, 나는 이미 죄악의 덫에 치인 나의 운명을 알았습니다. 그리고 죄악에 순응함으로써 구원에 이를 수 있는 이율배반적인 섭리도 또한 느꼈습니다. 하지만 지난 구 개월 동안 당신은 죄악의 덫에 치인 나를 구원하지 않았습니다. 덫에 치인 내가 버둥거리고 몸부림치는 걸 지켜보며 당신은 침묵으로 일관했을 뿐입니다. 지상에서 나를 구원할 수 있는 유일한 존재가 당신뿐이라는 걸 스스로 부정하고 싶은 건가요.

당신을 통해 나는 죄악의 불구덩이를 관통하고 싶습니다. 그것을 통해 또한 구원에 이르고 싶습니다. 지상의 방식을 거부하는 게 아니라 지상의 방식으로는 도달할 수 없는 구원을 내가 꿈꾸고 있기 때문입니다. 죄악의 덫이 구원의 빛이 될 수 있는 통로, 그곳에 당신의 감추어진 언어가 있습니다. 그래서 당신의 침묵이 나에게는 너무 가혹한 형벌입니다.

가끔 당신의 침묵 속에서 말라죽는 상상을 합니다. 어떤 때는 당신의 침묵 속에서 화형 당하는 상상을 하기도 합니다. 하지만 그것이 운명이라면 말없이 순응할 각오가 되어 있습니다. 한 마디 사랑의 언어를 기다리며 한 생애를 보내는 일이 어찌

무익하기만 하겠습니까.

사랑한다는 말의 씨앗을 심고, 사랑한다는 말의 결실을 거두기 위한 인내의 시간이 흐르고 있습니다. 당신과 나 사이, 이미 몇 번의 생애가 그렇게 지나갔는지도 모르겠습니다. 하지만 괜찮다고, 운명의 주술에 걸린 사람처럼 중얼거리며 이만 편지를 줄이겠습니다. 아무리 길게 써도 끝나지 않을 편지, 아무리 길게 써도 한 줄로 요약될 편지…… 딱딱하게 여문 말의 씨앗 한 톨을 편지에 담아 발송합니다. 이 씨앗이 부디 당신의 침묵 속에서 구원의 싹을 틔울 수 있기를 빌며.

당신을 사랑합니다.

*

마린에게서 전화가 걸려온 것은 금요일 오후 6시경이었다. 이메일을 보내고 이틀이 지난 뒤였다. 기력이 쇠진한 사람처럼 한껏 침잠한 어조로 주란 유원지에서 만나요, 하고 그녀는 말했다. 무슨 말인지를 언뜻 알아차리지 못해 주란 유원지라구요? 하고 나는 되묻지 않을 수 없었다. 그러자 가늘게 한숨을 내쉬고 나서 그녀가 다시 말했다.

"나를 데리러 올 필요는 없어요. 혼자 그곳으로 가겠어요. 죽은 매미가 떨어졌던 집…… 8시에 그곳에서 만나요."

전화를 끊고 나서 멍한 기분으로 창밖을 내다보았다. 베란다로 밀려든 부신 햇살 때문에 바깥 풍경에 옥양목이 뒤덮여 있는 것 같았다. 그것을 내다보고 있는 동안 이틀 전에 내가 보낸 이메일과 지난봄에 그녀에게서 받은 영문 모를 장미꽃 한 다발이 동시에 떠올랐다. 내가 그녀에게 보낸 이메일에는 사랑한다는 고백이 담겨 있었지만 그녀가 나에게 선사한 장미꽃 다발에는 단절의 의지가 담겨 있었다. 그것이 어째서 예기치 못한 상황과 맞물렸는지 모를 일이었다.

지난 봄, 그녀가 학교 앞으로 찾아와 장미꽃 한 다발을 선사하고 간 이후 나는 한동안 그녀에게 연락하지 않았다. 형 문제로 다시는 나를 만나고 싶지 않다는 그녀의 말을 해석하는 데 적잖은 시간이 걸린 때문이었다. 아무튼 한 달쯤 지난 뒤, 나는 형의 문제가 아니라 나의 문제 때문이라는 단서를 달고 그녀에게 다시 전화를 걸었다. 그러자 알겠어요, 라며 그녀는 만나고 싶다는 나의 제안을 순순히 받아들였다. 하지만 그녀와 나 사이의 감정적 진전은 그것이 전부였다. 형 문제를 거론하지 않고도 만날 수 있는 토대는 마련했지만 더 이상의 진전 가능성은 도무지 엿보이지 않았다.

나는 그녀에게 무엇인가.

그녀를 향한 나의 갈망에도 불구하고 나에 대한 그녀의 감정을 나는 확신할 수 없었다. 그녀의 집요한 침묵 속에 모든 것이 은폐돼 있었다. 그런 의미에서 이틀 전에 보낸 나의 이메일은 그녀에게 충격적인 것일 수 있었다. 당신을 사랑한다는 말……
지리멸렬한 감정의 숨바꼭질에 쐐기를 박고 싶다는 폭탄선언
과 다를 게 무엇이랴.

주란 유원지로 가는 동안 나의 시야에서는 지속적으로 한 다
발의 장미꽃이 어른거렸다. 형 문제 때문에 다시는 나를 만나
고 싶지 않다는 말과 함께 건넨 장미 한 다발. 생각해보면 아무
것도 아닐 수 있었다. 그날 이후 그녀가 다시 나를 만난 것도
또한 아무것도 아닐 수 있었다. 사라졌지만 여전히 기다리고
있는 애인의 동생이 만나 달라는 데 달리 어쩌겠느냐고 그녀가
반문한다면?

그 순간, 문득 형이 현실로 돌아오는 아뜩한 장면이 뇌리를
스쳐갔다. 그러자 장미와 침묵, 지난 구 개월 동안의 감정적 파
노라마가 한순간에 빛을 잃었다. 마린에 대한 너의 갈망이 고
작 그 정도였단 말이냐? 창과 방패를 든 니그로이드 전사가 가
소롭다는 표정으로 나를 비웃는 것 같았다. 핸들 잡은 손에 힘
을 주며 웃기지 마, 지금 무슨 미친 소리를 하는 거야! 하고 나
도 모르게 소리쳤다. 설령 형이 되돌아온다고 해도 지금과 달
라질 건 아무것도 없다고 나는 소리치고 싶었다. 하지만 나의
입에서는 외침 대신 애원조의 말이 밀려나오고 있었다.

"이곳에는 이제 매미도 살지 않아, 형…… 제발 돌아오지
마."

내가 예당에 당도한 건 7시 40분이었다. 약속 시간이 이십 분

이나 남아 있었는데 마린은 이미 지난번과 똑같은 자리에 혼자 앉아 맥주를 마시고 있었다. 가늘고 푸른 줄무늬 남방에 청바지를 입은 모습이 너무 의외라서 나는 사뭇 놀란 눈빛으로 그녀를 내려다보았다. 단 한 번도 이렇게 캐주얼한 차림을 한 그녀를 본 적이 없었다. 게다가 혼자 술까지 마시고 있지 않은가.

"왜 그렇게 서 있는 거죠? 나는 이미 한 시간 전부터 이곳에 있었어요."

나를 보지도 않고 탁자에 시선을 붙박은 채 그녀는 입을 열었다. 그녀가 먼저 입을 열었다는 사실이 너무 놀라워 맞은편 의자에 앉는 동안에도 나는 시종 그녀에게서 눈길을 떼지 않았다. 하지만 그녀의 말에서 뭔가 이상한 낌새가 느껴져 정색을 하고 되묻지 않을 수 없었다.

"한 시간 전부터 이곳에 있었다구요?"

"그래요, 한 시간 전부터…… 어쩌면 두 시간 전부터였는지도 모르겠어요. 아무튼 아주 오래 전부터 이곳에 있었던 것 같아요. 그냥, 이 유원지를 혼자 둘러보고 싶다는 생각이 들어서 와본 건데…… 너무 힘들었어요."

말을 하고 나서 그녀는 자신의 빈 잔에 스스로 술을 따랐다. 두 병의 맥주가 어느덧 바닥나 있었다. 나는 맥주를 더 주문하고 담배를 피워 물었다. 아주 길고 지리멸렬한 시간이 흐른 뒤, 가까스로 처음의 위치에 당도한 것 같다는 정체감이 들어 오히려 마음이 차분하게 가라앉았다. 날라져온 맥주를 잔에 따라 몇 모금 마시고 나서 그녀를 보았다.

"6시경에 나에게 전화를 걸 때 어디 있었죠? 회사에 있었던 게 아닌가요?"

"아뇨. 여기…… 주란 유원지에 있었어요."

"무슨 말인지 모르겠군요. 그럼 오늘 회사에 출근하지 않았다는 말인가요?"

"그런 게 뭐가 중요하죠? 내가 침묵하지 않고 말을 하고 있다는 게 훨씬 중요한 것 아닌가요?"

그때 처음으로 그녀는 고개를 들고 나를 보았다. 혼자 마신 두 병의 맥주 때문인가, 커다란 두 눈에 습기가 가득 고여 있었다. 그녀의 배경에 어둠이 드리워지는 걸 지켜보며 나는 더 이상 비켜갈 수 없는 지점에 내가 이르러 있다는 걸 알았다. 어쩌면 내가 아니라 그녀가 정면충돌을 각오한 것인지도 모를 일이었다. 피우던 담배를 끄고 길게 한숨을 내쉬고 나서 나는 허공을 올려다보았다. 매미 울음소리도 들리지 않고 말라죽은 매미도 더 이상 떨어지지 않는 미루나무가 황당하게 허공으로 치솟아 어둠을 꿰뚫고 있었다.

"나의 침묵이 형벌처럼 느껴졌다면 어떤 말이라도 할 수 있어요. 하지만 내가 고수한 건 침묵이 아니라 입장이었다는 걸 알아주세요. 난 애초부터 할 말이 없는 여자였거든요."

"……"

"형에 대해서도 난 별로 할 말이 없어요. 이런 말 한 번도 한

적 없지만…… 형과 난 특별한 사이가 아니었어요. 특별한 사이가 아니었다는 건…… 말 그대로 특별한 일이 없었다는 거예요. 내 기억에 남아 있는 형은 그저 단정하고 성실한 사람이었어요. 그게 다였다구요."

"……"

"당신은 나에게 형보다 훨씬 심각하게 느껴져요. 형의 조심성과는 너무 달라서 나도 모르게 감정의 중심을 잃을 때가 있다구요. 하지만 나에게도 출구는 없어요. 내가 당신을 구원할 수 있는 유일한 사람이라고 했지만…… 정작 내가 구원해야 할 사람은 당신이 아니라 내 자신일 뿐이에요. 당신이 만든 덫에 당신 스스로 치었으니 그것에서 당신을 구원할 수 있는 사람도 결국 당신뿐이죠. 그러니 내가 나를 구원할 수 있게 해 주세요. 제발 나를 포기하지 않게 해 달라구요."

말을 하고 나서 그녀는 단번에 잔을 비웠다. 나는 다시 한 대의 담배를 피워 물고 그녀는 자신의 빈 잔에 다시 술을 따랐다. 무슨 말인가, 나는 그녀의 말을 해독하기 어려워 또다시 술잔을 비우는 그녀를 난감한 눈빛으로 지켜보았다. 하지만 그 술잔을 비운 뒤부터 그녀는 더 이상 입을 열지 않았다. 그녀의 말을 해독하지 못한 나도 또한 입을 열 수 없었다. 막막하고 지리멸렬한 어둠의 미로, 답답하고 숨 막히는 침묵의 여로가 끝도 없이 이어질 뿐이었다.

"괜찮은가요?"

"……"

다시 날라져온 세 병의 맥주가 바닥났을 때, 마린은 완전히 고개가 꺾여 있었다. 걱정스런 어조로 나는 물었지만 그녀에게서는 아무런 반응도 나타나지 않았다. 상체를 앞으로 굽히고 손을 뻗어 어깨를 건드려보았지만 그녀는 끝내 고개를 들어올리지 못했다. 자칫하면 의자에서 땅바닥으로 그대로 나동그라질지도 모르겠다는 생각이 들어 나는 황급히 의자에서 일어났다. 내가 보낸 이메일이 그녀를 이 지경으로 만든 게 아닐까, 하는 생각이 들어 나도 모르게 진저리가 쳐졌다. 정제되지 않은 막무가내의 감정이 결국 그녀를 거꾸러뜨린 게 아닌가.

계산을 하고 그녀를 부축해 가까스로 차에 태웠다. 몸이 완전히 늘어져 제대로 부축을 하기도 어려울 지경이었다. 운전석 옆자리에 앉힌 뒤에도 상체가 자꾸 모로 기울어 안전 벨트를 채워야 했다. 하지만 어디로 가야 하나, 시동을 걸고도 선뜻 브레이크 페달에서 발을 뗄 수 없었다.

다리.

그 순간, 어째서 나의 뇌리에 다리가 떠올랐는지 모를 일이었다. 지난번에 왔을 때 건너지 못한 다리, 오늘 밤 그곳을 건너지 못하면 영원히 기회가 없을 것 같다는 생각이 퍼뜩 뇌리를 스쳐갔다. 기어를 주행에 맞추고 브레이크에서 발을 뗐다. 그리고 조심스럽게 가속 페달을 밟으며 카페촌을 벗어나 다리가 있는 곳으로 서행했다. 지난번과 달리 다리 건너편의 어둠이 길고 긴 터널의 입구처럼 진입을 부추기고 있었다.

지금 건너지 못하면 영원히 건너지 못하리라.

나는 아무런 망설임 없이 다리를 건넜다. 그리고 다리를 건너자마자 우측의 산길로 핸들을 꺾었다. 그리 높지는 않지만 오르막이 끝나는 지점에 호텔의 사인보드가 세워져 있었다. 경사진 길로 접어들자 멀리 검푸른 어둠에 뒤덮인 밤하늘이 전면 유리로 가득 밀려들었다. 은가루 같은 별과 구름에 반쯤 가린 하현달까지 가세해 초현실주의 풍의 회화를 보는 것 같았다.

고적한 우주의 화원.

마린을 침대에 눕히고 나서 한 시간 정도 호텔 방에 머물렀나. 깊은 인락의자에 몸을 묻고 앉아 담배를 피우고, 냉장고에서 캔 음료 하나를 꺼내 마시고, 다시 한 대의 담배를 피우고 나자 어느덧 한 시간이 지나 있었다. 창가로 다가가 커튼을 젖히자 다시금 우주의 화원이 나타났다. 그것을 올려다보며 아직 멀었어, 하고 나는 뜻 모를 말을 중얼거렸다. 뭐가 멀었다는 것인가, 그것은 내 자신도 모를 말이었다.

프런트로 내려가 나는 담당 직원에게 돈을 지불했다. 여자가 깨거든 택시를 불러주라고 미리 돈을 건넨 것이었다. 그러자 왜 먼저 가시는 거죠? 하고 담당직원이 고개를 갸웃하며 물었다. 남녀 투숙객들 사이에서 일어날 수 있는 예기치 못한 사고를 우려한 모양이었다. 잠시 사이를 두었다가 천천히 고개를 가로저으며 나는 이렇게 중얼거렸다.

"……아직 멀었어."

*

가오리가 죽었다.

전화가 걸려온 것은 화요일 오전 7시경이었다. 누군가 나의 곤한 잠 속으로 얼굴을 들이밀고 가오리가 죽었다, 하는 말을 불쑥 꺼냈다. 그래서 나는 그것이 꿈인지 현실인지를 선뜻 분간하지 못했다. 무슨 말을 하는 거야, 지금…… 수화기를 뺨에 대고 중얼거리다가 기어이 거실바닥으로 굴러 떨어지고 말았다.

아, 씨팔!

끄응, 하는 소리를 내며 간신히 몸을 일으켜 앉았다. 새벽까지 소파에서 시간을 보내다 거기서 그대로 잠이 들었다는 걸 알 수 있었다. 그 순간, 전화를 걸어온 동창이 제발 잠 좀 깨 봐, 새끼야! 하고 발악적인 고함을 터뜨렸다. 나는 퍼뜩 눈을 떴다. 대뇌의 어디에선가 철커덕, 하고 뭔가 차갑게 맞물리는 소리가 들렸다.

"가오리가…… 죽었다구?"

"그래, 그렇다니까!"

"지난번 태풍 때 죽은 거야?"

"이 자식이 지금 자다가 봉창 두들기나?"

"……"

"유서 같은 걸 남기지 않아서 왜 죽었는지는 나도 몰라. 그냥 그 자식이 자주 다니던 전원 카페에서 오늘 새벽에 목을 맨 채 발견됐다는 말만 들었어. 아무튼 시신은 세브란스 영안실로 옮겼다니까 빨리 서둘러."

"전원 카페, 어디?"

"야, 그런 게 그렇게 궁금하면 영안실로 가서 죽은 놈한테 직접 물어 봐!"

전화를 끊고 나서 다시 소파로 기어 올라갔다. 그리고 몸을 한껏 둥글게 말고 꼼짝도 하지 않았다. 일시 정지, 일시 정지, 하는 말이 연해 뇌리를 맴돌았다. 동창이 일러준 영안실 호수는 그때 이미 나의 기억에서 까맣게 지워진 뒤였다. 나의 뇌리에 각인된 정지 화면과 영안실 사이에 거대한 블랙홀이 존재하고 있었다. 비바람 휘몰아치던 그날 밤, 전원 카페의 담벼락에 달라붙어 온몸으로 울던 가오리…… 그것이 나의 기억에 남겨진 마지막 정지 화면이었다. 그런 그가 어떻게 시간과 공간을 초월해 오늘 새벽, 그것도 동일한 장소에서 목을 맨 주검으로 발견된 것일까.

—그래, 휘몰아치는 폭풍우 속에서 목이 터져라 울부짖는 기분도 그리 나쁘진 않을 거다. 악을 쓰고 울면서 붕붕 날려 가는 기분…… 죽이지 않을까?

오전 10시경까지 나는 일시 정지 상태에 사로잡혀 있었다. 내가 그것에서 가까스로 깨어날 수 있었던 건 누군가 걸어온 전화 때문이었다. 하지만 나는 정지 상태에서 벗어나기 위해 전화를 받지 않고 집요하게 되풀이되는 벨소리만 들었다. 벨소리만 들은 게 아니라 제정신을 차리고 수화기를 집어 들었을 때는 이미 벨소리가 끊긴 뒤였다.

잠시 우두커니 서 있다가 옷을 입을 시작했다. 주술적인 힘에 사로잡히기라도 한 것처럼 근원을 알 수 없는 집중력이 느껴졌다. 그래서 청바지와 남방, 모자와 선글라스를 착용하고 서둘러 집을 나섰다. 나도 모를 뭔가에 무작정 이끌려가기 시작한 것이었다.

어느 순간 문득 정신을 차렸을 때, 나는 운전을 하고 있었다. 윤곽선이 흐려진 건물과 차량과 가로수…… 어느 순간 문득 정신을 차렸을 때, 나는 올림픽 대로를 달리고 있었다. 무감각한 흡인력을 느끼게 하는 4차선 도로…… 어느 순간 문득 정신을 차렸을 때, 나는 신도시로 접어들고 있었다. 다시 윤곽선이 흐려진 건물과 차량과 가로수…… 그리고 어느 순간, 문득 정신을 차렸을 때 나는 좁은 비포장 길을 달리고 있었다.

서북쪽.

좌측의 논과 우측의 숲을 보자 문득 방향 감각이 되살아났다. 우리는 지금 서북쪽으로 가고 있다, 하는 말도 기억에서 되살아났다. 하지만 그날과 달리 좁은 비포장 길 곳곳에는 깊은 골이 패어 차체가 심하게 요동질 쳤다. 뿐만 아니라 좌측의 논에 제멋대로 쓰러진 벼에는 태풍의 거센 무늬가 그대로 남아 있었다. 오른쪽 밀집 대형으로 쓰러진 벼, 왼쪽 밀집 대형으로 쓰러진 벼, 심지어는 소용돌이형으로 쓰러진 벼들도 있었다. 만약 저런 와중에 사람이 서 있었다면 어떤 형상으로 짓이겨졌을까.

가오리.

갑자기 온몸에 소름이 돋는 걸 느끼며 카페 마당으로 진입했다. 뒷산에서 흘러내린 흙탕물이 일대를 휩쓸고 간 흔적이 건물 곳곳에 지문처럼 남아 있었다. 살아 있는 모든 것들이 휩쓸려가고 텅 빈 구조물만 남겨진 터전 같았다. 뿐만 아니라 깊고 괴괴한 정적이 사방에 가득 들어차 차를 세운 뒤에도 선뜻 밖으로 나설 엄두가 나지 않았다. 잠시 운전석에 앉은 채 낡고 오래된 카페 출입문을 내다보았다. 그러다가 문득 떠오르는 게 있어 고개를 들고 허공을 올려다보았다. 하지만 내가 앉은 운전석에서는 건물 옥상이 보이지 않았다.

─여긴 외계인 추종자들이 아니라 자신들이 외계인이라고 믿는 사람들이 모이는 장소야. 지구가 자신의 별이 아니라고 믿는 사람들, 다시 말해 자신의 별로 돌아갈 날을 기다리는 사람들…… 나 같은 인간들이지 뭐.

어쩌면, 하는 생각이 들어 조심스럽게 도어 록을 풀고 밖으로 나섰다. 하지만 어찌된 일인가, 미지를 향한 동경의 각도처럼 건물 옥상에 비스듬하게 세워져 있던 접시 안테나는 더 이상 보이지 않았다. 접시 안테나뿐 아니라 여러 개의 붉은 리본이 달려 있던 금속 푯대도 또한 보이지 않았다. UFO가 착륙하기를 기다린다는 사람들이 만들어놓은 유도 장치가 감쪽같이 사라져버린 것이었다.

다소 긴장된 눈빛으로 마당을 휘둘러보았다. 혹시 태풍의 여파로 안테나와 푯대가 마당으로 굴러 떨어졌을지도 모르겠다는 생각이 들어서였다. 하지만 마당의 어느 구석에서도 그것들은 발견되지 않았다. 혹시나 하는 마음으로 마당 안쪽으로 걸어가 건물 우측의 공지를 살펴보았다. 흙탕물에 휩쓸렸던 잡초들이 이제는 마른 흙가루를 잔뜩 뒤집어쓰고 떼지어 누워 있었다. 다시 등을 돌리고 반대편으로 걸어가 건물 좌측의 공지를 살펴보았다. 그러다가 우뚝, 걸음을 멈추고 예기치 못한 정지 상태에 사로잡혔다.

—인사해라. 나하고 같은 별에서 온 여자다.

그곳은 벽을 등진 여자와 벽을 짚은 남자가 필사적으로 섹스를 나누던 공간이었다. 비바람 속에 서서 비바람처럼 온몸으로 울던 인간들…… 그 마지막 장면이 나의 기억에 너무 깊이 아로새겨져 스스로 목을 맨 주검과는 도무지 중첩되지 않았다. 나에게는 그것이 삶을 향한 절규로 각인돼 있는데 어째서 가오리가 스스로 목숨을 끊었는지 모를 일이었다. 태풍에 배가 뒤집혀 실종된 사람, 급류에 휩쓸려 실종된 사람, 산사태로 가옥이 매몰돼 사망한 사람, 날아가는 함석지붕에 맞아 사망한 사람, 쓰러지는 가로수에 머리를 부딪쳐 사망한 사람…… 그들은 모두 장면을 부여받지 못한 죽음들, 그리하여 상상의 브라운관에서만 끝없이 재연되는 죽음들이었다. 그런데 너무나도 강렬한 장면을 부여받은 가오리가 어째서 죽었다는 것인가.

순간, 아주 기이한 생각이 섬광처럼 뇌리를 스쳐갔다. 가오리는 죽은 게 아니라 사라져버린 것인지도 모른다는 것, 그리고 그것이 UFO 유도 장치와 어떤 연관이 있을지도 모른다는 것. 심장의 박동이 빨라지는 걸 느끼며 뛰듯이 건물 안으로 들어갔다. 출입문은 걸려 있지 않았지만 실내에는 사람이 아무도 없었다. 흐름을 멈춘 시간과 무거운 정적이 고여 있는 늪지대, 생명의 그림자가 사라진 다른 차원의 공간으로 불쑥 들어선 것 같았다.

뭔가에 쫓기듯 두렵고 절박한 심정으로 실내 곳곳을 살피기 시작했다. 탁자와 의자, 금속 배관과 양철 환기통, 벽난로와 무쇠 화덕, 나중에는 주방까지 살펴보았다. 하지만 내가 찾고 싶어한 UFO 유도장치는 어느 곳에서도 발견되지 않았다. UFO 유도 장치뿐 아니라 살아 움직이는 존재는 아무도 발견되지 않았다. 모두 어디로 사라져버린 것일까.

마린.

그 순간, 나의 뇌리에 검푸른 밤하늘이 펼쳐졌다. 지상에서 흘리지 못한 눈물이 건조되어 천상의 꽃가루로 되살아나던 우주의 화원…… 마린과 나 사이의 현재 위치가 아득한 우주적

거리감으로 되새겨졌다. 은가루 같은 별과 구름에 반쯤 가린 하현달이 떠 있던 그날 밤, 혹시 그녀도 지상에서 사라져버린 게 아닐까.

오후 1시경, 집으로 돌아오자마자 마린의 회사로 전화를 걸었다. 그리고 빛이 충만한 한낮에 지상으로 쏟아져 내리는 무수한 유성우(流星雨)를 목격했다. 통화를 하는 도중에 시작된 것인지 통화가 끝난 뒤부터 시작된 것인지는 나로서도 알 수 없었다. 멀고 아득한 공간, 천상의 눈물이 다시 지상으로 쏟아져 내리는 기이한 장관…… 그 시각, 지상에서 그것을 목도한 사람은 오직 나 하나뿐이었다.

"서 대리님요? 회사 그만두셨는데요."

"언제 그만두었다는 거죠?"

"지난주요."

"갑자기 사표를 낸 이유라도 있나요?"

"해외 유학 중이던 남편이 돌아와 지방대학 교수로 부임하게 된 모양이에요."

"그럼…… 그녀가 기혼자였단 말인가요?"

"그럼요. 아이가 여섯 살인걸요."

*

아주 여러 날, 나는 시간의 언저리를 맴돌았다. 내가 시간의 언저리를 맴돈 게 아니라 시간이 그러했는지도 모를 일이었다. 이해할 수 없는 불일치, 납득할 수 없는 어긋남 사이에서 나의 현실은 무더위에 지친 풀잎처럼 생기를 잃어가고 있었다. 그것을 회복해 볼 요량으로 가끔 아파트 주변이나 가로수길을 산책하기도 했다. 패스트푸드점이나 커피숍에 앉아 조용히 햇살의 움직임을 지켜볼 때도 있었다. 하지만 달라지는 건 아무것도 없었다. 생명을 지닌 모든 것들이 울고 있는데, 그럼에도 불구하고 어느 누구의 울음소리도 들리지 않았다.

밤마다 한기가 느껴졌다. 아직 무더위가 완전히 꺾이지 않았는데도 그랬다. 그런 밤마다 나는 몸을 한껏 웅크리고 소파에 누워 내 주변에서 사라져버린 존재들에 관해 생각했다. 울지 못하는 존재들, 울 수 없는 존재들, 그리고 사라져버린 존재들…… 그들이 모두 말라죽은 매미의 망령이 되어 내 주변을 떠도는 것 같았다. 형 매미, 마린 매미, 선배 매미, 지은 매미, 뮤 매미, 가오리 매미…… 그것은 이제 이곳에 살지 않는 사라진 매미들의 목록이었다.

—마리 앙투와네트가 정말 나쁜 여자였을까?

깊은 밤, 형의 말이 문득문득 기억에서 되살아날 때가 있었다. 함께 있는 동안 무감각하게 받아들였던 말들에서 뒤늦게 속울음이 느껴진 때문이었다. 너무 신중하고 섬세해서 여백이 느껴지지 않는 인간, 그가 기혼녀를 사랑하면서 겪었을 내면의 고통이 어떤 순간에는 나의 경험처럼 저리고 아프게 되새겨질 때도 있었다. 하지만 인생이라는 것, 어차피 제 몫의 울음이 내장된 슬픔의 공명상자가 아니겠는가.

—나의 침묵이 형벌처럼 느껴졌다면 어떤 말이라도 할 수 있어요. 하지만 내가 고수한 건 침묵이 아니라 입장이었다는 걸 알아주세요. 난 애초부터 할말이 없는 여자였거든요.

형과 마찬가지, 마린의 말에서도 깊은 속울음이 되살아날 때가 있었다. 그녀가 기혼자라는 사실을 알게 되었음에도 불구하고 그녀를 비난과 원망의 대상으로 삼아야 할 근거를 나는 어디에서도 발견할 수 없었다. 현실적으로 감내하기 힘든 속울음을 견딘다는 점에서 인간은 비난과 원망의 대상이 아니라 가여운 동정과 연민의 대상일 수밖에 없었다. 울지 않을 수 있는 운명의 소유자가 어디 있으랴.

형과 마린뿐 아니라 나머지도 결국 마찬가지였다. 겉으로 드러내놓고 맘껏 울지 못하는 존재들, 인간은 모두 속으로 울어야 하는 매미들인지도 모를 일이었다. 그러니 작년 여름에 내가 들었던 발악적인 매미 울음소리를 기현상으로 치부할 필요가 없었다. 뿐만 아니라 그악스럽게 울어대던 매미가 모두 어디로 사라졌는지 궁금해 할 필요도 없었다. 매미 속에 숨겨진 나, 내 속에 숨겨진 매미가 달리 무엇을 의미하겠는가.

뭔가를 정리해야 할 시간이 다가오고 있었다. 그것을 위해 나는 몇 날 몇 밤 인터넷을 검색했다. 하지만 이해할 수 없는 불일치, 납득할 수 없는 어긋남은 여전히 지속되고 있었다. 인터넷이 아니라 벽면에 붙여둔 세계지도를 들여다보아도 결과는 마찬가지였다. 내가 가고 싶어 하는 곳과 내가 가야하는 곳 사이에서 이상한 충돌 현상이 일어나고 있었다. 어쩌면 공존할 수 없는 극과 극 사이에서 일어나는 운명의 자장 같은 것인지도 모를 일이었다.

늦여름 비가 내리던 밤, 나는 오랜만에 술을 마셨다. 그리고 벽면에 붙여둔 세계지도의 한 지점을 올려다보며 비장한 결심을 했다. 내가 가고 싶어한 장소를 모조리 부정하고 내가 가야 할 장소를 가까스로 선택한 것이었다. 애초부터 내가 가고 싶어 한 곳은 멕시코, 시사모아, 그리스, 알제리 같은 곳이었다. 하지만 결국 내가 선택한 곳은 터키의 이스탄불에서 시작된 수직 하강선의 마지막 지점, 형의 행적이 최종 확인된 아프리카 대륙의 짐바브웨였다. 그곳이 현실과 단절을 꾀할 수 있는 결정적 포인트, 모든 걸 다시 시작할 수 있는 출발점이라는 이율배반적인 결론을 내린 때문이었다.

짐바브웨 새.

마음의 행로를 정하자 퍼드덕, 기억 속에 파묻혀 있던 새 한 마리가 세찬 날갯짓을 하며 되살아났다. 나는 양손으로 얼굴을 감싸고 오래오래 내 자신을 부끄러워했다. 내 자신과 형을 분리시키고 싶어한 은밀한 타인의식의 상징처럼 지난 구 개월 동안 내 서랍 속에 숨겨져 있던 짐바브웨 새 한 마리. 그것은 작년 여름, 짐바브웨 원주민들의 돌조각을 구입해 전 세계에 판매하고 있는 형의 초등학교 동창생이 형에게 보내준 것이었다.

　─이걸 보고 있으면 내가 생명력을 상실한 인간 같다는 생각이 들어. 이런 것이 만들어지던 시대, 이런 것이 만들어지던 공간은 어떤 곳이었을까?

　형의 말을 떠올리며 나는 서랍에서 짐바브웨 새를 꺼내왔다. 11세기에서 15세기 사이에 존재했던 그레이트 짐바브웨의 유적지에서 발견되었다는 새 모양의 돌조각. 그것을 가슴에 품고 오래오래 세계지도를 올려다보았다. 그러자 가슴에 품고 있던 돌조각에서 따뜻한 온기가 느껴지기 시작했다. 언뜻 그것이 형과 나를 이어주는 살아 있는 새 같다는 생각까지 들었다. 형뿐 아니라 사라져버린 모든 존재들과 나를 연결해 주는 신비스런 힘이 그것에는 깃들어 있는 것 같았다.

　하나하나, 내 주변에서 사라진 존재들을 떠올리자 나도 모르게 눈두덩이 욱신거리기 시작했다. 그리고 다음 순간, 뜨거운 무엇인가가 얼굴에 사선을 그리며 흘러내렸다. 그 맑고 뜨거운 물줄기, 부모님이 세상을 떠난 이후 처음이었다. 언젠가 뮤의 여자가 내게 그랬던 것처럼 이제는 내가 그들의 속울음을 대신 울어주는 것일까.

　어느 순간, 나는 짐바브웨 새를 타고 있는 나를 보았다. 잠들기 전까지 내가 가슴에 품고 있던 작은 돌 조각이 거대한 새가 되어 창공을 날고 있었다. 푸른 대양을 건너고, 만년설에 뒤덮인 산맥을 넘고, 온갖 식물이 뒤덮인 초원을 지나 새는 어느덧 녹음 무성한 정글지대로 하강하고 있었다. 거기, 생명을 지닌 모든 것들이 함께 어우러진 지상에서 니그로이드 전사들이 창과 방패를 흔들며 나를 환영하는 춤을 추고 있었다. 형과 마린, 지은과 가오리, 선배 강사와 뮤의 여자…… 내 주변에서 사라진 모든 존재들이 거기 모여 있었다.

맴

맴

맴

맴

*

팔월 마지막 날, 나는 짐바브웨로 가기 위해 가방을 꾸렸다. 형이 아니라 나를 찾기 위한 여행이었다. 어쩌면 형과 나를 함께 찾기 위한 여행일 수도 있었다. 아무려나 뭔가를 찾지 않으면 안 된다는 생각으로 나는 떠날 준비를 했다. 뭔가를 찾지 못하면 영영 못 돌아오지도 모를 길. 나는 사라져버린 사람들의 행로를 따라가고 있었다. 하지만 나에게는 그것이 완벽한 미지였다. 그리고 미지가 있다는 것은 아직 희망이 있다는 뜻이기도 했다. 사라져버린 사람들도 결국 미지를 찾아간 건지도 모

를 일이었다. 삶을 지탱하게 만드는 미지…… 미지를 꿈꿀 수

없는 현실은 얼마나 가혹한가.

떠나라!

나의 문학적 연대기

ACROSS THE UNIVERSE

박상우

청춘은 열정으로 문학을 하고, 장년은 지혜로 문학을 하는 것이니
양자는 상호보완의 관계이다. 뿐만 아니라 그와 같은 상호보완성이
작가의 한 몸에서 구현되고 또한 체득되어야 한다.
그러므로 서두르지 말고 죽는 날까지 작가는 우주적인 탐사를 계속해야 한다.
나로부터 다른 나에게로 가는 길. 문학은 인생과 인생을 이어주는 가교이니
영원히 끊어지지 않는 우주의 다리인 것이다.
그렇게 하나 됨을 위하여, 하나 됨을 향하여.
나는 죽는 날까지 쉬지 않고 우주를 가로질러 갈 것이다.

Nothing's gonna change my world

Jai guru deva om

그 무엇도 나의 세계를 바꿀 수 없어

선지자여, 신성한 깨달음을 주소서

— Beatles, 「Across the Universe」

나는 1958년 여름에 세상에 태어났다. 양력으로 8월 16일, 음력으로 7월 2일이다. 명쾌한 성격과 뜨거운 열정을 지녔다는 사자자리(Leo) 태생이다. 혈액형은 A형, Rh+ 타입. 내가 세상에 태어나던 1958년에 대해 나는 별다른 감회가 없다. 그런데 세상 사람들은 내가 1958년에 태어났다고 하면 으레 "아, 오팔년 개띠!"라며 새삼스런 눈빛으로 특이한 변종을 바라보듯 한다. 1958년에 세상에 태어난 개띠에게 무슨 저주의 마술이라도 걸렸다는 것인가? 지금도 나는 그 이유를 알지 못한다. 더욱 가관인 것은 '오팔년 개띠'를 수상쩍은 눈빛으로 바라보는 사람들조차도 내가 궁금해하는 이유를 알지 못한다는 것이다. 내가 어째서 1958년 개띠로 세상에 태어나게 되었는지 모르겠지만 아무튼 그것이 나에게는 함축적인 세상의 부조리처럼 느껴진다.

나의 뇌리에 58년 개띠로 각인된 가장 유명한 인물은 10·26 사태로 시해당해 세상을 떠난 박정희 전 대통령의 아들인 박지만 씨이다. 대체로 58년 개띠들이 그에게 느끼는 감정은 각별하다. 세상에 태어나고 얼마 지나지 않아 박정희 정권이 시작되었고 대학 생활이 끝날 무렵까지 줄곧 유신의 그늘에서 살았으니 58년 개띠들은 이래저래 그에 대해 각별한 감정을 느끼지 않을 도리가 없다. 박지만 씨가 육군사관학교를 졸업한 직후부터 나는 육군사관학교에서 군대 생활을 했다. 그곳에도 58년 개띠인 박지만 씨에 대한 얘기가 전설처럼 떠돌고 있었다.

박지만 씨의 인생이 파란만장하게 펼쳐지는 걸 지켜보며 나는 문학을 위한 인생을 예비하느라 질풍노도의 시간 속을 떠돌았다. 작가가 되겠다는 목표만 유일하게 지니고 있었으니 나에게는 '등단'이 모든 것을 좌우하는 키워드가 아닐 수 없었다. 그런데 그 우여곡절이 놀랍게도 박지만 씨의 아버지 제삿날 이루어졌다. 1988년 10월 26일 오전, 자살하기 일보 직전에 당선통지를 받아들게 된 것이다. 참으로 기이한 연루(連累)가 아닐 수 없다.

듣는 사람들은 웃을지 모르겠지만 나는 여섯 살 때 첫사랑을 경험했다. 1963년의 일인데 2017년이 된 오늘날까지도 그때의 일을 어제의 그것처럼 또렷하게 기억하고 있다. 잠시만 보지 않아도 견딜 수 없이 마음 간절해지던 그리움, 함께 있는 동안의 이를 데 없던 평화로움, 그리고 헤어지던 순간의 공포스런 안타까움과 헤어진 뒤에 더욱 절실하게 그리워지던 세월. 그것이 지금의 나에게는 순수로부터의 아득한 유배 과정처럼 되새겨진다.

내가 그녀를 처음 만난 건 직업군인이었던 아버지의 새로운 부임지에서였다. 눈이 유난히도 크던 그 여자아이는 우리 가족이 세 들어 살게 된 주인집의 무남독녀 외동딸이었다. 형제자매만 없는 게 아니라 어찌된 셈인지 그녀에게는 엄마까지 없어서 어린 내 눈으로 보기에도 몰골이 말이 아닐 정도로 남루했다.

부신 햇살이 폭포처럼 쏟아지던 계곡과 가재, 진달래, 머루, 쑥, 찔레꽃 같은 것들을 절로 떠올리게 하는 동갑내기 여자아이. 인근에 사귈 만한 또래의 아이들이 아무도 없었으니 그녀와 내가 가까워진 건 너무나도 당연한 일이었다. 그녀와 헤어져야 하는 저물녘을 나는 싫어했고, 그녀와 헤어져 있어야 하는 밤을 또한 싫어했으며, 그 모든 것에 대한 보상처럼 그녀를 다시 만날 수 있는 아침을 너무나도 간절하게 기다리곤 했다.

친밀감이 한껏 깊어진 어느 봄날, 그녀와 나는 집 앞에서 흙장난을 하며 놀고 있었다. 그때 비포장도로로 뽀얗게 먼지를 휘날리며 지프가 달려와 그녀와 나의 소꿉놀이 현장을 덮쳤다. 두 명의 군인이 내려 다짜고짜 나를 지프에 실은 것이다. 그녀는 공포감에 질린 채 그 커다란 두 눈을 치뜨고 지프에 실려가는 나를 지켜보고 있었다. 하지만 나는 그것이 군인 가족의 이사 방식이라는 걸 이미 알고 있었다. 그날 지프에 실려가는 나를 지켜보던 그녀의 눈망울을 뇌리에 아로새기며 나는 오직 한 가지 결심만 굳혔다. 이사 간 곳에서 밤에 몰래 빠져나와 다시 그녀의 집으로 되돌아가겠다는 것.

내가 그녀의 집을 다시 찾아간 건 그로부터 12년이 지난 1975년 겨울이었다. 고등학교 2학년 겨울방학 때 나는 드디어 그녀를 만나러 가기 위해 길을 나섰다. 긴긴 기다림과 그리움, 그리고 인내의 세월이 흐른 뒤였다. 하지만 그해 겨울 그녀의 집이 있던 곳에서 내가 발견한 것은 거대한 과수원뿐이었다. 그녀의 집이 있던 일대에 엄청난 넓이의 과수원이 들어서 있었기 때문이었다.

그 뒤로 아주 오랜 세월 동안 수긍되지 않는 것을 수긍하기 위해 나는 을씨년스런 현실과 싸우지 않을 수 없었다. 그리운 것은 아무것도 되돌아오지 않고, 되돌아오지 않는 걸 그리워하는 인간의 가슴은 병든다는 것.

지금도 나는 여전히 그녀를 그리워하고 있다. 어쩌면 내가 쓰는 모든 소설의 밑자리, 거기서 그녀와 나의 완성되지 못한 사랑이 전혀 다른 결실을 거두고 있는지도 모를 일이다. 소설이라는 게 어차피 우리 모두가 잊고 사는 인생의 시원을 말하려는 몸부림이 아니고 달리 무엇이겠는가.

*

1972년 봄, 내 인생의 진로에 결정적 역할을 하게 될 존재가 나타났다. 개나리 진달래 난분분하던 동해안의 한 중학교 교정에 그녀는 봄꽃보다 더 화사한 웃음을 흩날리며 나타나 열다섯 소년의 넋을 잃게 만들었다. 하지만 대학을 졸업하고 첫 발령을 받아온 영어선생님을 보고 감전된 건 비단 나만이 아니었다. 긴 생머리와 흰 치아, 경쾌한 걸음걸이를 보며 내 또래의 모든 아이들은 발악적으로 환호성을 질러댔다. 그 일 년 동안은 그녀가 세상의 중심이었다. 아이들뿐만 아니라 어른들의 세상에서도 그녀에 대한 관심은 지대해져 그녀는 결국 연애담의 주인공이 되고 온갖 소문에 시달리다 연말에 학교에 사표를 내고 말았다. 참으로 황당한 결말이 아닐 수 없었다.

학교를 떠나기 며칠 전 그녀는 교재실로 나를 불렀다. 나는 그녀가 머물던 일 년 동안 『Tom and Judy』라는 영어교과서 한 권을 모두 암기했고 모든 영어 시험에서 100점을 받아 그녀를 놀라게 했다. 교재실에서 그녀는 나의 고등학교 진로에 대해 물었고, 당시 나는 서울에 있는 고등학교에 진학할 예정이라는 말을 했다. 그녀의 집이 서울이었기 때문에 그녀는 몇몇 고등학교를 구체적으로 거론하며 열심히 공부해서 반드시 서울로 진학하라는 말을 했다. 그리고 나에게 자신의 집 주소를 적어주었다.

그녀가 떠나고 나는 3학년이 되었다. 불행하게도 서울로 진학하는 일이 제도적으로 불가능—이것도 대통령 아들인 박지만 씨 때문이라는 풍문이 파다했다—해졌고 나는 특수반 반장에 학생회장직까지 겸하게 되어 학생들과 선생들 사이에서 짓이겨진 샌드위치가 되어가고 있었다. 개똥 같은 세상, 정말 세상 사는 낙이 없었다. 그래서 어느 날 밤 나는 사표를 내고 떠난 영어선생에게 아주 오랫동안 망설이고 망설이던 장문의 편지를 썼다. 마빡에 피도 안 마른 놈이 현실을 개탄하고 인생을 운운했으니 그녀가 읽기에 얼마나 어이가 없었을까.

목련이 피었다 지고, 개나리와 진달래가 피었다 지고, 철쭉과 연산홍이 피었다 졌다. 하지만 벚꽃이 눈가루처럼 흩날릴 무렵까지 그녀에게서는 답장이 오지 않았다. 오월 중순경이 되어서야 나는 애타게 기다리던 답장을 받았다. 학교를 그만두고 서울에 있는 집에서 몇 달을 쉰 뒤에 그녀는 춘천에 있는 사립중학교 교사가 되었다고 전했다. 그리고 지방 수험생이 서울로 진학할 수 없게 된 입시제도에 대해 매우 안타까워했다. 하지만 그 편지에서 나는 내 인생의 흐름을 결정하는 중요한 명령어 하나를 접수했다. '춘천고등학교'라는 교명이 그것이었다.

당시 서울 진학의 길이 막힌 뒤로 영동지방에서 공부깨나 한다는 애들은 모두 강릉고등학교를 목표로 입시 준비를 하고 있었다. 학교 측에서도 진학 상담을 통해 강릉고등학교로의 진학을 권고하고 있었다. 하지만 그녀가 보낸 첫 편지를 읽은 날부터 나를 에워싸고 있던 세상은 하루아침에 요동치기 시작했다. 내가 강릉고등학교로 진학을 하지 않겠다, 아니 춘천고등학교로 진학하겠다, 하는 폭탄선언을 해버린 때문이었다.

성질머리 고약한 담임은 특수반 반장이자 학생회장인 내가 춘천고등학교로 진학할 경우 다른 아이들에게 미칠 영향을 생각해봤느냐며 나를 완전히 머리가 돌아버린 놈으로 취급했다. 그러고는 늦은 밤까지 나를 학교에 잡아놓고 도대체 춘천으로 가려는 이유가 뭐냐며 때로는 윽박지르고 때로는 타이르며 황당 시추에이션을 연출했다. 하지만 웃기는 말씀, 나는 눈썹 하나 까딱하지 않고 춘천고등학교가 아니면 고교 진학을 하지 않겠다고 버텼다. 결국 아버지까지 학교로 상담 호출을 받았으나 담임의 집요한 설득과 강요를 듣고 나서 당신은 딱 한 마디로 명쾌하게 상황을 정리했다.

"내 아들이 춘천고등학교로 진학하면 안 된다는 법조항이라도 있습니까?"

결국 나는 선생들로부터 노골적인 야유와 미움을 받으며 일 년을 보냈다. 촌놈의 새끼, 춘천고등학교가 얼마나 센데 거길

가려고 덤벼? 너 거기 갔다가 떨어지면 창피해서 후기고등학교 어떻게 다니려고 그래? 괴로운 시간을 견디는 데 가장 큰 격려와 위안이 되었던 건 물론 영어선생의 편지였다. 나는 쌍코피가 터질 정도로 죽어라 공부하고 그녀에게서 오는 편지를 유일한 정신적 위안으로 삼았다. 그런데 내가 춘천고등학교로 진학하겠다는 폭탄선언이 있고 난 이후 친하게 지내던 특수반의 친구 하나가 자신도 춘천고등학교로 진학하겠다는 선언을 하고 나섰다. 그리하여 그 친구와 나는 학교에서 동일한 이단자 취급을 받았지만 그런 주변 정황에는 터럭만큼도 신경 쓰지 않고 나는 오직 공부에만 몰두했다.

입시 때 나는 771번, 친구는 773번의 수험번호를 부여받았다. 시험 당일 아버지가 동행했지만 나는 시험을 보는 내내 불안과 초조에 떨어야 했다. 친구가 시험이 너무 쉽다며 매 시간 교실에서 가장 먼저 나가곤 했기 때문에 나의 걱정은 배가 되지 않을 수 없었다. 그런데 시험을 치르고 이틀이 지난 뒤 발표된 합격자 명단에 771번은 있었지만 773번은 없었다. 그 갈림의 순간 때문에 친구는 끔찍한 인생 전이를 경험하다 결국 50대에 미국에서 자살로 생을 마감했다. 후기고등학교 진학과 전학, 자퇴, 기타리스트로서의 고달픈 인생 유전이 모두 '춘천고등학교'라는 밀알에서 비롯되었다고 생각하면 가슴이 저릴 정도로 괴롭고 고통스러울 때가 많다. 내가 만약 춘천고등학교로 진학하지 않았으면 그 친구의 인생은 어떻게 달라졌을까.

춘천고등학교에는 합격했지만 내가 영어선생을 만난 건 2월 말경이 되어서였다. 입학을 위해 춘천으로 올라와 하숙방을 얻고 난 직후에야 비로소 통화가 되어 춘천 명동의 한 커피숍에서 그녀를 만날 수 있었다. 그녀를 기다리던 한 시간 정도의 겨울날 오후, 유난스레 더디 흐르던 시간의 밀도에는 내 인생의 모든 비밀이 내장돼 있는 것 같았다. 하지만 나는 지극히 설레고 떨리는 가슴으로 턱없는 기대감만 부풀리고 있었다. 내 동경의 대상이 있는 춘천에 나도 살게 되었으니 그 기쁨을 어찌 말로 형용할 수 있으랴.

약속장소에 나타난 영어선생은 열일곱인 나의 눈으로 보기에도 많이 지쳐 보였다. 사람이 지쳐 보인다는 건 인생을 힘들게 살고 있다는 의미와 별반 다를 게 없다. 일시적으로 회복할 수 있는 문제가 아니라 근원적으로 힘든 문제를 겪는 사람에게서 느껴지는 심도와 압력 같은 것. 몇 마디 의례적인 대화를 나눈 뒤에 그녀는 너무나도 조용하고 힘없는 어조로 내가 뒤로 나가자빠질 만한 발언을 했다.

"나 학교에 사표 냈다. 건강이 좋지 않아서 쉬어야 할 것 같아. 너한테는 참 미안한데…… 어쩌니?"

난 기억력이 참 좋은 편인데 그녀에게서 그 말을 전해들은 다음 순간부터의 일들은 기억에 전혀 남아 있는 게 없다. 아무튼 그녀가 춘천을 떠나게 되었다는 말을 전해들은 그 순간, 춘천으로 흘러들어간 내 인생은 전혀 다른 흐름을 조성하기 시작했다. 결국 열화와 같은 시간을 보내며 미션을 완수한 뒤에 내가 얻은 건 참담한 실연의 감정뿐이었다. 그녀가 떠나버린 춘천, 내가 끝끝내 적응하지 못한 춘천…… 나는 춘천에 당도하자마자 마음의 발목을 절단당하고 말았다. 그래서 아무리 날아도 끝끝내 착지할 수 없는 새처럼 오래오래 남루하고 누추한 시간 속을 부유해야 했다. 나는 그때 고작 열일곱 살이었으니까.

*

1974년, 나는 고등학교 1학년 때부터 시를 쓰기 시작했다. 지금 생각하면 시라고 내세울 수도 없는 것들이 대부분이었다. 하지만 당시의 나에게 가장 소중한 것은 누가 뭐라고 해도 시였다. 깊은 밤에도 나는 쉽게 잠을 이루지 못했고, 뜬잠을 자다가도 퍼뜩 눈 비비고 일어나 새벽의 깊은 정적 속에서 시를 부화시키곤 했다. 춘천은 짙은 안개가 자주 끼던 호반의 도시였다. 지정학적 특성으로 인해 문인과 폐병환자가 많이 배출된다는 그 도시에서 나는 삼 년 동안 유학생활을 하며 시를 썼다. 물론 영어선생의 인도가 없었다면 결코 열리지 않았을 길이었다. '고등학교를 다녔다'거나 '공부를 했다'는 표현이 어울리지 않을 정도로 문학에 깊이 심취해 있던 사춘기.

춘천에서 나를 가장 힘들게 만든 건 '혼자'라는 현실에 내 심신을 적응시키는 일이었다. 그때껏 나는 '혼자'라는 물리적 정황을 막연한 관념으로만 치부하고 있었다. 하지만 그것은 피부를 아리게 만들거나 살갗을 따갑게 만들 수 있는 실제 상황이었다. 거리를 배회하거나 안개 자옥한 공지천 둑길을 걷는다고 그런 문제가 쉽사리 해결될 리 없었다. 그때 나 자신을 위무할 수 있는 유일한 행위가 시를 쓰는 일이었다. 시를 쓰는 동안만은 모든 걸 잊을 수 있었다. 아무런 결핍감도 느껴지지 않고 혼자라는 사실 자체를 까마득하게 망각할 수 있었다. 그것은 마치 강도 높은 약물처럼 나를 진정시키고 또한 만족시켰다.

나는 자작시를 적어둔 두툼한 노트를 항상 지니고 다녔다. 얼마나 많은 시가 그 노트 속에 담겨 있었는지 정확하게 기억할 수 없다. 내 주변의 몇몇 친구들도 그 노트의 정체를 알고 있었고, 그것을 기화로 자신들의 연애편지에 내 시를 인용할 수 있게 해달라고 은밀하게 부탁을 하기도 했다. 물론 시를 건네주는 일 같은 건 하지 않았다. 그 대신 시처럼 감미로운 연애편지를 대신 써 주고 제과점에서 진추하와 아비의 「어느 여름 밤(One summer night)」 같은 노래를 들으며 빵을 얻어먹곤 했다. 하지만 그때까지도 문학은 나에게 길이 아니라 일종의 분위기였다. 분위기를 걷어내고 그것 자체가 하나의 길이 되기 위해 얼마나 많은 시간과 인고의 과정이 필요한지를 그때 알았더라면 나는 결단코 작가나 시인이 되지 않았을 것이다. 지금은 너무 많은 걸 알아버렸지만 그때는 뭘 몰라도 너무 모를 때였다.

고작 열일곱, 마빡에 피도 안 마른 때였으니까.

나는 삼 년 내내 문학책을 읽고 시를 쓰며 춘천에서 살았다. 외롭다는 것 말고 별달리 기억나는 게 없다. 옆방에 같이 하숙하던 친구가 있었는데, 집이 안양이던 그 친구는 어머니를 일찍 여의어서인지 거인처럼 큰 덩치에도 불구하고 항상 우울한 표정으로 고개를 숙이고 다녔다. 둘이 같이 있는 동안 과묵한 그가 가끔 입을 열 때가 있었는데, 그때마다 그는 녹음기처럼 동일한 말을 되풀이하곤 했다.

"난 오래 살지 않을 거야."

"난 조만간 죽을 거야."

이태 뒤, 거인처럼 덩치가 큰 그 친구는 결국 자살했다. 비단 그 친구가 죽어서가 아니라 그때 내 주변에는 죽음이 아주 가까이 있었다. 깊은 밤 창유리에 덮이는 안개의 입자에도 죽음이 어려 있었고, 이른 아침 호면으로 내려앉는 돋을볕에도 죽음이 깃들어 있었다. 그때의 나에게는 죽음도 또한 일종의 관념이었다. 관념이 그렇게 농밀한 분위기로 주변을 어른거리니 나 자신이 삶과 죽음의 경계지대를 어른거리는 그림자 같다는 생각이 들 때가 많았다. 그래서 새벽까지 죽음이라는 버거운 관념을 부둥켜안고, 청춘이라는 관념을 부둥켜안고, 인생이라는 관념을 부둥켜안고 충혈된 눈으로 앉아 있어야 했다. 잠들지 못하는 열아홉, 모든 것이 낯설었지만 어느 것 하나도 온전하게 내 것이 되지 않던 무렵이었다.

지는 해를 바라보고 있노라면

어느덧 아침이 오곤 하였다

잠들어지지 않는 열아홉

파문을 바라보던 강변으로 나가면

신새벽 무성한 안개꽃 저 멀리

순수했었다는 잘못 때문에

일생에 안개 내린 저문 날의 사나이들

바라보면 바라볼수록

부신 강의 날빛으로 떠오르곤 하였다

—춘천추록(春川追錄)·11

*

1977년부터 1981년까지, 예술대학 문예창작과를 다니는 동안에도 나는 내내 시를 썼다. 자발적으로 시를 쓰는 것 이외, 내가 문예창작과를 다니며 배운 것이라곤 술을 마시는 일과 객기를 부리는 일, 그리고 문학은 대학에서 배울 수 있는 게 아니라는 것뿐이었다. 문학이란 어차피 독학으로 이루어지는 것이라는 걸 일찌감치 알아버린 것이다. 그래서 학교도 안 나가고 다리가 퉁퉁 부을 정도로 서울 시내 곳곳을 돌아다니며 도보 여행을 했다. 그때 가장 즐겨 찾던 곳이 남대문 시장이었다. 내가

'세상에서 가장 큰 백화점'이라고 명명한 그곳의 골목골목을 누비고 다니노라면 시간 가는 걸 망각할 수 있었다. 내가 참으로 흥미진진하게 받아들인 것은 삶의 다양하고 다채로운 풍경들이었다. 사람들의 이마와 눈가에 잡힌 주름이 예사롭게 보이지 않았고, 그들이 인생을 향해 꼬장꼬장한 표정으로 앉아 맞담배질을 하는 모습을 보고 있노라면 왠지 모르게 가슴이 뿌듯해지곤 했다.

시를 쓰는 일은 거의 병적인 상태로 깊어졌다. 날마다 친구들과 술을 마시고, 날마다 술에 곯아떨어지곤 했다. 체중이 49킬로까지 내려가 얼굴에 광대뼈가 튀어나올 지경이었다. 하숙비를 책과 음반을 사는 비용으로 용도 변경하기 위해 부모님 모르게 자취를 시작한 때문이었다. 말이 자취(自炊)이지 나에게 있어 진정한 의미의 자취란 '스스로 취하는 일(自醉)'일 수밖에 없었다. 당시 나를 지탱하던 소중한 덕목으로 시 외에도 음악과 책이 추가돼 있었다. 특히 음악에 깊이 빠져들어 말로 형용하기 어려운 무한공간성을 경험할 수 있었다. 눈을 뜨는 아침마다 차이코프스키의 「이탈리안 기상곡(Capriccio Italien)」을 듣고, 흐리거나 비가 내리는 날은 슈베르트의 「아르페지오네 소나타(Arpeggione Sonata)」를 자주 들었다. 물론 팝도 좋아해서 그때 이미 수백 장의 음반을 소장하고 있었다. 아무려나 음악을 통해 나는 참으로 많은 것을 배울 수 있었다. 책이야 나의 업이니 당연히 읽어야 하는 것이지만 음악에서 얻은 감성적 가르침은 뒷날 내가 작가가 되어 쓴 모든 글들의 배음(背音) 역할을 해주었다. 모든 글에는 음악적 요소가 있는 것이다.

대학 2학년이던 1978년 봄, 나는 146알의 신경안정제를 삼키고 자살을 시도했다. 아무리 기억해 봐도 뚜렷한 이유 같은 건 없었다. 그날은 일요일이었고 잠에서 깨어 창을 열고 내다보니 아침부터 부슬부슬 비가 내리고 있었다. 나는 막막한 심정으로 내리는 비를 바라보다가 잠을 더 자야겠다고 생각하고 자리에 누웠다. 하지만 정신이 점점 더 또렷해지고 내리는 빗소리까지 들려 신경이 더 곤두서기 시작했다. 그때 문득 남대문 시장을 지치도록 걸어다니던 무렵에 사 모아둔 146알의 신경안정제─왜 그렇게 많은 신경안정제를 사 모았는지 목적을 알 수 없다. 분명하게 말하자면 뚜렷한 목적의식 없이 그런 일을 했다고 해야 할 터이다─가 떠올랐다. 나는 슬그머니 자리에서 일어나 약봉지를 옷장 위에서 내려 몇 알의 신경안정제를 꺼내 먹었다. 하지만 잠은커녕 정신이 더 또렷해졌다. 그래서 몇 알을 더 먹었고, 다시 몇 십 알을 더 먹었고, 이윽고 남겨진 정제를 모조리 털어 넣고 주전자를 입에 물었다. 잠시 뒤 뒷골에서 픽! 하고 백열전구가 꺼지는 듯한 느낌이 들었고, 그와 동시에 모든 것이 어둠 속으로 가라앉았다. 그게 끝이었다. 깨어났을 때 나는 병원에 누워 있었고, 그때는 이미 내가 약을 먹은 날로부터 십오일이 지난 뒤였다. 그날 의사는 나에게 이렇게 말했다.

"자네의 문제가 뭔지는 모르겠지만 죽는다고 문제가 해결되나? 신경안정제는 아무리 많이 먹어도 안 죽으니까 다음번엔 확실한 약을 먹도록 하게."

　우울한 시절이었다. 박정희 정권 말기의 흉흉한 분위기로 인해 자학적인 삶을 사는 청춘들이 많았고, 그것이 시대의 공분모처럼 대기 중에 무겁게 드리워져 있었다. 나는 그때 청춘이 너무 버거워 날이면 날마다 '빨리 늙고 싶다'는 말을 되풀이했다. 하늘의 끝이 보여, 땅의 끝이 보여, 세상의 끝이 보여…… 미친놈처럼 중얼중얼 시를 읊조리며 이곳저곳 부유하는 물풀처럼 떠돌아다녔다. 앉으나 서나 자나 깨나 시를 생각했지만 그때는 왠지 시가 나를 위무한다는 느낌이 들지 않았다. 알 수 없는 거리감, 그리고 불안과 초조로 인해 눈을 뜨고 있는 시간이 너무 버겁게 느껴졌다. 그래서 백발이 된 노인네들을 상서롭지 않은 눈빛으로 바라보았고, 인생이 주마등처럼 빨리 지나가기를 빌고 또 빌었다.

*

　1980년 5월, 나는 교사실습생이 되었다. 58년 개띠들의 운명은 언제나 갈림길이었다. 시위대로 나가지도 못하고, 제대로 된 체제실습도 할 수 없었다. 날마다 실습을 끝내고 시위 현장으로 달려갔지만 난감한 기분에 시달리기만 했을 뿐 몸으로도 정신으로도 나는 쾌연할 수 없었다. 5·17, 5·18, 그리고 모든 게 나락으로 떨어졌다. 학교에는 휴교령이 내려지고 서둘러 온 가을과 겨울을 뒤로 한 채 우리는 구겨진 졸업장을 들고 황망히 대학을 떠났다. 왜 그렇게 도망자 같은 심정이었던가. 지금 돌이켜보아도 원통함이 가시지 않는다.

1980년 그해 가을, 내가 알고 지내던 한 사람이 자살했다. 5·17 연루 혐의로 몇 개월 동안 도피 생활을 하던 끝이었다. 벽제 화장터에서 그가 한 줌의 재로 변하는 걸 지켜보며 나는 시를 향해 타오르던 나의 열정이 재가 되어 바람 속으로 허망하게 흩어지는 걸 느꼈다. 내 운명이 방향을 꺾는 순간이었다.

1981년 3월 27일, 나는 군에 입대했다. 논산훈련소 29연대 7중대에서 호된 육체적 훈련을 받는 동안 나는 정신적으로 시를 포기한다, 시를 포기한다, 라는 자기다짐을 이를 악물고 되풀이했다. 그토록 오래 나를 사로잡았던 시를 포기하게 된 저간의 심정에 대해서는 더 이상 언급할 필요가 없으리라. 시국이라는 명분으로 그렇게 많은 청춘들이 산화하는 걸 지켜보는 동안 압축미를 중시하는 시가 저절로 풀려 내 마음에 타령을 만들어내기 시작한 때문이었다. 그때부터 나는 소설을 쓰기로 작정했다. 작심을 실천하기 위해 경계근무를 서며 육군수첩에다 소설을 쓰다가 발각돼 영창대기를 한 적도 있었다. 아무려나 시에서 소설로 영역을 바꾸게 된 기구한 내 팔자에 대해서는 하고 싶은 말이 많지만 결국 하나마나한 얘기라는 걸 알기 때문에 더 이상의 언급은 생략하리라.

*

1984년 10월 24일 새벽 2시 40분, 나는 검은 저탄더미가 시야를 가로막는 황지역(현재의 태백역)을 나섰다. 늦가을 비가 부슬거리고 있었지만 주변의 풍경은 이미 한겨울을 방불케 하고 있었다. 해발 700미터, 5월에도 눈이 온다는 고산지대에서 나는 한 삼 년 인생 공부를 할 요량으로 그곳에 첫발을 디뎠다. 군에서 제대한 복지 교사 자위에게 임지에 대한 우선 선택권이 주어짐에도 불구하고 소설을 쓰겠다는 포부로 광산촌 발령을 자원한 것이었다. 내 계획이 뜻대로 실천될 수 있다면 한 삼 년 그곳에서 아이들을 가르치며 소설을 쓰고, 등단을 하게 되면 자연스럽게 그곳을 떠날 작정이었다. 그런 것을 일컬어 '청운의 꿈'이라 했던가.

내가 생각한 광산촌도 나에게는 일종의 관념이었다. 그곳에 부임하자마자 담임을 넘겨받으며 나는 단박 그것을 알아차렸다. 한 클래스에 퇴학색이 열세 명이나 되고, 일 년에 전교 퇴학생이 이백 명 넘게 나온다는 광산촌 중학교. 그런 곳에서 소설을 쓰겠다고 작정한 나의 꿈은 사치스러워도 너무 사치스러운 꿈이었다. 한 클래스의 삼분의 일 정도가 결손 가정인 아이

들을 보며 소설을 꿈꾸는 내가 이중인격자 같다는 생각을 할 때가 많았다. 때로는 부르주아 문학으로 변신을 꿈꾸는 황당한 야망가 같아서 학교에서 보내는 모든 시간이 바늘방석처럼 따갑게 느껴졌다.

결국 나는 그곳에서 삼 년 동안 소설을 한 줄도 쓰지 못했다. 꿈과 현실 사이의 쟁투를 이기지 못한 채 날마다 술을 마셨을 뿐이었다. 그리고 청춘의 기로에 서서 뭔가 선택을 하지 않으면 안 된다는 절박한 심정에 시달리기 시작했다. 대학 졸업반일 때도 기로였는데, 교사 생활 삼 년이 지나고 1987년이 되자 세상은 다시 뒤집어지기 시작했다. 1980년 5·18 무렵에는 교생실습 중이었는데, 1987년의 6·29선언 무렵에는 45일 동안 1급 정교사 자격 연수를 받아야 하는 처지가 되어 있었다. 1급 정교사 연수를 잘 받아야 교감 교장 승진이 빨리 된다는 말을 수도 없이 들으면서도 나의 정신은 그때 이미 다른 시공을 헤매고 있었다. 지금 뭔가 선택하지 않으면 안 된다, 지금 선택하지 않으면 영원히 1급 정교사로 살아야 한다는 내면의 강박이 해일처럼 휘몰아쳐 결국 나는 자격 연수를 일주일 남겨 두고 학교에 휴직계를 제출하고 말았다. 왜 그런 파행을 감행했는가. 누군가 묻는다면 나는 그것에 대해 이성적으로 설명할 자신이 없다. 그냥 '그럴 수밖에 없는 일'이 세상에는 더러 있는 것이다. 그때 나는 스물아홉이었고, 어떤 쪽으로든 인생의 주사위를 던지지 않을 수 없었으니까.

학교를 휴직하고 일 년 동안 경의선 열차가 지나다니는 철로변의 '백마(白馬)'라는 시골 마을에서 소설을 썼다. 그리고 일 년 동안 쓴 소설을 문예지에 응모하고 학교에 복직했다. 그때의 내 심정은 참담하고 절박했다. 형식적인 절차로 복직은 했지만 그때 이미 나의 마음은 학교를 떠나 있었다. 아이들을 위해서라도 교사 생활을 더 이상 해서는 안 된다는 결론을 내린 뒤였으니 이제 내 인생에 남겨진 마지막 출구는 오직 소설밖에 없었다. 응모한 소설이 당선되지 않으면 더 이상 세상을 살 가치도 명분도 없다는 결론을 내리고 있었던 것이다.

해마다 당선자를 발표하던 무렵이 훨씬 지났으나 당선통지가 오지 않았다. 모든 것이 끝났구나, 하는 절망감으로 학교 운동장 주변에 늘어선 플라타너스를 내다보며 마음을 정리하기 시작했다. 서른 살, 이제 더는 삶을 이어갈 명분이 없다고 생각했다. 이번에 낙선하면 내 재능을 원망하며 문학에 대한 모든 미련을 떨쳐버리리라, 이미 오래 전부터 나는 작정하고 있었다. 돌아보기도 끔찍스럽지만 그때 나는 한없이 냉소적인 심정으로 자살을 꿈꾸고 있었다. 소설을 쓰겠노라, 삼 년을 작정하고 들어간 고산지대에서 보낸 시간이 어느덧 사년 팔 개월이 지나 있었다. 그리고 해발 700미터의 고산지대에는 어느덧 을씨년스런 겨울 풍경이 완연해지고 있었다. 지겨운 청춘, 이제 더 이상 내가 지상에 남아 있어야 할 대의와 명분이 무엇이란 말인가.

2교시 수업이 진행 중이던 교실 창가에 서서 나는 그런 생각에 사로잡혀 있었다. 그때, 텅 빈 학교 운동장으로 인줏빛 오토바이 한 대가 진입했다. 우체국이나 전신전화국 직원들이 타고 다니는 소형 오토바이. 그것을 보며 나는 쓴웃음을 짓지 않을 수 없었다. 저 오토바이가 내 당선통지서를 전해주러 오는 축하의 메신저라면 얼마나 좋을까, 하는 열망과 자괴감.

그것은 꿈도 아니고 또한 환상도 아니었다. 그날 2교시 수업 중에 내가 본 인줏빛 오토바이, 그것이 실제로 나의 당선통지서를 전달하러 온 때문이었다. 2교시 수업이 끝난 직후에 나는 당선 축전을 받아들었고, 그것을 또 다른 인생으로 나아가게 하는 장도의 여행권으로 되새기지 않을 수 없었다. 1988년 10월 26일, 시해당해 세상을 떠난 박정희 전 대통령의 제삿날이었다.

*

1988년 겨울, 당선 통지를 받고 이틀이 지난 뒤에 나는 학교에 사표를 제출했다. 그리고 무작정 서울로 올라와 전업작가의 길로 접어들었다. 이십대가 막을 내리고 삼십대가 막을 올리던 무렵이었다. 말이 전업작가였지 부지기수의 소설가들 틈바구니에서 살아남을 수 있으리라는 일말의 보장도 없이 일종의 폭거를 감행한 것이었다. 도대체 무엇을 믿고 그렇게 과감한 결단을 내릴 수 있었을까.

당시에 내가 지니고 있던 것이라곤 문학에 대한 독실한 신앙심뿐이었다. 돌이켜보면 독실한 신앙심이 아니라 광적인 믿음이었는지도 모를 일. 문학을 위해서라면 목숨을 걸 수도 있으리라는 젊은 날의 과도한 열정, 그것 이외 내가 가진 것이라곤 다른 아무것도 없었다. 그때 분명하게 깨달은 사실 한 가지, 전업작가란 '내일이 없는 인간'이라는 것이었다.

나는 등단 직후부터 밤에 작업하는 올빼미 형으로 살았다. 1991년에 출간한 첫 소설집 『샤갈의 마을에 내리는 눈』이 엄청난 사회적 반향을 불러일으켜 원고청탁이 쇄도한 때문이었다. 그 무렵에는 날마다 밤을 지새워 원고를 쓰고 아침 여섯시경이 되어서야 잠자리에 들곤 했다. 정오 무렵에 깨어나 약수터에 다녀오고 이리저리 어슬렁거리다 깊은 밤이 되면 다시 작업을 시작했다. 하루 세 갑 정도의 담배를 피우고, 소설 한 편을 끝내면 2박3일씩 폭음을 하곤 했다. 당연히 몸에 무리가 올수밖에 없었다. 어느 날부터인가 잠자리에서 일어날 수도 없을 정도로 깊은 피로감이 느껴지기 시작했다. 책상에 단 십 분도 앉아 있을 수 없을 정도로 깊은 피로감이었다. 수면 부족 때문인가 하여 늘어지게 잠을 잤지만 아무리 자도 피로는 풀리지 않았다. 한의원에 갔더니 젊은 의사가 맥을 짚어보고 나서 "왜 이제 왔느냐?"며 처량한 눈빛으로 나를 쳐다봤다. 기분이 나빠 병원을 찾아갔더니 만성피로증후군이라고 했다. 담배를 끊지 않으면 나아지지 않을 거라고도 했다.

며칠 자리보전을 하고 누워 있자니 형언하기 어려울 정도로 비감스러워 견딜 수가 없었다. 작가가 되기 위해 살아온 숱한 시간들, 고작 만성피로증후군에 무릎을 꿇기 위해 여기까지 힘들게 온 것인가 싶어 눈두덩이 욱신거렸다. 그래서 벌떡 자리에서 일어나 울분의 힘으로 담뱃갑을 통째로 꺾어버렸다. 소설을 쓰기 위해 담배를 완전히 끊어버린 것이다.

담배를 끊었지만 담배보다 더 무서운 내면적 결핍감이 남아 있었다. 등단하자마자 '90년대 작가'라는 수식을 달고 활발하게 작품 발표를 하게 된 것은 참으로 다행스런 일이었지만 발표를 하면 할수록 내면적 결핍감과 불안감이 고조되어 매번 글을 쓰는 일이 고통스런 고행의 과정처럼 여겨졌다. 왜 그럴까, 머리털을 쥐어뜯으며 나뒹굴었지만 근본적인 대답은 얻을 수 없었다. 시간이 가면 갈수록 내가 글을 쓰는 게 아니라 쥐어짜고 있는 것 같다는 생각 때문에 견딜 수가 없었다. 평생 글을 쓰겠다고 나선 마당에 초반부터 이런 고갈 상태에 시달려야 하다니 내 자신이 너무 한심스럽게 여겨졌다.

1988년 등단으로부터 1999년 「내 마음의 옥탑방」으로 이상문학상을 수상할 때까지 나는 쉬지 않고 앞으로만 나아갔다. 불안과 결핍에 시달리면서도 멈추면 죽는다는 강박 때문에 신선한 창작이 아니라 뇌를 쥐어짜는 듯한 창작을 강행한 셈이었다. 동료작가들을 만나면 "나는 뇌를 수음하고 있다"는 자조적인 푸념을 자주 늘어놓곤 했다. 그래서 이상문학상을 수상하게 되었다는 전화통보를 받던 아침 여덟 시경에 나를 사로잡은 것은 기쁨이 아니라 강렬한 절필에의 욕구였다. 내면에서 터져오르는 준엄한 고함은 내 작가생활의 한 시기가 끝났음을, 그리하여 새로운 시기를 예비하기 위해 지체 없이 잠수하라는 꾸짖음에 다름 아니었다. 비워라, 채워라, 그리하여 다시 시작하라!

*

1999년 이후 나는 '독학생'이 되었다. 인간과 인생, 세상과 우주를 탐구하는 학생, 요컨대 '모든 것의 이론(The theory of everything)'을 깨치고 싶다는 열화와 같은 열망을 품고 정진의 세월을 보내기 시작한 것이었다. 비로소 마음에 안정이 생기고 의식의 풍파가 가라앉는 것 같았다. 내가 사는 아파트, 창이 없는 여덟 면의 벽 중에 네 개 면이 책장으로 뒤덮여가도록 공부에 대한 나의 갈증은 멈추어지지 않았다. 그 사이 몇 군데 대학에서 임용 제안을 받았지만 교수직에 대한 희망은 애초부터 없었기에 망설임 없이 고사했다. 가르치더라도 제도권이 아니라 광야에서 가르치고 싶다는 나름의 갈망도 한 몫 거든 때문이었다. 아무튼 여러 학문 분야를 돌고 돌아 모든 것이 하나로 상통하는 사통팔달의 지점에 도달하기까지 20년 가까운 세월이 흘렀다. 나는 '밖'을 떠돌다 '안'으로 들어왔고, 모든 것에 대한 답이 처음부터 내 안에 주어져 있었다는 걸 뒤늦게 깨달았다. 그것이면 족했다. 그것보다 더 큰 소득은 존재할 수가 없었다. 그래서 왜 예전처럼 왕성하게 소설을 쓰지 않느냐고 묻는 동료 작가들을 만나면 "왕성하게 쓰는 것보다 안 쓰고 견디는 게 훨씬 큰 도라는 걸 깨달은 때문이죠"라고 장난스럽게 응대하곤 했다.

공부를 하는 세월 동안 나는 오직 소설창작 커뮤니티 '소행성B612' 한 군데에서만 강의를 했다. 그것이 내가 꿈꾸던 광야에서의 강의였다. 제도적 군더더기가 없고, 창의력을 마음껏 구사할 수 있는 강의. 그곳에서 18년 동안 60여 명이 넘는 작가들이 배출되었다. 그들 덕분에 나는 공부를 계속할 수 있었고 그들보다 훨씬 많이 공부할 수 있었다. 선생이란 앞에 서서 제자를 되비쳐주는 존재라는 점에서 앞에 선 자세가 항상 당당해야 하니 공부를 게을리 할 수 없었다. 사회적으로 연결된 채널은 오직 '소행성B612' 하나만 열어놓고 내면의 길을 심화시키기 위해 다른 채널은 모두 닫아 버렸다. 새벽마다 한 시간 명상을 하고 두 시간 등산을 했다. 낮 동안은 공부를 하고 답답함이 느껴지면 카메라 장비를 챙겨 멀고 가까운 곳으로 출사 여행을 다녔다. 그 과정에서 자연스럽게 문학과 나의 관계가 재정립되고 소설의 역할도 또한 새롭게 규정되었다.

잠수의 세월을 보낸 이후, 나는 문학이 내 인생의 전부라고 말하지 않는다. 작가가 되기 전부터 문학과 주종적인 관계를 맺어온 것을 감안한다면 개벽에 가까운 변화라 하지 않을 수 없다. 문학은 인간과 인생을 캐는 한 자루의 호미일 뿐이라는 재발견. 문학은 인간과 인생을 위한 도구이자 수단이지 그것 자체가 절대적 가치를 지닌 게 아니라는 걸 깨치게 된 것이다. 99퍼센트의 인생을 개간하기 위한 주어지는 1퍼센트 도구로서의 문학. 문학에 대한 신앙심으로 날려 보낸 숱한 불면의 밤들, 문학에 대한 과도한 열정으로 치렀던 숱한 논쟁들, 문학의 이름으로 만들어냈던 숱한 면죄부들이 이제는 낡은 잡지의 표지처럼 닳아버렸다는 걸 알게 된 것이다. 하지만 그런 대가를 치르지 않았다면 끝내 얻지 못할 깨침이었다. 버려야 하는 바로 그것을 통해 인간은 배우는 존재가 아닌가.

10년 동안 잠수의 세월을 보낸 뒤, 나는 2008년에 소설집 『인형의 마을』과 기행산문집 『혼자일 때 그곳에 간다』를 출간했다. 이전의 작가 박상우와 이후의 작가 박상우를 구분 짓는 경계지점에서의 출간이었다. 하지만 과거의 박상우와 연결된 지점이 거기까지인지, 미래의 박상우와 연결되는 지점이 거기서부터인지 구분이 모호했다. 하지만 더 이상 그런 것을 괘념할 필요가 없었다. 작가적 갱신을 통해 내가 얻은 가장 큰 결실은 문학적 영감을 샘솟게 하는 주체로서의 '나'에 대한 재발견이 있었기 때문이다. 글에 대한 섣부른 욕망을 버린 나, 그것은 이전까지 나를 사로잡고 있던 망상자아가 아니라 나를 스스로 부정하는 나, 나라는 존재의식 자체를 의식하지 않는 나, 요컨대 근본자아의 나타남이었다.

*

　서른 살에 등단했을 때 나는 대관령 이쪽과 저쪽의 경계를 수시로 넘나들고 있었다. 대관령, 오대산, 소금강산을 휘돌아 동해로 넘어가면 내쳐 고성의 통일전망대까지 치달렸다가 양양 낙산사 언저리에서 일박하고 경주나 포항 부산까지 반대 방향으로 내리달리기도 했다. 열여섯 시간을 달려 하루 만에 그 길을 왕복한 적도 있었다. 7번 국도의 전체 길이가 부산에서 함경도에 이르는 513킬로미터이니 통일이 됐더라면 함경도에서도 새우잠을 꽤 많이 잤을 것이다.

　작가가 되고 난 뒤에는 이상하게도 백두대간에 이끌려 겨울마다 태백산과 함백산 등산을 많이 했다. 등단 후 10년 동안은 전업작가로서 가장 견디기 힘든 시간이었다. 그래서 등단 전에 오 년 가까이 교사생활을 한 적이 있는 해발 700미터의 태백으로 가 눈 덮인 태백산과 함백산 등산을 하거나 만항재에 서서 새벽 운무를 감상하곤 했다. 내 정신이 빙벽처럼 강건해지기를 바라는 마음, 그리고 나태해지지 않겠다는 다짐을 주기 위한 일종의 극기 훈련 과정이었다.

　등단 이후 30년 가까이 나는 일관되게 작가의 길을 가지만 그것이 인생의 실재이거나 실체라고 믿지 않는다. 길도 결국 자신이 만들어내는 환영이고 '나'라고 믿는 자아조차도 망상이다. 생물학적으로 내 몸을 이루는 60조 개의 세포, 그것의 내부가 99.99퍼센트 비어 있고 이 세상을 이루는 모든 물질성의 내부도 또한 텅 빈 파동으로 이루어져 있다는 걸 현대과학은 증명하고 있다. 요컨대, 석가모니가 설파했던 것처럼 실재적으로나 실체적으로 '나라고 할 만한 것이 없다는 사실'이 있을 뿐이다. 그것이 무아(無我)이다. 역으로 말해 대부분의 인간은 '나'라고 믿거나 확신하는 망상 감옥에 갇혀 진정한 자유의 길을 열지 못한다. 인간적인, 너무나 인간적인 길을 가고 있는 것이다.

21세기인 지금, 나는 무아와 무위가 이루어내는 소설의 양상에 대해 궁리한다. 그것이 길에서 얻은 기다림이고 또한 기다림에서 얻은 길이다. 21세기에 우리는 어떤 고도(Godot)를 기다려야 하는가. 20세기의 사무엘 베케트를 오마주하자는 말이 아니다. 양자역학과 평행우주를 거치며 근본과 실재에 대한 인식이 달라졌기 때문이다. 그래서 나는 명색과 허울을 벗어던진 작가의 길을 가며 늘 소설을 생각하고 그것을 메모하고 또한 그것을 기다린다. 모순적이지만 쓰기 때문에 안 쓰고, 안 쓰기 때문에 쓰고 있는 것이다. 인간은 배워야 할 대부분의 것들을 길에서 배운다. 그래서 '구도(求道)'라는 말을 다시 한 번 음미하게 된다. 길에서 태어나 길에서 살다가 길에서 죽는 게 인생이라면 길을 가는 과정 자체가 자연스럽게 구도로 이어진다. 구도를 위해 특별한 곳으로 가거나 특별한 행위를 할 필요가 없다는 뜻이다. 영혼에 아로새길 단 한 권의 소설, 그것이 길에 대한 기다림이고 기다림에 대한 길이라면 나의 역마는 지극히 마땅한 길을 가고 있다.

나의 역마는 오대산과 소금강 언저리에서 시작해 백두대간을 타고 대륙으로 뻗어나갔다. 중국 곳곳을 누비고 히말라야 뒤쪽을 돌아 고비사막과 타클라마칸 사막을 거쳐 파미르 고원까지 올랐다. 해발 3,600미터의 파키스탄 국경지대에서 걸음을 멈추고 역사의 행간에서 모래가 되고 설산이 된 헤아릴 수 없이 많은 운명의 잔인함과 장엄함을 동시에 보았다. 2박3일을 달려도 자작나무 군락이 끊어지지 않는 시베리아 대륙을 두 달 동안 누비고 다니며 바다라고 부르지 않는 게 기이하게 여겨지는 바이칼 호수를 보고, 군용헬기로 두 시간을 날아올라 북방 민족의 기원을 보여주는 알타이 산맥 정상에 내려 가슴 저린 시원의 풍경을 목도하기도 했다. 가도 가도 끝이 없는 길……나는 '나'를 만나는 대신 무한 우주의 겹침과 펼침, 그리고 갇힘과 열림의 원리를 자각했다. 그래서 2016년에 발표한 장편소설 『비밀 문장』의 후기에 이렇게 썼다.

소설이 삶의 전부라고 믿고 살던 시절이 있었다. 그 시절에 소설은 나에게 더할 나위 없는 고통이었다. 고통을 부둥켜안고 살던 시절에 나는 잡스럽고 오만방자한 무지와 욕망의 덩어리였다. 결국 '안'에서 '밖'으로, '꿈'에서 '깸'으로 이동하느라 많은 인내와 관조의 시간이 흘렀다. 소설을 쓰는 것만이 능사라고 믿던 시절로부터 쓰지 않고 견디는 것이 훨씬 힘겨운 도(道)라는 걸 깨치는 동안 나는 '안'에서 '밖'을 내다보다가 '밖'에서 '안'을 들여다보는 낯선 존재가 되었다.

'낯선 존재'는 더 이상 '나'가 아니다. 그것 자체가 길이고 여정이고 행로일 뿐이다. 누군가 인생을 어떻게 살아야 하느냐고 물을 때마다 나는 조용히 한 마디로 요약한다. "지나가는 사람이 되어라." 단순한 말 같지만 온갖 경험과 지식과 지혜를 수렴한 후에 얻어낸 말이다. 인간이 길이 되는 길, 그것이 온갖 욕망을 걷어내고 부질없음을 걷어낸 뒤에 남는 선경(仙境) 같은 길이다.

*

소설가로서의 내 인생은 크게 습작기-창작기-침묵기로 나뉜다. 소설가가 되고자 했던 뜨거운 열망의 시간, 나는 바람 부는 세상의 변방을 떠돌며 외롭고 절망스런 시간에 시달려야 했다. 그때 나를 괴롭힌 건 전적으로 문학에 대한 나의 섣부른 욕망이었다. 이윽고 작가가 되고 원하는 대로 오직 글만 쓸 수 있는 입장이 된 뒤부터 인생의 풍파는 절로 가라앉았다. 하지만 단지 쓰기만 하는 생산자로서의 문학행위는 나를 또다시 고통스럽게 만들었다. 그래서 나의 문학적 원천이 고갈되기 전에 행위를 멈추고 침묵의 시간을 준비하지 않을 수 없었다. 그것을 통해 문학에 대한 허상을 걷어내니 그것을 통해 나를 보고, 나를 통해 세상을 볼 수 있었다. 문학은 결국 '나'로부터 '다른 나'에게로 가는 소통의 과정이라는 걸 알고 나니 내가 선택한 문학이 그렇게 대견할 수 없었다. 내 안에서 너를 발견하고 네 안에서 나를 발견하는 바로 그것이 문학의 본질이었다. 인생의 진정한 의미는 '다른 나'를 발견하는 것이지 '남[他人]'을 발견하는 게 아니기 때문이다.

젊은 날의 상처는 참으로 값지고 소중한 것이다. 내상과 내출혈의 경험이 없었다면 문학은 단지 '나'를 구원하기 위한 이기의 도구로 전락하고 말았을 것이다. 청춘은 열정으로 문학을 하고, 장년은 지혜로 문학을 하는 것이니 양자는 상호보완의 관계이다. 뿐만 아니라 그와 같은 상호보완성이 작가의 한 몸에서 구현되고 또한 체득되어야 한다. 그러므로 서두르지 말고 죽는 날까지 작가는 우주적인 탐사를 계속해야 한다. 나로부터 다른 나에게로 가는 길, 문학은 인생과 인생을 이어주는 가교이니 영원히 끊어지지 않는 우주의 다리인 것이다. 그렇게 하나 됨을 위하여, 하나 됨을 향하여, 나는 죽는 날까지 쉬지 않고 우주를 가로질러 갈 것이다.

노란잠수함 클래식 우리 소설

샤갈의 마을에 내리는 눈

2017년 5월 25일 1판 1쇄 박음 / 2017년 6월 1일 1판 1쇄 펴냄

지은이 박상우
펴낸이 김철종, 박정욱
책임편집 김성은 **디자인** 김정호 **마케팅** 오영일
인쇄제작 정민문화사

펴낸곳 노란잠수함
출판등록 1983년 9월 30일 제1-128호
주소 110-310 서울시 종로구 삼일대로 453(경운동) KAFFE빌딩 2층
전화번호 02)701-6911 **팩스번호** 02)701-4449
전자우편 haneon@haneon.com **홈페이지** www.haneon.com

ISBN 978-89-5596-795-1 04810

이 도서의 국립중앙도서관 출판예정도서목록(CIP)은 서지정보유통지원시스템 홈페이지(http://seoji.nl.go.kr)와 국가자료공동목록시스템(http://www.nl.go.kr/kolisnet)에서 이용하실 수 있습니다.(CIP제어번호: CIP2017011124)